琥珀の夢

小説 鳥井信治郎 下

伊集院 静

集英社文庫

目次

上巻　目次

主な登場人物

鳥井信治郎　寿屋洋酒店（後のサントリー）創業者
鳥井クニ　信治郎の妻
鳥井吉太郎　信治郎の長男
佐治敬三　信治郎の次男
鳥井道夫　信治郎の三男
鳥井喜蔵　信治郎の兄
幸吉（松下幸之助）　五代自転車店の丁稚
国分勘兵衛　国分商店店主
竹鶴政孝　山崎蒸溜所技師
山本為三郎　朝日麦酒（後のアサヒビール）社長

琥珀の夢

小説 鳥井信治郎 下

第四章　寿屋洋酒店

明治三十二年（一八九九年）二月一日、大阪、西区靱中通二丁目に、鳥井商店が開業した。

鳥井信治郎、満二十歳の春であった。

靱通りは京町堀と阿波堀にはさまれるようにある細い土地で、船場とは西横堀川を隔てて西へ延びた一画であった。狭く細い土地に北から靱北、靱上、靱中、靱下、靱南の通りが木津川にむかって延びており、淀川から入る荷を迎えるには恰好の場所であった。

靱中通りから西横堀川の橋を渡って東へ進めば、船場に入り、道修町もすぐであったし、さらに東横堀川の橋を過ぎれば、釣鐘町の家も近かった。信治郎は勝手知ったる船場からすぐの場所に店を構えたのである。

信治郎が、小商いの店が密集するこの場所を選んだのには理由があった。

信治郎がこれから商うのは葡萄酒の製造販売である。その製造に必要な製瓶商が近くにあり、甘味を出すのに必要な砂糖商もあった。そして何より大切な一番の得意先である川口の外国人居留地が橋を渡った中洲にあった。目と鼻の先に販売する相手が住んでいたからである。

ここなら葡萄酒の瓶詰をするのに、いちいち遠くから瓶を運ばなくてもよいし、砂糖や、苦味を出すキニーネもすぐ手に入ったし、何より居留地から注文を受けるのにも品物を納めるのにも最良の場所であった。

兄の喜蔵から店を構えてはと提案された一月前から、信治郎はこの界隈を見分し、最適の場所を選んだのである。その上、船で届く葡萄酒樽も店の真裏から荷揚げができた。

間口二間（約三・六メートル）と狭い店であったが、信治郎が一人で葡萄酒の製造販売をするのには打って付けであった。

昨夕、信治郎は釣鐘町の家の納屋から作業道具を大八車に積み、二往復で引っ越しを済ませた。

母のこまと、次姉のせつがやって来て掃除をしてくれた。三人が握り飯を頬張っていた時、仕事を終えた喜蔵が一枚板をかかえてあらわれた。

「喜蔵はん、間におうたな」

こまの言葉に喜蔵が力強くうなずいた。

「何だんねん、兄はん、それは」

信治郎が訊くと、喜蔵が一枚板を見せた。

そこに〝鳥井商店〟と墨文字で書かれた看板があった。

「こらまた兄はん、見事な看板やな」

信治郎が言うと、喜蔵はもう一度こまを見てうなずいた。

「お母はんが頼まはったんでっか」

「そうや、信はん。お母はんが四天王寺の坊さんに、正月明けから頼んではったんや。ほれ、お父はんの葬儀にお経を読んでくれはった坊さんや」

「おう、あの坊さんかいな」

二人の息子の様子を見ていたこまが言った。

「四天王寺さんは鳥井の家の菩提寺やで。お祖父はんの店が津ノ国屋の屋号を張っては った時からのおつき合いや。縁起のええ文字を頼みます、と頼んどいたんや」

「そうでっか、縁起のええ文字の看板か、こら気張って働かなあきまへんな」

「そうやで、頼みまっせ」

「何や、お母はん、今日は元気やな」

「そらそうや。信はんの商いの門出や」

「おおきに、お母はん、わてほんまにしあわせ者や。おおきに」

信治郎の目がうるんでいた。

「しょぼくれた顔しな。さあ皆で祝い酒せな」

「おう、祝い酒か。それなら一昨日、わてがこしらえた葡萄酒がありまっさかい。それでやりまひょ」

「そらええな。せつ、茶碗を出し」

「そんなもん、ここにはあらしませんのえ」

「ちょっと待っとり、持って来るさかい」

信治郎が大小の白い碗を手に戻って来た。

「何や、それ、けったいな茶碗やな」

「こら茶碗やのうて、葡萄酒の調合に使う碗でんがな」

「まあ何でもええわ。その葡萄酒を注いでおくれやす」

信治郎は葡萄酒の入った瓶のコルクを抜き匂いを嗅いで、少し首をかしげてから味見した。

「うん、ええ感じや」

信治郎は三人の碗にも葡萄酒を注いだ。

「ほな神さんが信はんの店にぎょうさん商いを持って来てくれはりますように、おめでとう」

信治郎は一気に飲んだ。

喜蔵はまだしも、こまとせつが苦虫を嚙みつぶしたような顔をして葡萄酒を飲み込んだ。

うん、もう少しや、と信治郎が声を上げた。

夜明け前、信治郎は四天王寺まで行ってお参りし、靫中通りに戻ると、まだ明けやらぬ空の下で、昨夜、喜蔵と取り付けた看板を仰ぎ見た。

腕を組み仁王立ちした信治郎の背後から、少しずつ二月の陽光が昇り出し、看板をかがやかせた。

くっきりと鳥井商店の墨文字が浮かび上がると、信治郎は看板にむかって言った。

「いつか、この看板で、大阪一の、いや日本一の商いがでける店にしたる。お父はん、お母はん、兄はん……、それから大阪中の神さん、どうぞ、このわてを見守って下さい」

その日の朝一番、信治郎は大八車に、これまでこしらえた葡萄酒を積んで、川口の外国人居留地にむかった。

木津川橋を渡れば、すぐである。

信治郎の姿をみとめた中国人の一人が、トリイサン、トリイサン、オハヨー、と笑って声をかけた。

「やあ、楊はん、おはようさんだす」

　楊は中国むけの貿易で大阪湾に入る船に食料品を納める商いをしている男だった。

「トリイサン、キョウハドコヘイクノ？」

「あんたのとこでんがな、楊はん」

「ワタシ何モ注文シテナイヨ」

「違いまんがな。わて、ついそこに新たに店を開きましたんや。その祝いで楊はんに店の葡萄酒を飲んでもらおう思うて来ましたんや」

「ホントニ？　トリイサン、店ダシタノ。オメデトウ」

　楊が嬉しそうに信治郎の手を握った。

「おおきに、おおきに。楊はん、お祝いだっさかい、どうぞ飲んで下さい」

　楊は信治郎の渡した葡萄酒を笑って受け取り、トリイサンノ店ノ祝イヲ、仲間デスルヨ、と言ってくれた。

　次の店へむかおうとする信治郎を楊が呼び止めた。

「トリイサン、明日入ル船ノ洋酒ガ足リナイノヨ」

「洋酒は何だっか。えっ、ブランデーだっか。それに炭酸水でんな。炭酸水は釣鐘町が持ってまっさかいすぐに用意できまっさ。ブランデーもどうにかしまひょ。夕方までに届けますわ」

信治郎は居留地の中国人たちの申し出をこの半年すべて引き受けていた。

その日の夕刻、喜蔵が扱っている炭酸水と洋酒問屋から買い入れたブランデーを楊の店に届けた。

「助カッタヨ、トリイサン」

「楊さん、どうでっしゃろ。店の葡萄酒も何本か入れてもらえまへんやろか」

楊は眉間にシワを寄せた。

どうやら今朝方渡した葡萄酒を飲んだようだ。

「あきまへんか？」

「ウ〜ン」

楊は腕組みをしている。

「デハ、船員サンノ葡萄酒ナラ……」

「ほんまでっか？」

「但シ、アルコール、強クデキマスカ？」

「アルコールをでんな。そんなもん簡単だすわ」

「明日デキマスカ」

「まかしとくなはれ。今から店に戻ってすぐに調合しまっさかい。朝までに、いや今晩遅うにでも届けられまっさ。で何本ご入りようでっか？」

楊が右手の指を開けて、五本と言った。

信治郎は両手の指を開いて、十本にしておくれやす、このとおりだす、と頭を下げた。

すると楊は笑ってうなずいた。

「毎度、おおきに。でけたら今晩中に届けますよって」

信治郎は大八車を反転させ、店にむかって走り出した。

——こら初日から縁起がええこっちゃな。あの看板のお蔭や……。

信治郎は靫通りに入ると阿波堀の橋を一気に渡り、阿波座通りにある酒類店に行き、アルコールの大瓶を大八車に積んで店に戻った。

すでに陽は落ちていたが、作業場の行灯を点けて、葡萄酒をこしらえはじめた。

——そうやな、船員はんは皆よう酒を飲むよってにな。かなりきつい葡萄酒やのうてはあかんやろう……。

作業場にアルコールの匂いが漂った。

信治郎は七年前、道修町の小西儀助商店の二階の作業場で、主人の儀助と仕事をしていた日を思い出した。

「アルコールは多過ぎると葡萄の香りを消してしまうさかいにな……」

——そうやったな……。

行灯の灯りの下で信治郎の開店一日目が終ろうとしていた。

翌日から信治郎は夜明け前に起き出した。

葡萄酒の瓶詰とラベル貼りをやり、空が明るくなると大八車を引き、川口の外国人居留地に注文取りに回る。

昼前に靫中通りの店に戻ると、こまが届けてくれた握り飯を頰張りながら、受けた注文の中で自分の店では捌くことができない商品を、江戸堀、阿波座、堀江といった近隣で仕入れた。

商品によっては船場の伏見町、久宝寺町まで出かけた。船員の薬の注文を受ければ道修町へ行くこともあった。

品物を揃えると、大八車に葡萄酒をはじめとする商品を積んで居留地と、その近辺の得意先に届けた。その折にまた注文取りをした。そうして店に戻ると陽はとっぷりと暮れていた。

それでも休む間もなく、作業場の脇に届いている夕食を立ったまま搔き込み、葡萄酒の調合をはじめた。

「これではまだあかんな……。よっしゃ、思い切って砂糖の量を変えてみたろ」

誰もいない作業場で信治郎は、誰に言うでもなく声を出し、調合に励んだ。

信治郎が毎夜、調合を続けるのは、今の鳥井商店の唯一の自前の商品である向獅子葡萄酒が売り物になっていないからではなかった。

向獅子葡萄酒は、当時、大阪でこしらえられていた合成葡萄酒の中ではトップのレベルにあった。

小西儀助商店が商品化していた赤門印葡萄酒より、味も、飲み心地もすぐれていた。

それでも信治郎が葡萄酒の調合を続けたのは、四年前、小西儀助と上京した折に飲んだ神谷傳兵衛(かみやでんべえ)が製造する〝蜂印香竄葡萄酒(はちじるしこうざん)〟の味を身体(からだ)で覚えていたからだった。

実際、蜂印香竄葡萄酒は大阪の洋酒問屋の店先に堂々と陳列されていたし、東京、大阪だけでなく、名古屋、九州圏でも日本製の合成葡萄酒のシェアでトップであった。

——見とれよ。蜂をライオンが蹴散らしたるさかい……。

一日働きづめでも、行灯の灯りに浮かび上がった信治郎の目は光っていた。

鳥井商店が開業して、一ヶ月が過ぎた三月の上旬、信治郎は包みを手に、船場、道修町の小西儀助商店を訪ねた。

一昨日、主人の儀助に挨拶に伺う旨は伝えてあった。

「ごめんやして、ごめんやして。鳥井信治郎だす。旦那(だん)さんにご挨拶に……」

信治郎が店の前で声をかけると、

「いや、ようおいでやして信はん、このたびはお店を出さはっておめでとうさんでございました」

今は小西屋の手代になっている常吉(つねきち)であった。

「やあ常吉はん。ご丁寧に、おおきに……」

「信はん、立派にならはって」

「何を言うてんのや。わては駆け出しのままだす」

「いや靫、阿波座の方からの評判聞いてまっせ」

「そらカラ評判や」

「さあ、旦那さん、お待ちだす」

「ほな、お邪魔させてもらいま」

奥の間へ上がると、小西儀助が座って待っていた。儀助は信治郎の姿をまぶしそうな目で見た。

「旦那さん、長いことご無沙汰してましして申し訳ありません。今日は靫中通りへちいさな店を構えることができましたんで、そのご報告とご挨拶に伺いました。お忙しいところに、わてのような者にお時間を取っていただきありがとさんでございます」

信治郎が畳に額が付くほど頭を下げて挨拶を終えると、儀助は穏やかな顔で言った。

「鳥井はん、良かったたな。店のことは耳にしてたで。おめでとうさん」

鳥井はん、と呼ばれて緊張した。

「どうもありがとさんでございます」

「どうや商いの方は？」

「爪の先ほどの小さな店でっさかい、朝から晩まで働きづめでかつかつでございます」

「そうか、それでええ。それでええ」

お〜い、と儀助が奥にむかって声をかけると、へぇ〜いと声が返って、番頭の伊兵衛があらわれ、

「こら鳥井はん、このたびは店を出さはったそうで、おめでとうさんでございました。これは主人の儀助からのお祝いだす」

と包みを信治郎の前に差し出した。

「そんな……」

信治郎は儀助に深々と頭を下げた。

店分けではない丁稚奉公を、それも三年余りしかしていない者に、奉公先が祝儀を出すことはほとんどなかった。それだけ儀助は、この信治郎に何か特別な思いを抱いていたのであろう。

信治郎は包みの中から菓子箱を伊兵衛に差し出し、どうぞ御寮さん、皆さんで召し上がっていただけましたら、と頭を下げた。

「旦那さん。何から何までおおきにだす……。今日は旦那さんに見てもらいたいもんがあって、葡萄酒をお持ちしました……」

「ほう葡萄酒かいな。どれ見せてごらん」

「へぇ～い」

信治郎はもうひとつの包みを開け、中から向獅子葡萄酒を出し、儀助の前に差し出した。

儀助はそれを手に取って見つめた。

「ほう向獅子いう名前かいな。なかなか強そうなええ名前やな。うん、ラベルもようでけたあるな。ひと口飲んでかまんか」

「へぇ～い。そうお願いできて、いろいろ教えてもろうたら嬉しゅうおます」

「そうか、おう、ええコルク使うてるな」

「それが、去年でけた新しいコルクだすわ」

儀助はコルク栓を外し、香りをゆっくりと嗅ぎ、伊兵衛が用意したグラスに注ぐとひと口含み、口の中で吟味して飲み込んだ。

そうして静かに言った。

「ようでけたある」

「ほんまでっか」

「ほんまや。お世辞と違う。こら赤門印より上や」

「そんなめっそうもない。旦那さんにそう言われて、わて、これ以上の喜びはおまへん」

「この甘味はどないして出したんや。いや聞かんとこ。わてはもう葡萄酒から手を引いたんや。それを聞いてもしゃあない。鳥井はん、これやが……」

儀助は脇に置いてあった包みを取り、中から数冊の帳面を信治郎の前に出した。

「これは何でっしゃろか」

儀助は一番上の帳面を手にして、中を開いて信治郎に見せた。

そこには切り取った西洋の記事が貼ってあった。

「これはわてが折々に取り寄せた西洋はんのマガジンやら……」

「マガジンでっか？」

「そうや、西洋はんが家で読むいろんなことが書いたある安い本のことや。日本語では雑誌や。こっちはニュースペーパーを切り取ったもんや」

「ニュース……ペーパーだっか？」

「新聞のことや。その中にあった洋酒の紹介してるもんや。紹介いうても、マガジンをこしらえた者が洋酒を製造販売しとるところから金を取ってるんや」

「金を取ってでっか」

「そうや。ほれ新聞にもいろんなもんが載っとるやろ。あれと同じや」

「へぇ〜い。知ってま」

「で、面白いんは、ほれ、これを見てみい。シャンパンの紹介に西洋はんの傘の絵が描いたあるやろ」

「ほんまでんな。何でお酒と傘なんだすか？」

「西洋ではシャンパンは女子はんがよう飲むらしいわ。これを十二本買うたら、その傘が貰えんのや」

「傘がでっか？」

「そや、商品の値引きをせん代わりに、傘をやりよんのや。値引きは値崩れにつながりよるからな。こういうのをノベルティー言うんや」

「ノベルティー……。なんや聞いたことおますな」

信治郎はセレースの家で見た見本帖の話をした。

「そうか。西洋はんはよう考えてるな。値引きが品物の足元を崩すのがわかってんのや。出しとんのは傘だけやない。こっちのページを見てみい。ブランデーの瓶の右で幕の間から男と女が踊りを踊っとる絵が描いてあるやろ」

「ほんまでんな。踊りとうなるくらい、このブランデーが美味いいうことでっか」

信治郎の言葉に儀助が笑った。

「そうやない。このブランデーの紹介には、ブランデーのおおけなケース一箱を買うと、ほれ幕が描いたあるやろ。芝居を二人で見られる木戸銭を払うてくれるんや」

「へぇ〜、芝居とブランデーでっか。そら女子はんは喜びますわ」

「そうや、他にもいろいろ品物を捌く工夫がしたある」

信治郎は儀助が折々に集めた洋酒の紹介の記事を見ながら、その奇抜とも思える商いの工夫に感心していた。

同時に、それらの記事を丁寧に切り取り、糊で貼り付けた儀助の研究熱心なことに驚いた。

その記事の脇に、外国語の記事の内容を翻訳した儀助の文字があった。

紹介記事と書いたが、この時代、まだ宣伝広告という言葉は一般に使われていなかった。

信治郎は儀助の帳面をつくづく眺めて思った。

——旦那さんは凄い方や。ええもん見せてもろうたわ……。

「鳥井はん、それをあんたはんに貰うてもらいたいんや」

儀助の言葉に信治郎は思わず顔を上げた。

「えっ、こんな大切なもんを、わてにだっか。滅相もおまへん。これは旦那さんの大切な……」

「小西屋の洋酒部の商いは、もうそこまではやる必要がのうなった。新しい店の祝いや。それをおまはんの商いの役に立ててもろうたらええんや」

「旦那さん、わてのような者に何から何までしていただき、ほんまにありがとうさんでございます。この御恩は決して忘れません」

信治郎は何度も頭を下げて退座すると、顔見知りの丁稚たちに挨拶し、引き揚げようとした。

その時、洋酒部の品物の陳列棚に、あの蜂印香竄葡萄酒が置いてあるのが目に止まった。

——そうか、旦那さんはこれを黙って受け入れはったんや。

「丁稚はん、この蜂印はいつからこのラベルになったんや」

蜂印のラベルが以前と変わっていた。

「そら去年の秋からだすわ」

「そうか、一本買うていってかまんか？」

丁稚が手代を見た。手代がうなずいた。

信治郎は葡萄酒の瓶を包み、小西屋を出ると博労町の小西勘之助商店へ入った。

「こら信はん」

番頭の由助が甲高い声を上げて迎えた。

「今日は何だすか」

「ほれ、この葡萄酒のラベルを見て欲しいんや。どうや。なかなかの色出しや。うちの獅子をこれよりええ色にしたいんや」

大阪の町を吹いて流れる風には、いつも水の匂いがする。

かつて江戸の八百八町に対して、浪花(なにわ)は八百八橋と呼ばれた。橋から橋を渡って商いの品物が南北の筋と東西の通りを縦横無尽に往来する姿は、まさに〝商いの都〟であった。

それを支えたのは商人の工夫だった。

原材料は加工され、粗い品物は丁寧に体裁を整え、さらに銭価に値する〝大阪の商品〟として日本の津々浦々まで届く商品ルートを確立していたからである。大阪から出荷する商品には、他の商都では持ち得ぬ利幅の大きさと質の高さ、商品が途絶えない生産、販売の管理力があった。と同時に古い慣習だけにとらわれない商品に対する先見性を常に商人たちが持っていた。

「これが今度、広島の缶詰所がこさえよった魚肉の缶詰かいな。前に見たもんと比べてようでけたあるな。それでどんだけの数が大阪(こっち)へ入りよったんや」

「二千缶のうちの八百缶と聞いてます」

鳥井商店の作業机に並べられた数個の缶詰を前に、岡山からやって来た問屋の男が信治郎に説明していた。

「残りの千二百缶はどこへ行ったんや」

「宇品の陸軍支廠と呉の海軍工廠ですわ」

「軍の買い上げは量が二桁、三桁違いよるな」

日本で缶詰の需要が急速に伸びたのは五年前の日清戦争の時だった。開戦の年（明治二十七年）で日本全国に製造業者が八十七、製造高四四〇〇トンになっており、金額にして百五十万円、現在の金で数百億円の商品となっていた。さらに軍需缶詰は戦争で出征した軍人が配給品の缶詰を持ち帰り、これが喧伝され、市場で人気となり、人々に知れ渡ることになった。

特に牛肉の大和煮は、戦場において主食の米の絶好の副食となり、栄養面でも陸、海軍の必需品となった。

前年、海軍は全国各地に缶詰指定工場を置き、年が明けると全国の水産試験場、講習所が缶詰製造に取り組みはじめた。それ以前から、民間が主導する各地の缶詰製造業者が次々に新しい缶詰を生産し、市場に出していた。

軍需品だけでなく、すでに日本からの缶詰の輸出も伸びていた。

信治郎が岡山の缶詰を扱う問屋を呼んだのは、日本製の缶詰の質が上がり、中国、インドへの輸出が伸びていると聞いたからである。

数日前、向獅子葡萄酒を納品に行った折、得意先の中国人貿易商から、缶詰を納品できないかと訊かれていた。

それまでも数個の単位で缶詰を中国の貿易船の厨房（ちゅうぼう）に納品したことはあったが、その依頼は一桁違っていた。しかも缶詰の中身に指定があった。

缶詰は、中に詰められる材料が獲（と）れる土地で商品化されていた。函館（はこだて）、小樽（おたる）はサケ、エビ、カニ、和歌山、広島、愛媛ならミカン、銚子（ちょうし）ならクジラなどである。あとは陸、海軍の拠点である土地に製造工場があった。

同時に陸、海軍は、輸入缶詰も買い入れていた。二年前から、清国、朝鮮半島における問題で日露両国は対立が続き、日本は早くから対露戦争の準備を始めていた。

「ほな味見してみまひょか」

信治郎は自分の手で缶詰を開けた。

「うん、ええ匂いやないか。牛肉の大和煮もそうやが、口に入れるもんは香りがようないとあきまへん」

口に入れてみると、ソーセージのように固めた魚肉の嚙み心地は良いとは言えなかったが、何とか腹にはおさまった。

「こんなもんやろな……。そんで卸値はなんぼになりまんの？」

相手が卸値を言うと、信治郎は即座に、

「そら高いわ。商いになりまへん。いっぺんに五十缶仕入れるんでっせ」

と大きく首を横に振った。

値引きのやりとりがしばらく続いた後、信治郎は相手の手を握って笑いながら言った。

「どうだす。岡山に戻らはるんでっしゃろ？　当店の葡萄酒を少し持って帰ってくれはらしませんでっしゃろか。あんたはんがよう値引きしてくれはりましたから、わても清水の舞台から飛び降りたつもりで用意しまっさ。これはよう儲かると評判だっせ」

信治郎は棚の葡萄酒を手に取り、赤児を撫でるようにした。


靱中通りにあった鳥井商店の主たる客であった川口の外国人居留地にいる中国人の貿易商、執事たちが仕入れを望む品物は、たとえそれがこれまで扱ったことがなくても、できる限りその要望に、信治郎は応えた。

鳥井商店が製造する向獅子葡萄酒の出荷は依然、芳しくなかったが、貿易船の船員用にアルコール度数の高い葡萄酒も要求に応じてこしらえて納品したし、ウイスキー、ブランデー等の洋酒も小西儀助商店で仕入れて届けた。炭酸水は釣鐘町の喜蔵の店から仕入れた。中でも缶詰の納品が、年々増えて行き、商いの柱になることがしばしばであった。

信治郎はかねてさまざまな国産の缶詰を探していた。得意先の希望する缶詰が輸入品だった場合、国産品の見本を無料で差し出し、味見して満足してもらえれば、輸入の缶詰の半分を国産にして、その利を積み上げて行った。

信治郎は品物の発注が来てから問屋へ仕入れに行くのをやめて、受注の目算を立て、一定量の缶詰なり、ウイスキーなりを店に置くようにした。

当然、店の中は手狭になり、翌年、北堀江通りに店を移転した。そこもまた手狭になり、西長堀北通りに移った。

そこで、信治郎は丁稚を雇うことにした。

いざ使用人を探すとなると、信治郎は自分に伝手がないことに気付いた。喜蔵の顔が浮かび、続いて博労町の由助の顔が思い出されたが、そうではない気がした。

自分は今、商いをはじめたばかりだが、毎日が正念場だと思ってやっている。その思いをわかってくれている者でなくてはならない。奉公人の良し悪しは何を見て判断すればよいのか……。

信治郎は迷った。思わぬことだった。

或る夜、信治郎は羽織に着替えて道修町にむかった。相手には訪ねる旨を伝えてあった。

店の裏木戸から入って声をかけた。

あらわれたのは小西儀助商店の大番頭になっていた伊兵衛だった。

信治郎が数夜考えて出した結論が、船場の仕来り、伝統に従うことだった。

「それで鳥井はん。何の用向きだすか」

伊兵衛はやさしい目をして信治郎を見た。

信治郎は伊兵衛に自分が訪ねて来た用向きをすべて正直に伝えた。

にこやかな表情で信治郎の話を聞いていた伊兵衛の目が真剣なまなざしに変わった。

「そら鳥井はん、大事な用向きだんな……」

そう言って伊兵衛は腕組みをしてしばらく畳の上の一点を見つめていた。

信治郎は伊兵衛が、大事な用向きと口にしたのを聞き逃がさなかった。やはり信治郎が思っていたとおりだった。使用人を雇うということは商いにとって、大きなことなのだ。

伊兵衛は畳に落していた視線を上げ、信治郎を見て言った。

「鳥井はんには、この二年がとこ店もええ商いをさせてもろうて、主人の儀助以下皆ありがたいと思うてま。盆、暮れもわざわざご丁寧にご挨拶に来てもろうて、船場の仕来りをよう守ってはると皆感心してま。その鳥井はんが店をおおけになさることは、小西屋にもありがたいことだす。この話、二、三日考えさせてもろうてかましまへんやろか」

「へぇ～い。お忙しいところをお手間取らせてすんまへん。どうぞよろしゅうお頼もうします」

信治郎が退出しようとした時、伊兵衛が呼び止めた。

信治郎はん、と名前で呼ばれたことで信治郎は少し気が楽になった。

「何だっしゃろか？」

「この用向き、何で、店とこへ持ってきはったんだすか？　誰ぞに相談してのことでっか」

「いいえ、わてが……」

「あんたはんの考えでっか？」

「そうだす。何か、わておかしいことしてますやろか？　もしそうならどうか……」

「いや、おかしゅうない。信治郎はん、あんたはん大きゅうならはったな。さすがは旦那さんが見込んだだけのことはおますな」

「はあ……、何のことだっしゃろか」

二日後、小西屋からの使いが来て、夕刻、店に来てもらいたいと告げられた。

信治郎は着替えて、道修町へ急いだ。

伊兵衛が待っていた。

「鳥井はん、奉公人の話やが、二人雇うわけにはいきまへんか」

「えっ？」

信治郎は思わず顔を上げた。

「そ、そら無理だすわ。今も、わて一人でカツカツの商いだすよって。とてもいっぺんに二人は……」

信治郎は大きく手と首を横に振った。

「これはわての考え違う。旦那さんの考えやで」

「えっ、旦那さんの……。ほんまでっか」

伊兵衛は大きくうなずいた。

――そうか、伊兵衛はんが、二、三日考えさせて欲しいと言わはったんは、この話を旦那さんまで上げはることやったんや。けどなんでいっぺんに二人なんや……。

信治郎は伊兵衛の顔を見た。伊兵衛の目が真っ直ぐ自分を見ていた。

丁稚奉公の折、何度か見たことのある伊兵衛の目と表情であった。

――この目は番頭はんの、大丈夫やという時の目や……。

信治郎には、なぜいちどきに二人の使用人を雇わなくてはならないか、その理由がわからなかった。わからなかったが、小西屋主人の儀助がそうしろと言ってくれている。

――そや、それで理由は十分や。

「どうなんや？」

「へぇ～い。ありがたく二人の奉公人をお世話いただきとうおます。どうもおおきに」

信治郎ははっきりした声で返答し、畳に額が付くほど頭を下げた。

「そうか、そうしたってくれますか」

頭の上で伊兵衛の嬉しそうな声がした。

「ほな、こまかいことは明日お話ししましょ。店がはじまる前に来てくれますか」

「へぇ〜い。馳せ参じます」

オーイ、と伊兵衛が奥に声をかけた。

「鳥井はん、お茶でも召し上がってって下さい」

「いいえ、そんな……」

すぐに奥から若い下女が盆を持ってあらわれた。茶は三つあった。伊兵衛が座っていた場所を変えた。信治郎には誰がそこに来るのかすぐにわかった。

信治郎は襟元を直した。

「何や、来てたんかいな」

主人の儀助が笑って部屋に入って来た。

「旦那さん、このたびはわてのような者のために、奉公人のことで何から何までお世話いただき、ほんまにありがとさんだす。ほんまに、ほんまにおおきに……」

信治郎は畳に両手をついて深々と頭を下げた。その頭の上で儀助のおだやかな声がした。

「鳥井はん、そんなふうにせんとって下さい。あんたはんのお蔭で小西屋はええ商いさせてもろうてます。その鳥井商店はんが新しい奉公人入れて店を大きゅうしはんのや。

できる限りのことをさせてもらうのがわてらのつとめだっさかい。この二年、お得意さんが増えはってええ商いなさっとんのは評判を聞いてます」

信治郎は儀助の丁寧な言葉遣いに余計に恐縮した。しかし、儀助がいつの間に自分のような小店の商いのことを知っているのか不思議に思った。靱中通りは船場の外である。実際、半年前から店の売上げが伸びていた。人手が欲しかったのは、その頃からであった……。

信治郎は丁稚時代のことを思い出した。同業の店であれ、違う業種の店であれ、そこを訪ねた折は、客や荷の様子を必ず見て来るように教えられた。手代、中番頭が他の店の様子を話の中でやんわりと尋ねていた姿を何度も見ていた。船場の情報網の一面だった。

——そうか、旦那さんはわかってはったんや。店(うち)で二人の奉公人を使えることを……。

「よう吟味して紹介させてもらうわ」

「紹介やなんて滅相もおまへん。こちらはんの見立てておくれやした人なら、鳥井信治郎、こんな頼もしいことはおまへん」

「そうは言うても人を入れるいうのんは難儀なことや。人一人で大店(おおだな)が倒れることかてある。逆に一人の奉公人から思わぬ商いが伸びることもある。人を使おうと思うたらあかん。働いてもらうんや。それを考え間違いしたらあかん」

儀助は言ってお茶の碗を上げた。

「おう、これは美味い。よういれたある」

儀助が言うと下女は顔を赤らめて下がった。

「鳥井はん、いや信治郎はん。あんたはん賄いのトメを覚えてるか？」

「へぇ～い。覚えてま」

「あの子はトメの孫や……」

「たしかトメはんは京都の宇治の出身やったかと」

「よう覚えてんな。ほんの少ししかここにいいへんかったのにあんたはんの頭はどないようできたあんのや。そうや、宇治の近在の生まれ育ちや。トメの家の者は先々代から店へ奉公に来てもろうとる。店が出す茶が美味いと評判でそれだけでお客はんが寄ってくれはる時もあった。トメの娘も店にいっときおって、嫁へ行き、あの子を産んだんや。あの子にお茶のいれ方を教えたんはトメのはずや。信治郎はん、人に働いてもらういうことは、そういうことや。店中で教えてもろうて、鍛え上げてもろうても、それだけやったら、ほんまもんの働き手にはなれん。わかるか？」

「はあ……」

信治郎が儀助を見た。

「いっとう肝心なんは、ここや」

と儀助が胸を叩いた。

「こころや。こころがまえや。お客はんに、毎日汗水流して働いとる奉公人に、美味しいお茶をいれて飲んでもらいたいと、三代の女子が懸命にやったら、そら美味いやろう。これがお茶と違うて、商いやったらどないなる？　こない強い働き手はおらんで」

「はあ、ええ勉強させてもらいました」

「ところであんたはんに訊きたいことがひとつあったんやが」

「何だっしゃろう？　何でも言うて下さい」

「チリの葡萄酒が、この頃入っとるやろう。それはどないや？」

「へぇ～い。うちも少し前からチリの葡萄酒を使うてま。フランス、スペイン、ポルトガルより後で入って来た分、値段も安いし、品物も同じ等級の樽売りなら変わらしまへん。いやむしろチリの方が味がしっかりしとる場合もおますわ」

「そうか……」

儀助が立ち上がると、信治郎はまた深々と頭を下げた。

翌日、信治郎は大工を呼んで、店の二階に奉公人の部屋をこしらえる手はずをした。

「この広さや、寝苦しいやろな。もう少し広い店を探さなあかんな……」

半月後に伊兵衛が連れて来た二人の丁稚はよく働く子たちだった。

仕事の呑み込みも早いが、何より身体で仕事を覚えていた。

初日に作業場の掃除をさせて、彼らの身体に叩き込まれているものがよくわかった。さすがに儀助と伊兵衛が見込んだ丁稚であった。

昼食を運んで来る、通いの賄いの老婆が目を丸くするほど飯をよく食べた。

「た～んと食べんのや。店の本家は米屋やよってにな。それでええ、それでええ……」

信治郎は二人を見て満足そうにうなずいた。

「旦那さん、昼から釣鐘町に行って参りますが、炭酸水の入れ物はどないしまひょ」

「旦那さん、阿波座の……」

「ちょっと待ちなはれ。その旦那さんいうのは何やこそぼうてかなんな。わてには旦那さんは合わんわ。何か違う言い方をしい」

「けど旦那さんは旦那さんです」

「それが、かなん言うんや。え～と、そや、大将や、大将がええ。皆が力合わせて働いとる現場は頭を大将と呼ぶやろう。大将で行こ」

「えっ、大将でっか」

「そや、大将や。これからは大将やで」

「へぇ～い。旦那、いや大将」

「おう何や？」

「阿波座の製瓶店から何本用意したらよろしゅおますか」

「おう、夕方までに三十本や。受け取り伝票忘れたらあかんで」

「へぇ～い。大将、行って参ります」

「おう、気ぃ付けて行って来い」

二人の丁稚を入れた効果は一ヶ月もしないうちに売上げにあらわれた。瓶洗いや木桶洗いを自分でしなくて済む分、信治郎は葡萄酒の合成に長く時間を費やすことができた。

まだ夜も明けぬ三時に一人で起き出す信治郎の気配に気付いて、六時に起床しろと言いつけておいた二人が、眠むそうな目をこすりながら五時前には起き出して来るようになった。その目はまだ子供であった。

「まだ寝ててかまん」

「瓶拭きだけでもさせてもらいます」

二人の働く姿を信治郎は横目で見た。

——この子らが大きゅうなった時、店も大きゅうしたる。

信治郎は唇を噛んで額の汗を拭った。

店は奉公人を入れてから順調に商いが回り始めた。

翌年の春、もう一人奉公人を入れた。その年の夏にかけて、鳥井商店は外国人居留地だった川口だけでなく、居留地外の中国人貿易商との商いが予想外に伸びて、開業以来の利益を出した。順調な商いに釣鐘町の、こま、喜蔵も喜んでいた。

信治郎は、まとまった入金があると、奉公人はじめ得意先へも大盤振舞いをした。

「よっしゃ、今晩は皆して鰻で一杯やりまひょ。阿波座、江戸堀の連中も皆呼んで来なはれ……」

この頃の信治郎にはまだ商人として資本を貯えるという発想がなかった。来たるべき大きな商いのために元手を増やしておくということをしなかった。

葡萄酒は、出荷はしていたが、店の棚に置いてもらえば売れていくという状態からはほど遠かった。向獅子葡萄酒を買ってくれる客は、信治郎が扱う他の商品で得た利益から、つき合いとして仕入れてくれていた。鳥井商店の経営の基盤となっていた缶詰、洋酒、炭酸水といったものには元手が必要なかった。すでにここ数年で船場の商いの大きなポジションを占める商品となっていた。

一流の葡萄酒を造ることをあきらめた訳ではなかった。それは一夜も欠かすことなく続けていた。しかし実際の商いは信治郎という存在で十分に回っていたのである。

その夜も小西勘之助商店の番頭の由助をともなって、信治郎は南地へ出た。

「信はん。すんまへんな。こう毎晩、ご馳走になって、何や悪い気いして……」

「由助はん、あんたはんには千度世話になってきたんや。そんなこと言わんといてぇな」

「せやけど、店の商いがうまいこと行っててんのはよう知ってますが、きちんと蔵へは銭(ぜぜ)を貯めてんのやろな」

「蔵でっか。そんなもん今の商いは、銭貯めてたらあきまへん」

「いや、それは違うで……」

いやぁ〜信治郎はん、お待ちしてましたで、と女が二人駆け寄ってきた。

「おうおう、今晩もぱあ〜っと行きまひょ」

信治郎の声で女たちは嬌声(きょうせい)を上げた。

その後、信治郎は〝芳(よし)や〟のしのの所に寄った。

「今夜はどうどした？　面白おましたか」

「どうやろかな……」

「どうやろかやおまへんでっしゃろう。遊んで来はったんは信はんだっせ」

「そうやな……」

「そうやな、って大丈夫でっか？」

「どうやろ……」

信治郎は去年覚えた煙草(タバコ)をふかしている。

カキーンとキセルの雁首(がんくび)で煙草盆を叩いた。

「行くわ」

「うろん食べはらんかてええのんだすか」

「賄いの握り飯が残ってる。帰ってもうひと踏んばりするわ」

「どないだすの？　向獅子はんは？」

「……もひとつやな。ここが辛抱やと思うてんねんけどな」

「そうだすか。せいぜいお気張りやして」

「……そやな」

ぼんやりと返答した信治郎の背中をしのが叩いた。

「ほれ、鳥井商店の大将がそないなまくらなこと言うてたら身代傾きまっせ」

「そやな……」

信治郎が立ち上がると、しのがうしろから羽織を掛けた。袖を通そうとした時、袂から何かが畳に落ちた。捻り文であった。先刻までいたお茶屋の芸妓が渡した文だった。信治郎があわててそれを拾い上げようとすると、しのが素早く拾い上げて、ようもてはんのだすな、と文を信治郎の袖の中に入れた。

「そ、そんなんちゃうわ」

「違うてても、違うてのうても、わてはかましません。悋気な女とちゃいますよって」

しのはそう言ったが、その目は笑っていなかった。

「川風はもう秋やよって真っ直ぐお帰りやす」

「ああ、わかってる」

西長堀北通りにむかって歩きはじめると、秋にむかう夜空に星がゆっくりと巡っていた。

振りむくと、橋の袂でまだしのが見送っていた。信治郎は捻り文を川に放った。別に惚(ほ)れている女ではなかった。

なぜか鬱々とした日が続いていた。


この年、信治郎は安堂寺橋(あんどうじばし)通りの一角を瓶詰の作業場と資材を置く場所として手に入れていた。

向獅子の製造、瓶詰の作業場が西長堀北通りでは狭くなっていたからである。

新しい作業場で他の問屋、製造所が扱う輸入葡萄酒をはじめとする洋酒の瓶詰、ラベル貼りの仕事も引き受けていた。鳥井商店は二ヶ所で商いをすることになった。

明治三十六年（一九〇三年）があと数日で終ろうかという夕暮れ、店に一人の男が訪ねて来た。

「ここが鳥井信治郎さんの店かいねぇ」

「へぇ〜い、今、大将、いや主人はでかけておりまして。何の用だっしゃろか」

「そんなら待たせてもらおうかのう」

「はあ、どちらはんだっしゃろう？」

「わしか、わしは広島のぼんくらじゃ」

「ほなむさ苦しいところですけど、こちらで」

丁稚が商談用のソファへ案内した。

男は座らず、店の棚に陳列してある商品を眺めていた。

「えろういろんな品物を扱うとるんじゃのう。缶詰もよう揃えとるんじゃのう。ほう、これはノルウェー産じゃないか」

「へぇ～い。春から用意さしてもろうてま」

「これはイギリスのスコッチウイスキーじゃのう。こりゃ葡萄酒か。葡萄酒も扱うとるかいの」

「この葡萄酒は向獅子葡萄酒と申しまして、当店が製造、販売しとるもんだす。評判が良うて、よう出とりま」

「ほう、ほんまにここで製造しとるんかの。あんたらがやっとるのか？」

「いいえ、大将、いや主人が一人でこさえます」

「一人でかよ」

男は驚いた顔をして向獅子葡萄酒をしげしげと見つめていた。

「もしよろしゅおましたら、飲んでみはりまっか」

「おう、ぜひそうさせてくれ」

男は、こら美味いのう、と感心したように言って、

「今、店にある分だけもろうて行こう」

と満足そうにうなずいた。

丁稚はすぐ奥へ駆けて行き、手代が男に挨拶し、注文を聞いた。

裏木戸で物音がして信治郎が戻ったのがわかった。丁稚がすぐに信治郎の下へ駆け寄って来客のことを説明した。

「こらおいでやす。長いことお待たせしてかんにんだす。わてが当店の主の鳥井信治郎だす。何でも店の向獅子葡萄酒をお買い上げ下さるとか。おおきにありがとさんでございます」

信治郎は顔を上げて男を見た。

「これは初めまして。わしゃこういうもんじゃ」

男は名刺を差し出した。名刺には、
　大日本帝国陸軍、海軍御用達（ごようたし）

　西城（さいじょう）商店社長　西城　次郎（じろう）

と記してあった。

——こらまたえらい相手が飛び込んで来たもんやな。どういうお人やろか……。

「あんたの評判は船場で聞いたんじゃ。あんたに頼めばたいがいの物は入ると」

「そら大袈裟だす。何ぞご注文がございましたら聞かせてもらいます」

「今日はまずこの葡萄酒をあるだけもらおうか。あんたもご存知やと思うが、我が国とロシアの状態がどうにもならんところへ来とる。一戦交える以外にはなかろうと参謀本部は言うとる。戦争は……」

男はそこで周囲を見回すような表情をして、小声で信治郎にささやいた。

「戦争はまず避けられんいうことじゃ」

「ほ、ほんまでっか？」

信治郎も思わず小声になり、男の顔を見た。

男は大袈裟にうなずいた。

「我が国が勝つためには、七十万、八十万の兵力ではおえんいうことじゃ」

「おえん？」

「足りんいうことじゃ」

「はあ……」

「百万人にむけて増兵をはじめとる」

「百万人でっか？」

男はまた大きくうなずいた。

「それでわしは陸、海軍の支廠に頼まれて兵隊の糧品確保を申し受けとるわけじゃ。百万人じゃぞ」

信治郎はゴクリと生唾を飲み込み、もう一度相手の顔と身なりを見返した。

――まさかパチモンじゃなかろうな……。

男は手にした鞄を開け、中から札束をひとつ出した。

「これでまずこの向獅子葡萄酒を広島へ納入してもらいたい」

「はあ、失礼ですが、おいくらありまんの」

「七百円じゃ」

信治郎は机の上の金と男をもう一度見た。

男からこれから話すことは人に聞かれてはまずいと言われ、信治郎は芳やに案内した。派手な席より静かなところで話を聞いた方がよかろうと思った。

船場の丁稚奉公に出ていた時にも、この手の大きな商いを、紹介者なしにいきなり訪ねて来て持ちかける詐欺師まがいがいた。

しかし男が出した七百円は、今、信治郎の懐の中に入っている。しのには小声で、大事な客になるかもしれない、と伝えてあった。

「鳥井さんはいつもここが贔屓かの？」

「へぇ～い、むさ苦しいとこでかんにんだす。わての店は小商いだっさかい」

「いやなかなかの風情じゃ……」

しのが酒と肴を運んで来た。

「ようお見え下さって。店の女将のしのだす。どうぞゆっくりして行っておくれやす」

西城は酒を飲みながら、対ロシア戦の話題を延々と話していた。信治郎は西城の話を感心しながら聞いていた。信治郎たち町場の者が知ることのない兵の増員のことや海軍がイギリスに注文した戦艦、巡洋艦の数からロシアがドイツ、フランスに注文している戦艦、野戦砲の話まで知っていた。

――よう知ったはるな……。

「で西城はん、ほんまにロシアと戦争をやりまんのでっか？」

西城は目を大きくしてうなずいた。

「そらいつ頃はじまるんでっか？」

「明日はじまってもおかしゅうないのう」

「あ、明日でっか？」

「今ロシアが突貫工事でやっとるシベリア鉄道が完成したら、すぐにでも三百万のロシア兵が攻めて来るやろうのう」

「三、三百万、ほんまでっか？」

「それでわしらに師団に納入する食糧の注文が殺到しとるんじゃ。そら半端な量じゃないんじゃや」

男の語っていた話はいささか、大袈裟ではあったが、法螺話ではなかった。ロシアの極東進出はすでに十年前から開始されており、日清戦争後も、ロシアは兵を撤退させるどころか満州を領土とすべく着々と兵を送り出していたし、日本の韓国への進出を鋭く批判し、干渉を続けていた。

「鳥井さん、ちょっと河岸を変えようかのう。わしの馴染みの店があるから」

初めて上がるお茶屋だった。女将と女たちが嬌声を上げて迎えた。

一風変わった店構えをしており、すれ違う女の中には着物の上に派手な前掛けをしている女もいた。二階へ上がると洋風の部屋もあった。むこうから真っ赤なチャイナ服を着た女があらわれた。

――何や、変わったお茶屋やな……。

トリイサン、トリイサンと自分を呼ぶ声に振りむくと、得意先の貿易商の中国人だった。

「こら楊はん」

「トリイサン、コンバンハ」

「ようえるんだすか、ここに」

すると楊は小声で、本国の大事な客を接待しているとささやいた。

――ほう、中国はんも一席もうけんのや。

楊は数人の女性に囲まれて違う部屋に入った。

「さすがに顔がひろいのう、鳥井さんは」

「いや、あの人は店（うち）のお客さんだす」

部屋は窓に派手なカーテンがあった。

「こらハイカラでんな」

「遊びは面白うないとなあ。さあ今夜は鳥井さんとの初仕事の祝いにパァーッとやろう」

まずは一杯とビールが出た。横浜の茶屋と同じである。次がウイスキーだった。

「こらイギリスのスコッチウイスキーでんな。よう揃えたあるなあ」

感心していた信治郎に隣りに座った女がしなだれかかるようにして甘えた声を出した。

――どないなってんのや、ここは……。

女たちが飲ませ上手なのか、西城が語る商いの話の大きさのせいか、信治郎は珍しく酔った。信治郎は厠（かわや）に立った。廊下のむこうから女が一人あらわれた。妖艶な女であった。

——ええ女の人やな……。

見とれていた信治郎に、女が微笑した。

厠から戻ると、西城は二人の女にしなだれかかるようにされて笑っていた。

「ほな、西城はん。わてはこのあたりで」

「鳥井さん、もう少しおってくれ。あんたを見染めたいう女が挨拶に来るから」

「はあ？」

あらわれたのは、今しがた廊下で見た女だった。部屋灯りに浮かんだ女はさらに艶っぽかった。

翌日、西城は西長堀北通りの店に来て、注文の品物の仕分けをして引き揚げた。

「大将、こらえらい注文でんな。何がありましたん？　いきなり恵比寿さんでも見えましたん」

西城との取引の缶詰を問屋に注文に行くと番頭が笑って言った。

「そんなとこやな。それでこの注文は納入の期限が厳しいよって、頼むで」

「わかってま。この広島いうのんは、陸軍はんか、海軍はんの支廠でっか」

「さあ、それはわてもわからん」

「今、軍需品の納入を手にしたらえらい商いになりまっせ。上手いことやらはりましたな。大将、首にええもん付いてまっせ」

番頭がひやかすような言い草で信治郎の首元を指さした。店に戻って鏡を覗くと、首元に小指の先ほどの痣が残っていた。

信治郎は舌打ちした。鏡の中に、昨夜の女の切れ長の目が浮かんだ。信治郎は痣の上に貼り薬を付けた。それを見て丁稚が言った。

「大将、首どないしはったんだすか」

「何もない。それより川口の注文票は捌いたあるんかい」

と不機嫌そうに言った。

信治郎が大きな得意先と商いをはじめ、それが軍需品の納入らしいという噂はすぐに広がった。実際、船場でも軍需品に認定された商品を扱いはじめた店は売上げが飛躍的に伸びていた。それを象徴するのが、戦場に赴く兵士たちに軍が脚気用に持たせた〝征露丸〟である。大阪の薬商、中島佐一薬房が〝忠勇征露丸〟の売薬免許を取り、この命名に〝ロシアを征す〟という〝征露〟の文字を付けたので爆発的な人気になり、各薬商も製造、販売した。脚気には効用はなかったが、帰国兵士から下痢止め、歯痛に効果があることが喧伝され、その後もヒット商品となった。

しかし信治郎は慎重だった。向獅子葡萄酒も西城が希望する数の納入を断っていた。向獅子は製造し、瓶詰後、一ヶ月以上置くと味が変わることがあり、また発酵でコルクの栓が飛んでしまうことがあるのがわかっていたからだ。缶詰やウイスキー、他の輸入品は引き受けた。

西城は一ヶ月後の夕刻、また店にあらわれた。

「鳥井さん、あんたんとこの缶詰評判が良かったわ。今度はもっとや。さあ南地へ行こうか……」

信治郎は西城を先に南地の店へ行かせ、店の用を片付け、芳やに寄って腹ごしらえをした。

「今夜は早いんだすな」

「ほれ、先月連れて来た広島のお客はんや」

「そうでっか」

しのが素っ気なく言った。

信治郎はしのの顔を見た。

「しのはん、熱でもあんのんか、顔が少し赤いで」

「昨日から熱っぽうて、けど何もあらしません」

信治郎はしのの手を握った。

「何や熱があるがな。すぐに店から薬を持って来させるよって、今日は休んどき……」

「大丈夫ですよって。何年こうして働いてると思うてはんのですか」

「風邪やろうが、病いはかかりはじめが肝心や。あんたはんのように自分の身体に自信がある人が危ないいんや。ええから休んどき。よっしゃ、わてが蒲団(ふとん)敷いたろ」

立ち上がった信治郎にしのが寄り添った。

「ほんまに大丈夫だす。それより時間があったらもっと寄って下さい」

「わかった」

「今夜はどちらだす」

「西城はんと一緒や。何と言うたかな。ほれ店の中に西洋はんの部屋のある……」

「あの店は気いつけなあきませんで。おかしな噂が出とう店だっさかい。それに西城はんも気になるし」

「おかしいって何がや？」

「何年南地で遊んではんのだすか？」

しのが珍しく眉間にシワを寄せた。

南地の店へ入ると、女将が待ちかねていたように信治郎を迎えた。

部屋には、先日のあの女が席にいた。

黒のチャイナ服を着ていた。まったく別の女に見える。信治郎は唾を飲み込んだ。

西城は相変らず数人の女たちをはべらせ派手にやっていた。

よおぅー、待っとったぞ。さあ駆けつけ三杯じゃ、グゥーッと行け。信治郎の前の赤いグラスに女がウイスキーを注いだ。

——今夜は酔うたらあかんど……。

女の酒を注ぐ白い手が妙になまめかしかった。それを見て、一気にグラスを空けた。

次の日も信治郎は西城と宴をともにした。

西城が案内したいというところが川口の旧外国人居留地にある西洋料理の店というので信治郎はひさしぶりに洋服を着た。

「いや大将、博士先生か大臣さんに見えまっせ」

店の手代と丁稚が言った。

「ほうか、そら嬉しいな」

「へぇ～い」

奉公人たちが活気ある声で応えた。皆元気である。それもそのはずで、今日の午後、西城から届いた注文は先月の何倍もの量であった。それも高級品の洋酒が多かった。缶詰もすべて輸入品である。その注文を皆で手分けして済ませた。鳥井商店の半年分の売上げに近い取引額だった。

店に入ると、西城はまだ来ていなかった。日本人の客はほとんどいなかった。洗面所に入り、身だしなみを整えた。鏡の中に映る自分の姿を見て、奉公人の言葉を思い出し、まんざらでもない気分になった。戻ると奥のサロンで、あの女と中国人らしき男が話していた。その奥に西城の姿があった。

——何や来てはったんか……。

食事の席に着くと西城が言った。

「いや、驚いたぞ。鳥井さんはそこいらの商人とは違うと思うとったが、その着こなしであんたの本当の姿が見えたぞ、わしには」

「ほんまに、ますます惚れてもうた。それにテーブルマナーも日本人離れしてはる」

「西洋の作法はどこで覚えたんかのう。わしにもひとつご伝授してもらいたいの」

「いやいや、ハッハハハ」

西城と女の言葉に信治郎は有頂天になった。

場所を変えて、南地の店で次の宴がはじまる頃には信治郎はすっかり酩酊してしまった。

目が覚めた時、部屋の様子がおかしいと思った。壁も、枕元のランプも歪んで見えた。頭が痛かった。階下でせわしい女の声がした。

窓を開けると空が明るかった。

「あかん、寝過ごしてもうた」

着替えをしながら枕元にある奇妙なキセルが目に止まった。取り上げて匂いを嗅いだ。盆に白い粉があった。指先につけ嗅いだ。

──こら阿片ちゃうか。

小西儀助商店に奉公していた時、痛み止めで使う阿片を見ていた。

その時、廊下の方からバタバタと足音がした。

あんた、勝手なことしたらあきまへんて、と女の声がして、鳥井さま、鳥井さま、としわがれた女の声がした。

──何や、わてを呼んでるやないか。

信治郎が部屋の襖を開けると、芳やの下女が血相をかえて、こちらを見ていた。

「どないしたんや」

「女将さんが、おしのはんが」

喉の奥から絞り出すような声で下女は信治郎にすがりついた。

「何や、しのがどないしたんや」

早口で話す下女の言葉を聞き、何やて、と声を上げ信治郎は飛び出して行った。上着と靴を手に素足のまま南地の大通りを全速力で走った。

芳やに飛び込み、二階へ駆け上がった。若い女と町医者らしき男が横たわるしのの顔を覗いていた。

「しの、しの、大丈夫か、しの、しっかりせなあかんで」

しのは朦朧として、その目が宙を見つめていた。

こら、〝コロリ〟ですな、そない近寄ったら感染りますとの町医者の言葉に、信治郎は、

「何がコロリや。そんなもんとちゃう」

と怒鳴り声を上げ、しのを抱きかかえた。

「しの、しの、気丈にせなあかんで。わてがついとるで。こらっ、すぐに人力車を呼べ、川口の居留地や、あすこの病院へ行くで」

この薬が効きます、少し高い薬ですが、と言う町医者を蹴り上げて、信治郎はしのを背負い、表へ出ると、川口にむかって真っ直ぐ走り出した。

「しの、頑張んのやで、もうちいっとの辛抱や、あすこへ行ったらええ薬があるよってな……」

病院に着いてほどなく、しのは息絶えた。

信治郎はベッドで横たわるしのに顔を埋めて号泣した。

「しの、しの、かんにんしたってくれ。わてが阿呆やった。おとついの晩、無理にでも医者を呼んだらなあかんかった。しの、しの、かんにんしたってくれ」

泣きじゃくる信治郎を医者も、下女たちも黙って見ていた。

しのの野辺送りを済ませ、半月後にようやくやって来た丹後の遠い親戚にしのの遺骨

を渡した夕暮れ、信治郎は釣鐘町の家を訪ねた。

「何や、信はん、しょぼくれた顔をしてからに、早う上がり。お母はんも、今夜来ると聞いてご馳走こさえて待ってんで」

「喜蔵兄はん、飯の前にちょっと話がおます……」

「食べながらやとあかんのか」

信治郎はうなずいた。

喜蔵は信治郎の顔を見直し、

「ほな帳場にいてくれるか」

喜蔵が帳場へ入って来ると、信治郎は板の間に両手をつき、頭を下げて言った。

「お兄はん、一生に一度のお願いがおます」

「何をしでかしたんや」

「月末の問屋の払いができまへん」

「どういうこっちゃ。話してみいな」

信治郎は相手の行方がわからなくなり、納品した品物の代金回収ができないことを説明し、金を工面してもらいたいと話した。

西城との取引だった。西城は、突然、行方を晦した。

「それで、なんぼの額になるんや」

信治郎がはっきりした声で額を告げると、喜蔵が大きく目を見開いた。

「…………」

喜蔵はしばらく腕を組んだまま沈黙していた。

「それだけの金額、店の身代皆放り出しても追いつかへん。明日の夕方、店へ来てくれ。飯だけは食べて行ってくれよ。お母はんにはこの話はしたらあかん」

「わかってま」

こま自慢の芋の煮ころがしも、生駒(いこま)まで採りに行ったという蕗(ふき)もまったく味がしなかった。

ほな、お母はん、ご馳走さまだした、と店先で頭を下げ、歩き出した信治郎を喜蔵が追い駆けて来た。

「ほれ、忘れたるがな、これ」

こまが縫ってくれた前垂れだった。

「信はん。おかしなことしたらあかんで」

「何がだす？」

「そやから、おかしなことや」

「お兄はん、わてはそないな根性なしと違いま」

翌夕、釣鐘町の家を訪ねると、喜蔵が身なりを整えて待っていた。

「信はん、一緒に行ってもらいたいとこがあんねん」

「へぇ〜い」

信治郎はこうして二人で歩くのがひさしぶりだと思った。それがよりにもよってこんな時であるのが情け無くて仕方なかった。

「お兄はん、わてのような阿呆を弟に持ってほんまにすまんことだす」

「阿呆はこんまい時から知っとるわ」

やがて前方に大きな商店が見えた。

「ここや」

看板には〝西川(にしかわ)米穀商店〟とあった。

「ここらの米穀商仲間の世話役をしてもろうてる店や。ご主人はんはお父はんとも親しかった人や」

脇木戸から入り、丁稚に奥の部屋に通されると、主人の西川定義(さだよし)が座っていた。

「西川はん、こんな時刻にすまんことだす。これが、話をしました弟の鳥井信治郎だす」

「初めまして、鳥井信治郎だす」

「おう、あんたはんが信治郎はんだすか。西川だす」

西川は信治郎の顔をしげしげと見た。

「いや、若い頃の忠兵衛はんによう似てはりますな。あんたはんの商いの噂は聞いとります。えらいよう働かはるそうでんな」

「いいえ、まだほんの駆け出しだす。どうぞよろしゅうお頼もうします」

「話は喜蔵はんから聞きました。わてら米穀商からすると半端な金額とちゃいますよって、ひとつ聞いてから話をしとうおます」

「はあ、何でっしゃろう」

「こないな崖っ縁に立たはったんは何のせいやとお考えだすか？」

信治郎は西川のいきなりの言葉に下唇を噛んで言葉を探した。

「……それはわてが商いで一番肝心な、銭を、この目と、この手できちんとつかんで商いを進めへんかったことだす」

「それだけでっか？」

信治郎はギクリとした。西川はもう一度言った。

「それだけでっか？　鳥井はん」

「……人を見る目がおまへんでした」

西川はゆっくりとうなずいた。

「大、大将、戦、戦争がはじまりましたで……」

丁稚の一人がせわしない草履の音を立てて店に戻って来た。

明治三十七年（一九〇四年）二月中旬の夕刻だった。

日清戦争以降、日本とロシアの間で、清国と韓国における両国の政治、軍事干渉についての主張をくり返す交渉が長く続いていた。日本は日清戦争で賠償金の他に遼東半島をはじめとする地域を獲得していたが、ロシア、フランス、ドイツの三国干渉によって遼東半島を清国に返還した。ロシアは極東アジア進出の方針を強硬に推し進め、清国に旅順の基地の建設を許可させ、満州の保護及び秩序維持を名目としてウラジオストックから続々と兵員を派遣し、駐屯させていた。同時に韓国への干渉をはじめていた。一方、日本はロシアの満州統治と旅順の要塞からの撤退を強硬に要求した。日本は秩序維持を目的に軍を派遣しようとしていた。

日本とロシアはそれぞれの国の海外進出において清国、韓国は一番近い隣国であったから外交交渉は平行線をたどるしかなかった。この両国の動きを欧米列国が黙って見ているはずはなく、ロシアとの対立を深めていたイギリスは日本と同盟を結び、フランス、ドイツはロシアを支援することで自国のアジア政策を進めようとした。

しかし世界の列国は、アジアの小国である日本が大国、ロシアと戦争をすることはないと見ていた。そのような政治の大局の見方とは別に、日本は戦艦をはじめとする軍事力増強のために着々と準備をすすめていた。日本海軍は、後に連合艦隊の旗艦となる

〝三笠（みかさ）〟をはじめとする新鋭戦艦をイギリスに発注、購入し、その戦力拡充を進め、戦時に〝六六艦隊〟と呼ばれる、戦艦六隻、装甲巡洋艦六隻を主力とする艦艇百五十二隻を整えるに至っていた。陸軍は、ロシア三百万兵力と言われる軍事力に対抗すべく、百万以上の兵の動員を目指して、兵器、輸送態勢、猛訓練による兵力の質の高さを築き上げつつあった。それにともない、日清戦争以後、仮想敵国、ロシアを前提にして軍備増強に関わる産業が一気に躍進して行った。日本の軍事費は増大し、戦費の大半は外債によって賄うしかなかった。

高橋是清（これきよ）がアメリカへ外債の交渉に行った折も、アメリカから〝ロシアと戦争することは小さな子供が大人と戦うようなものだからやめなさい〟と言われた。

ロシアはニコライ二世が国策としてアジア進出を日清戦争以前に決定していたから、アジアの小国、日本がいかに抵抗しようと問題にしていなかった。ウラジオストックまでのシベリア鉄道が完成すれば、三百万の兵員を送り込めると信じていた。実際、明治三十六年（一九〇三年）に満州、韓国問題を解決すべくロシアの全権大使として訪日したクロパトキンは、寺内正毅（まさたけ）陸相の前で『余は武官なり、日本より戦を開くに於（お）いては、三百万の常備兵を以（もっ）て、日本を攻撃し、東京を手裡（しゅり）に入れん』と豪語していた。

汗を拭いながら、ロシアとの戦争がはじまったことを告げに来た丁稚を見て、信治郎は葡萄酒の瓶詰をしていた手を止め、

「とうとうはじまりよったか……」

と白いものが舞い降りはじめた二月の空を見上げた。ロシアとの戦争がほどなくはじまることは船場で生きる人々にはわかっていた。半年前から、荷を運ぶ船の数がめっきり減っていたし、九州、中国地方に続々と兵隊を乗せた列車が昼、夜なく走っている話も聞いていた。

「大将、どないなりますんやろか。あんなおおけな国と戦争をはじめて、日本は大丈夫なんだっしゃろか？」

「そらあんだけおおけな国や、簡単にはいかへんやろ」

「浪花にも、ここにもロシアの兵隊が攻めて来るんでっか。そうしたらどないしたらええんだす」

「そら戦わなあかんやろう」

「えっ、大将も戦わはるんでっか」

「そや。けどあんたたちは、わてが守るさかい心配せんでええ。わてにはぎょうさん神さんがついとるさかい。くたばるかいな」

「そ、そうでんな。大将は、毎朝、毎晩お経を上げてはりまっさかいにな」

しのを亡くして、信治郎は毎朝毎夕、般若心経(はんにゃしんぎょう)を唱えていた。しのの死は放蕩(ほうとう)の戒めとなると同時に、日本一の葡萄酒を何が何でも完成させてみせるという決意をあらためて固めさせることになった。

「昨日もまた大勝利だっせ」

瓶の納品にやって来た問屋の番頭が新聞の戦況記事を見て言った。

「大将、こらひょっとしてロシアに勝ちよるかもしれませんで」

「そやな、勝ったら、また大騒ぎで酒がよう売れるさかい、あんたはんも瓶が遅れんようにしといてや」

「へぇ～、ありがとさんだす。けどいよいよバルチック艦隊と天下分け目の一戦でんな……」

店を出て行った番頭が置いて行った新聞の見出しを信治郎は見た。

〝奉天会戦大勝利〟とある。

すでに戦争がはじまって一年が経っていた。新聞が報せる戦況はどれも勝利のくり返しである。

巷の噂ではロシアのバルチック艦隊が日本にむかって最後の決戦をすべく、大航海をしているらしい。東郷平八郎率いる連合艦隊を〝無敵〟と囃し立てるが、信治郎は地方の問屋回りをしながら、この半年で〝英霊〟と呼ばれて遺骨で帰国した兵隊や、手足を失くした負傷帰還兵を何人も見ていた。

実際、国内の物資も欠乏していた。

――早う、終らせなあかんで……。

今朝も信治郎は戦勝を祈願して、いつもより多く経を唱えた。

日露戦争の戦況を報じる新聞報道はいささかオーバーな表現もあったが、日本軍が優勢に戦いを進めていることには間違いはなかった。

前年に開戦した日露戦争の大局を見ると、最大の激戦は旅順攻略をかけた二〇三高地の戦いであった。

旅順の湾内に停泊するロシア太平洋艦隊を殲滅させなくては、この戦争を勝利にむかわせることはできなかった。海軍は何度となく湾内を攻撃したが、失敗をくり返していた。封じ込めが精一杯ではバルチック艦隊到着後は一気に形勢が不利になることは目に見えていた。

海軍の要請もあり、旅順の湾内にあるロシア艦隊の殲滅を優先することが御前会議で決定し、第三軍司令官の乃木希典は容赦ない攻撃を二〇三高地にかけ、激戦の末、これを占領した。高地からの砲撃を受けたロシア艦隊は、その戦闘能力を喪失した。その勢いで陸軍は奉天会戦の勝利に至るまで進撃を続けた。それでも内情は、両軍がすでに補給弾薬を失い、あとはバルチック艦隊と日本連合艦隊の決戦にすべてを委ねることになった。

明治三十八年四月初旬、バルチック艦隊はマラッカ海峡に入った。地球を半周する艦隊の長い航海はさまざまな妨害を受けた。艦隊を停泊させる港の大半が、かつて〝海のイギリス〟と言われた英国の影響下にあり、満足な休息と補充がかなわなかったからである。その上フランス領の港に停泊しようとした艦隊に対して日本は猛反発し、フランスもそれを無視できなかった。ある意味、バルチック艦隊はロシア皇帝ニコライ二世の命を受けたさまよえる艦隊と言えた。

五月二十六日、日本の連合艦隊はバルチック艦隊が上海郊外の呉淞（ウースン）にあることを確認した。

翌二十七日、対馬海峡東水道で両艦隊は決戦に突入した。

陸戦、海戦における勝利の要因、敗戦の要因はそれぞれの立場で見解は違うだろうが、大航海の末、ウラジオストックを目指していた艦隊に対して、自艦の大半を失くす覚悟で、決戦の勝利を目指していた日本連合艦隊の、開戦前からの姿勢が、勝敗を大きく分けた要因ではないかと思う。

実際、東郷平八郎率いる連合艦隊は捨て身の作戦を立て、それが奇跡的に功を奏したと言える。その原動力となったのは海軍の猛訓練により、あきらかに砲弾の命中率が、日本海軍の方が高かったことであった。

日本海海戦の勝利は、その動向を見つめていた日本人を歓喜の渦の中に立たせることになった。

「大将、東郷はんがバルチック艦隊をやっつけてしまいましたで、こりゃ大事だっせ」

丁稚が興奮した顔で言った。

すでにその情報を知っていた信治郎は仏壇にむかって感謝の経を唱えた。

——よう勝ってくれはりましたわ……。

日本中が戦勝に浮かれていたが、信治郎はしのの死をきっかけとして商いに専心したおかげで、日露戦争の最中も鳥井商店の売上げは順調に伸び、西川から借り入れた金もすでに返済し、奉公人の数も増えていた。

新しい葡萄酒の完成には至らなかったが、毎夜の葡萄酒への探究は向獅子葡萄酒の質を上げ、輸送や急激な温度差で起きる栓の爆発などが改良され、売上げも少しずつ伸びていた。それ以上に缶詰、洋酒、炭酸水に加えて果汁（現在のジュース類）、歯磨なども扱って、それらの売上げが店の基盤となっていた。同時に戦時下、信治郎は積極的に得意先の開拓に励んだ。特に中国、四国、九州地方に出かけ、精力的に問屋、小売店を回った。

「あんた、こんな戦争の最中によう頑張っとるのう」

「へぇ～、わてらが気張って、兵隊はんの銃後を守らなあきまへんがな」

信治郎は問屋でも小売店でも、そこに傷痍軍人がいるのがわかると必ずお見舞いを届け、戦死者がいると聞くと仏壇で手を合わせた。

「あんた、わしゃ気に入ったばい。さっきの品物、届けちゃってくれ。ああ、その数量でよかよ」

「そうでっか、おおきに、おおきにありがとさんでございます」

この時には信治郎自身もまだ気付いていないが、乱世期に強い〝寿屋洋酒店〟の礎を着々と固めていたのである。

信治郎が一度、地方を回ると着実に売上げにつながった。

「お〜い。大将が帰らはったで、早うお迎えや」

「ほ、ほんまや。大将のあの顔やと、また大漁やったんと違うか」

いったい何軒の得意先を歩いて回ったのか、赤銅色に日焼けした顔を見て、奉公人はうれしそうに飛び出していった。

「お疲れさんだした」

「何も疲れてへん。九州の八幡はえらい景気や。溶鉱炉で皆身体がからからや言うて、塩までが足らんと言うてた。向獅子も滋養に良うて精が付くと、謳い文句を大きゅうに書いて、荷の中に入れなはれ」

信治郎は疲れを知らないかのように働いたが、同時に突飛な行動を平然とやってのけるところがあった。

或る午後、信治郎が店にむかっていると、店前にいた丁稚が大声で、

「あれ、大将がこっちにむかって飛んできてはります」

「何やて、飛んでる？」

奉公人が店前へ出ると、橋のむこうからたしかに信治郎が宙を浮いて、飛ぶようにして近づいて来るのが見えた。

「大将は飛んでんのとちゃう。あれは自転車に乗ってはんのや」

「自、自転車だっか」

見る見るうちに信治郎は店の前に着いた。

「大、大将、お帰りやす。そ、それはどないしはりましたんや。自転車でんな？」

「おう、買うて来たとこや、自転車言うても、そこらの自転車とちゃうで。〝ピアス号〟言うて、大阪、いや日本に一台しかない西洋はんの自転車や」

「へぇ～、西洋はんのペアスでっか？」

「ピアスや、ピアス号や。これからはこれに乗って風神はんのように得意先を回んのや」

「そら歩いて回るより何倍も早おますな」

「そや……」

信治郎は自慢そうに光る自転車を叩いた。

得意先を回るのにはたしかに便利だが、当時の自転車は一台、百円以上の価格であった。

「ひゃ、ひゃ、百五十円だっか?」

値段を聞いて番頭が素頓狂な声を上げた。

百五十円は鳥井商店の半月分の売上げである。

「あかんか? けど買うてしもうたもんしゃあないやろ。心配すな。元は必ず取ってみせるよって」

「けど……」

信治郎はこのような大胆な行動を平然とやってのけた。

いっときの放蕩はすでに封じて、酒色の場に身を置くことはなかったが、商いのやり方でも、これが良策であると決めると、すぐにそれを実行した。揃いの法被を奉公人すべてに着させ、そこにあざやかな文字で〝鳥井商店〟と染めさせた。商いのためなら思い切って金を使った。

かと言って信治郎は贅沢をするわけではなかった。

普段、自分が着ているものは、もう何年も着続けていて、あちこち繕った跡があっても平気であった。

その上、奉公人を自分の家族のように可愛がった。

或る夜半、寝床に人影がごそごそするのに驚いて、丁稚らが怖がって行灯を点けると、部屋の隅に盥片手に白い粉を畳の端に撒いている信治郎がいた。

「大、大将、こんな夜中に何をしてはんのでっか」

「蚤を退治してんのや。おまはんらが目を覚ましたら一匹もおらんようにしたるさかい」

昼間、瓶詰の作業中に丁稚の一人がさかんに首や腕を掻いているのを見て、何をしてんのや、仕事中やで、と注意をすると、寝床に蚤が出ると答えたからだった。

丁稚たちは感動して、わてらがやりまっさかい、と手伝おうとすると、おまはんらは疲れとるから寝とき、と言われ、有難さに泣き出した。

信治郎の奉公人へのやさしさはそれだけではなかった。

奉公人の里の家族が病いに臥せっていると聞くと、薬を用意させて里へ送らせたし、藪入りの時には、新しい着物をこしらえてやり、他の店より多い小遣いを持たせて帰した。

その上、奉公人の働く様子をよく見ていた。

「あんた、ちょっと手を休めてこっちに来てみい」

「へぇ～い。何だっしゃろう」

信治郎は丁稚の額に手を当てて、

「少し熱があるんやないか。鼻水はどないや？」

丁稚に様子を訊くと、番頭を呼び、半ドンにさせて休ませ、薬を煎じて飲ませるように言いつけた。

「少し精がつくもんを食べさせなあかんな。誰ぞ、すっぽんか鯉を買うて来い」

そう言って賄いの女に雑炊をこしらえさせて丁稚に食べさせた。

翌年の夏の盛りの或る日、信治郎は午後から一人で天満宮へ出かけた。

季節毎の挨拶、寄進はしているものの、夏までの店の商いが予期した以上に良かったので、そのお礼も兼ねて、参詣しようと思った。

またたく間に八月である。楼門が夏の陽にかがやいている。

橋にさしかかると信治郎を見つけた物乞いたちがすがるような目をむけ、恭しく地面に額が付くほど頭を下げて、旦那さん、どうぞ施しを頂けまへんやろか、どうぞお頼もうします、もうします、と口々に口上のような調子で声を上げた。

信治郎は懐の財布から銭を出し、それぞれの缶やら皿の中に入れた。そうしてすぐに真っ直ぐ正面をむいて歩き出した。背後から、おおきに、おおきに、ありがとさんでございます、ございます……、とやはり詠い上げるような声がする。

——あれはもう何年前や、お母はんに手を引かれて、あの人らの所作が見とうて振りむこうとしたら千度叱かられたんは……。

ずいぶん昔のことのようにも思えるし、つい昨日のことのようにも思う。

真っ直ぐ社務所へ行き、挨拶し、寄進の金を届けた。顔見知りの宮司が大袈裟に頭を下げた。

「いやあ～、ほんまに鳥井さんにいつもいつもお世話になりまして、あなたさんの信心には皆が感心してます。ほんまに……」

「ほな秋の例祭にまた参じますんで」

「鳥井さん、皆さんの勧進で本殿の普請がようやっと終りました。ぜひ見て行ってもらえたら」

「いや、今日はちょっと……」

「そない言わはらんで、ぜひ少しでも……」

「そうでっか」

信治郎は宮司と本殿へ上がった。

なるほど菅原道真（すがわらのみちざね）をまつる祭壇の周囲が綺麗（きれい）になっていた。

「ほう。こら立派なもんでんな」

「そうでっしゃろう。これも鳥井さんのお蔭でございます……」

「わてはたいしたことしてまへん。けどこれなら菅公（かんこう）さんもお喜びでっしゃろ」

「はい、おおきに……」

　信治郎がお参りを済ませて廊下を歩いていると、角部屋の木戸が少し開いて、その部屋にいる子供たちの姿が目に止まった。宮司が、秋の例祭に境内に貼り出す子供らの習字の手習いだすわ、と説明した。

　——ほう習字かいな……。

　菅原道真は学問の神であり、書もよくする人であった。

　宮司が子供たちに挨拶するように言った。

「こんにちは、こんにちは」

「ああ、こんにちは。よう気張らはって、皆ええ児(こ)やな。あとで饅頭(まんじゅう)を届けさせるよってお食べ」

「わぁ～い、ご馳走さんです」

　信治郎は喜ぶ子供たちの顔を見て目を細めた。するとその中に、懸命に筆を運んでいる少女の姿が目に止まった。

　信治郎は気になって少女の習字を覗いた。

「ほう、こらまたえらい難しい字を書いてんのやな」

　ちいさな手ではもてあましてしまう中筆で真剣に書いている。

「お嬢はん、こらよう書いたあるな。けどようこの字を覚えたな」

それは〝壽〟という文字で、この頃は大人でも略字の〝寿〟と書いたが、少女は正字を懸命に書いていた。

「うん、お祖父ちゃんとお祖母ちゃんがぎょうさん長生きしてくれはるように書いてん」

「ほう、それはええことやな」

「それにこの字は縁起がええねん」

「そ、そうやな。何でも知ってるな」

見ると少女が習字の手本にしている隷書の文字に、〝壽福瑞祥〟とあった。信治郎は感心した。宮司が言った。

「来年の正月はこの子の〝壽〟を飾ろう思いまして、何しろ縁起がええ字でっさかい。〝壽福瑞祥〟、皆が長生きがでけて、福がぎょうさん来まっさかい……」

——皆が長生きでけて、福がぎょうさん来よるか……。

「そや、これで行こう」

信治郎は、突然、大声を出した。

「宮司さん、天満宮さんはやっぱりええ神社やで、おおきに、おおきに、ほなこれで」

信治郎は一気に境内を出て橋を渡ると、お気に入りのピアス号のペダルを踏みながら胸の中で叫んでいた。

——見つかったで、一等賞の店の名前が見つかったで……。これなら新しい店も胸を張ってできるやろう。

夏の初めに元米穀商の西川定義から事業に参加したいと、出資の申し出があった。西川からは以前、信治郎が仕事で失敗した折、損失をまかなう金の大半の融資を受けていた。その金の返済は、商いが予測したより順調で、最初に決めた返済期間より早く返すことができた。

西川は信治郎の返済と働き振りを見ていて、信治郎がかねてから目指していた新しい葡萄酒造りに興味を抱いた。

「鳥井はん、どうやろう。その商い、わてにもひと口乗せてもらえまへんやろか？」

「えっ、何のことだす？」

「あんたはんの夢の葡萄酒の商いをわても一緒に夢見てみたいんや」

「へぇ～……」

「喜蔵はんからも葡萄酒の話は聞かせてもらいました。きちんきちんと返済してもろうた金にも感心しましたんや。わてにも以前やっとった米屋のつながりで、まだぎょうさん問屋、得意先に顔がきくとこがおます。どうやろ、あんたはんは葡萄酒の製造に専念してもろうて、販売の方はわてがきっちりやりますわ」

「………」

信治郎は西川から共同で店をやらないかとの申し出にためらった。

「別にただで夢を見させてもらおうとは思うてまへん」

西川は脇に置いていた包みを信治郎の前へ差し出した。

「新しい会社への資金や。どうぞ好きに使うておくれやす」

信治郎は西川の顔を見返した。

「西川はん、これ、なんぼあんのだすか」

西川が金額を言った。

信治郎の目が光った。

――これだけの資金があれば、今の注文の倍の商品が捌ける……。

「わかりました。一緒にやりまひょ」

共同での店となると、それなりの準備がいる。

信治郎は以前から、兄の屋号と重なる鳥井商店に替わる新しい屋号が欲しいと思っていた。

「おい、皆集まってくれ」

店に戻って来た信治郎が奉公人たちを呼んだ。

「大将、何だっしゃろ?」

「新しい屋号が、店の名前が見つかったで」

「えっ、新しい屋号でっか」

「そうや。この秋から店も西川はんに手伝うてもらうことになった。それを機会に店の名前を新しくしようと思ってたんや。それがようやっと見つかったんや」

「何と言う名前でっか」

「誰ぞ、半紙と筆を持って来い」

丁稚が急いで半紙と筆を取って来た。信治郎は作業場の机の上に半紙を置き、袖をたくしあげて筆を執ると、そこにゆっくりと、〝寿屋洋酒店〟と書いた。

「ことぶきや、でっか」

「そうや、寿屋洋酒店や」

「寿屋でっか。何や、めでたい名前でんな」

丁稚たちも半紙に書かれた〝寿屋〟の文字をじっと見つめてうなずいている。

「こらよろしいわ。〝寿〟は人で言うたら長生きすることでっしゃろう。店も長生きして繁昌しまっせ、大将」

「それに縁起も良さそうでんな」

丁稚の一人が嬉しそうに言った。

「そうや、縁起がええ名前なんや。この店をこれから長生きさせて、百年も、いや千年も万年も続く大店にしようやないか」

「千年、万年でっか、そら夢みたいな話でんな」

「その夢を手に入れんのが、わてらの仕事やないか」

「そうだすな。こら気張らんとあかんで、皆頼むで」

「は、はい。千年も、万年も気張りま」

「そ、そんなに生きてんのか、おまえは」

丁稚同士が笑って話している。

「それでええのんや。商人（あきんど）の夢はおっきいほどやり甲斐（がい）があんのや」

「そうでんな。さすが大将や」

「よっしゃ、今夜は皆で鰻を食べて精をつけて、千年も、万年も気張ろうやないか」

「へぇ〜い、ありがとさんだす」

表で人の声がした。丁稚が小走りに表へ行き、毎度、おおきに、寿屋で、と言いかけて、あわてて鳥井商店だす、と言った。

その声に皆がまた声を上げて笑い出した。

明治三十九年（一九〇六年）九月一日に鳥井信治郎は屋号を〝寿屋洋酒店〟に変更した。

新しい門出である。この日、向獅子の葡萄酒の正式名を〝向獅子印甘味葡萄酒〟とした。ラベルもあざやかな金粉を加えた印刷に仕上げ、店の中に棚を設け、取引先の問屋にも陳列してもらった。それまでつどつどの製造、販売だったが、在庫品のある商品にした。

　信治郎自ら博労町の木工店へ行き、木彫りの見事な看板も制作した。

　大きな尾を立てた二頭の獅子が（正確にはライオンの姿をそのまま描いてあった）、商品の頂点をあらわす三角の山で立ち上がり、その下に〝向獅子印〟の文字と〝健全滋養〟と商品の謳い文句が大きく書かれていた。そこから縦に〝香竄葡萄酒〟という黒い太文字が浮き彫りのレリーフにしてあった。発売元、大阪寿屋洋酒店。幅二十五センチ、高さ一メートル半の檜造り（ひのきづく）の堂々とした看板を各問屋、商店へ、信治郎自らが木工店の職人と出向き、掲げてもらった。

「なんや、こんな立派でおおけな看板を店の前に掲げてもろたら、この店が寿屋さんの店みたいに見えてまうな」

「す、すんまへん。屋号も新しゅうしましたさかい、皆さんに覚えてもらおうと思うて、これ開店祝いだす。どうぞ……」

　と銭の入った祝儀袋を店の手代に渡した。

「それからこっちは、この看板の〝守り（も）〟の分だす」

「な、なんや、そんなにぎょうさん」

「馬車の泥やらで汚れてしもうたら、どうぞこれの守りをしたって下さい」

「なんや、看板守りかいな。へい、へい、わてがきちんと守りさせてもらいまっさ」

「おおきにありがとさんだす」

寿屋洋酒店第一号の宣伝看板である。四色の色彩絵具で仕上げたこの看板は、他店が制作する三倍近い費用がかかった。

獅子と三角のデザインにも金粉を加えていたから、遠目でも光彩を放ち、評判になった。

その看板は、今も数点残っているが、現代でも立派に通用する素材とデザインである。

「これ以上はもうできしまへんで……。大将、このくらいでかんにんしたってもらえまへんか」

木工屋の職人がべそ搔きそうな顔で信治郎に言った。

「何を言うてんのや。ここまででけてんのや。あともうちいと光沢が出たら、それでもっとようなるんやないか。ここで投げ出してしもうたら博労町の職人の名前が泣いてまうで……。ほれもういっぺん、膠（にかわ）と染料の量を調整してみなはれ。あんたはんならでける」

「もう千度やりましたがな……」

「千度は千回やで。そないしてへん。ほれ、やってみなはれ。必ずでけるよってて」

「……そうでっか」

第一号の看板の制作に携わった職人が、後年、引退してから語ったという。

「そらもう寿屋の大将の鳥井はん言うたら、わてら博労町の職人泣かせの人で有名やったわ。何せ、夜中まで、わてらの仕事場に立ったまま、ほれ、もうちょっと、ほれ、やってみなはれ、やってみなはれや……、ほんまに泣きとうなってもうたわ、当時は……」

そうやって昔を懐かしんだ後で、

「そやけど、そのお蔭で、それから、わての所も、あれと同じ看板を作ったれ、わての所もと注文が一気に増えたんや。けど同じもんは作れへんのや。何しろ寿屋はんの注文は資材代、染料代、それに手間賃までが二倍も、三倍もかかってんのや。皆、それを聞いて、手をひっこめてもうた。やっぱりおおけな商いをでけるようになる人は、やらはることが他と違うんやな。わてもぎょうさん看板こしらえたけど、鳥井はんの仕事が一番勉強になったわな……」

と嬉しそうにうなずいていたという。

「そんな置き方したらあかん。店に入って来たお客はんの目に、まっさきに止まるようにせなあかんやろう。奥の方の向獅子までようラベルが見えるようにせな。ほれ、わてにかしてみい」

丁稚たちは信治郎の陳列のやり方を見て感心した。

「こらわてらの子供、家族と一緒やで」

信治郎は寿屋と店名を変えてから、昼時、ピアス号にまたがり、船場界隈を西に東に猛スピードで得意先回りをするのが日課になった。

すまへ～ん、すまへ～ん、気い付けておくれやす、すまへ～ん、と猛スピードで信治郎を乗せたピアス号が各通り、各筋を疾走する。

「おう、危ないで、気い付けや」

「番頭はん、今、通り過ぎたんは何だすか？」

「あれが西長堀の寿屋の鳥井信治郎や。今売り出しのハイカラの葡萄酒屋や」

「ぶどうしゅ、って何だすか？」

「西洋はんの飲む酒のことやがな。知らんのかいな」

丁稚の少年は今しがた風神さまのように通り過ぎた人物の姿を思い返した。羽織を風に天女の衣のようにひるがえし、すまへ～ん、すまへ～ん、と声を上げて通りの中央を走って行った。

——あれがハイカラさんか……。

「幸吉（こうきち）、今朝、届いたタイヤの数は確認したか」

「へぇ～い、済ませました」

「そんならぼぅ～としてへんで自転車磨いて来い」

「へぇ～い」

その日の午後、少年は花匂う春の風が流れる船場を堺筋淡路町から安堂寺橋通りにむかって歩いた。少年が奉公している〝五代自転車店〟の主人から修理を終えた自転車をお得意さんに届けて来るように言われたからだった。

先刻主人の言った言葉が耳の奥に響いた。

「幸吉どん、安堂寺橋通りの〝寿屋洋酒店〟はんやで。〝鳥井商店〟とちゃうで。大きな声できちんと挨拶せなあきまへんで。寿屋はんは店の大事な上得意さんなんやからな」

上得意と言われなくとも、今、少年が引いている自転車は店で一番高額の自転車である。

少年は鳥井信治郎の姿を三度見ている。

――風神みたいな人や……。

少年はそう思っていた。

橋を渡って安堂寺橋通りに入ると寿屋洋酒店の店前で、丁稚二人が大八車に荷を積んでいた。

「ごめんやす、ごめんやす、五代……」

少年が声をかけても丁稚たちは荷積みの真っ最中で少年に気付かない。大声をかけた。

「ご、ごめんやす」

「なんや、いきなり大声かけてビックリするやないか。もうちぃっとで箱を落してまうところやったで……」

「す、すんまへん。五代自転車だす。修理が終ったピアス号を届けに参じま……」

「なんや自転車屋の丁稚どんかいな。大将の自転車の修理が上がったんやな。ほな、そこの箱が積んだある脇に置いとき」

少年は丁稚がしめした店の脇を見たが、外にこんな高価なものを置いていくわけにはいかない。それに受け取りももらわなくてはならない。

「何をぼお〜っと立ってんのや。仕事の邪魔になるやろう」

「あの受け取りが……」

「店の中の子に言い」

少年は店の中に声をかけた。

「すんまへん、すんまへん、どなたかいてはりませんか」

奥から丁稚があらわれ、おいでやす、と頭を下げた。自転車の納品に来た旨を告げると、なんや、自転車屋はんかいな、と言った。納品書を出すと、丁稚は懐から判子を出し、これでよろしか、と捺した。自転車を店の隅に置くように言うなり、すぐまた奥へ消えた。奥から甲高い声がしていた。

少年は店の中を見回した。棚に葡萄酒が並んでいた。どの瓶も丁寧に磨かれ、黒く光っている。そこに金箔の獅子が二頭、金色の三角に前足をかけ吠えている。高そうな葡萄酒である。少年が毎日見ている自転車と違って、棚に並べられた瓶からはどこか甘い香りがするように思えた。それは飲み物と言うより、宝物に見えた。

――世の中にはいろんな商品があんのやな。

美しい光沢を放つ葡萄酒は少年の好奇心をかきたてた。

――どんな味がすんねんやろか。

少年は目を閉じて鼻の先を犬のように鳴らしてみた。

ちょうどそこへ葡萄酒の調合を一段落させた信治郎があらわれた。

「そこで何してんのや」

少年は驚いて目を開き、

「す、すんまへん。ピ、ピアス号の修理が上がりましたんでお届けにまいりました……」

「おう、五代はんの丁稚どんかいな。ご苦労はん」

「は、はい。毎度ありがとさんでございます」

少年はあわててまた頭を下げた。

信治郎は丁稚をじっと見た。丁稚は済まなさそうな顔をしていた。

「ところで坊は今、何を見てたんや」

「す、すんまへん。こ、この棚の葡萄酒があんまり綺麗なんで、つい見惚れてもうて。どうもすんまへんでした」

「何も謝ることはあらへん。そうか、坊の目にもこの葡萄酒が綺麗に見えたか。そら、嬉しいこっちゃな」

信治郎は棚の上の葡萄酒を一本手に取り、

——うん、こらよう磨いたある……。

とそのラベルを撫でた。

信治郎は気配を感じて、そばに立つ丁稚を見た。顔にはまだ幼さが残っていたが、棚の葡萄酒を見つめるつぶらな瞳の奥から光を放っていた。

「坊は故郷はどこや？」

「和歌山の海草だす」

「そうか、紀州は昔からええ商いができる商人を出しとる土地や。坊も気張るんやで」

「は、はい」

嬉しそうに信治郎を見返した目に強い光があった。

「坊には見どころがある。この棚の、この葡萄酒が綺麗やと思えたことは、商いの肝心のひとつや。商いはどんなもんを売ろうと、それをお客はんが手に取ってみたい、使うてみたい、うちの店の、この葡萄酒ならいっぺん飲んでみたいと思うてくれはらなあかん。それにはどこより美味いもんやないとあかんのや。ええもんをこしらえることが肝心や。ええもんをこしらえるためには、人の何十倍も気張らんとあかんのや。そうやってでけた品物には、底力があるんや。わかるか。品物も人も底力や。坊、気張るんやで……」

信治郎は丁稚の頭をやさしく撫でた。

丁稚は信治郎に深々と頭を下げて店を出て行った。

信治郎は丁稚の挨拶にただうなずいて、手の中の向獅子をぼんやりと眺めていた。

自転車を届けた丁稚。この少年がのちに〝経営の神様〟と呼ばれる松下幸之助になることは、当人の少年も、信治郎も知るよしはなかった。

そして後年、二人が大阪から日本全国に商いの規模を凄じい勢いでひろげ、やがて日本有数の企業となってからも、船場出身の商人として、互いに助け合う日々が来ることも知らなかった。

大将、大将、準備がでけました〜、と甲高い声がした。

「そうか、ほなすぐそっちへ行くわ」

信治郎はあわてて奥の作業場に行った。

机の上に丁稚が並べたフラスコが三つ置いてあった。

「温度はちゃんと言うたとおりにしてくれたな？」

「へぇ～い。言われましたとおり、温度計できちんと計りましたよって……」

「わかった。ほな、それでええ。ここを出て行ったら戸を閉めて、外から錠前をかけてくれ」

「外からだっか」

「そや。わては、これから一歩も外へは出んよって……」

信治郎からはいつものおだやかな表情が消えていた。

丁稚は鬼にも似た信治郎の顔を見て、思わず生唾を飲み込んだ。

「へ、へぇ、そうさせてもらいま……」

錠前が掛かる音がすると、信治郎はフラスコをひとつ手に取り、そこにブランデーを注いだ。

ゆっくりとフラスコを回した。

そうして、それを小皿に移し、鼻を近づけて匂いを嗅いだ。

――悪うはないな……。

次に口の中で赤い液体を静かに回した。

——もうちょいや。ブランデーの量かいな……。

去年の暮れあたりから、信治郎はひとつのきっかけになる合成法を見つけていた。それはポルトガル産のポートワインを試飲していて気付いたものだった。

ポートワインは、ポルトガル北部ドウロ河上流で実る葡萄を、糖分がアルコールに変化しきる前に七十七度のブランデーを加えて発酵の働きを止め、独特の甘味とコクを出したワインである。十四世紀中頃からポルトガル北部で生産されはじめ、十八世紀にはポルト港から英国に大量に輸出されるようになった。

通常のワインよりアルコール度数が高いこの酒精強化ワインは保存性が大変に高く、一度栓を開けても他のワインのように急激に風味が劣化することはない。長期保存もできることでヨーロッパ中にひろがった。ポルトガルのポルト（Ｐｏｒｔｏ）は〝港〟の意味で、英国人は英語のポートと同源であるためにポートワインと呼ぶようになった。

明治中期にすでに外国人商社の手で日本に入って来ていたが、そのアルコール度数の高さと糖分の強さで食事の時に飲むワインとしては適さなかった。

信治郎はその味と保存性の高さに注目し、ポルトガルだけではなくヨーロッパ各地から輸入された酒精強化ワインを集めた。日本人好みの甘さを出すには、何しろ大量の砂糖を必要とした。砂糖は原材料としては高価過ぎて、製造しても商いにならなかった。

信治郎は、残っている葡萄の糖分を使うポートワインの調合法は、甘味もそうだがコクが出る点に着目した。もう何十夜と、この調合法をくり返し試していた。

もう一点、信治郎がこの製法に望みを抱いたのは、日本酒の製法の中に、発酵途中でまったく違う酒を加えることで、それまでとは違うコクが出るものがあると聞いたからである。

信治郎はその話を西長堀川の橋の袂で、夜だけうどんを売る屋台の主人から聞いた。

夜半、葡萄酒の調合に疲れると、信治郎は作業場を出て、一人その屋台でうどんを食べていた。信治郎が顔を出すのは、いつも店仕舞いの時刻だった。

「おう、まだやってくれてたか」

「へぇ～い。大将の顔を見な帰れまへん」

「嬉しいこと言うてくれるな。一杯と一本つけてくれるか」

信治郎は一気にうどんを呑み込むように腹に入れた。轟(とどろ)くほどの健啖家(けんたんか)である。好物の鰻などは二、三人前はぺろりと平らげる。

「美味いな、あんさんのうろんは浪花で一番や。もう一杯もらおか」

「おおきにありがとさんでございます。けど大将の食べっ振りを見せてもろうたら、わても、こないな寒(さぶ)い所で商いしてる甲斐がおますわ」

「そやな。人が休んどる時に懸命にやれるかやれんかが商いの分かれ道やよってな」

替りのうどんが上がるまでに信治郎は銚子の酒を碗に注いで飲んだ。

信治郎は日本酒が喉を過ぎ、口の中に残った香りが鼻に抜けた瞬間、手を止め、じっと碗に残る清酒を見つめた。

「何や、蚊でも入ってましたか。それやったら済まんことで」

「そんなんやない、あんさん、前からわては思うてたんやが、こら灘かいな、伏見かいな。気になる味がしてるな」

主人はすぐに返答しない。

信治郎は顔を上げて主人を見た。主人が白い歯を見せて笑っていた。

——何や、この笑顔は……。

「さすが大将や」

と言ってから主人は少し身を乗り出し、声を潜めるようにして、

「こらわての特製だすわ」

——特製？　何のことや。

「この酒は伏見に、芸州の安酒を入れておます」

「何やて、違う土地の酒を合わせてんのんか」

「そうだす。それも、まあまあの伏見の酒に、言うことをきかんくらいのボロ酒がええんだす」

——ボロ言いよったのか。

「ほんまにか？」

「へぇ～い。何十年も酒を出してまっさかい。商いの利を上げよう思うてしてることとちゃいまっせ。わても酒好きだっさかい。酒が生きもんいうことはようわかってまんのんや」

主人は自慢そうに笑った。

「何でボロ酒やのうてはあかんのや」

「そら理屈はわかりまへん。男と女みたいなもんとちゃいますか。色男と別嬪が一緒になっても上手いこと行きまへんがな」

信治郎は屋台の主人の顔をまじまじと見た。

「おう、うろんの手を止め。こらお代や」

信治郎は屋台を飛び出し、作業場に走った。

第五章　赤玉ポートワイン

事実かどうかは別として、古代ギリシャでアルキメデスが入浴していて〝原理〟のきっかけを発見し裸で外に飛び出した逸話があるように、ニュートンが木からリンゴが落ちる瞬間を見て〝法則〟にめぐり逢(あ)ったように、歴史の中で、いまだに人が発見、作り得なかったものに、先駆者が触れた瞬間は案外と実生活の中にある。一見気付くはずのないものから、それを見出すことは多い。

しかしそれは、当人が寝ても覚めても、そのことと対峙(たいじ)し続けていたからだろう。

信治郎が作業場の扉に錠を掛けさせてから丸二日が過ぎた。さすがに奉公人たちは心配をして、その夜、釣鐘町の本家、鳥井喜蔵の所へ相談に出向いた。

「……そうか、大将が出て来(き)いへんか。そないなことは、これまでもぎょうさんあったさかい心配せんでええ。けど四国から商談で来ている問屋はんを放っとくのはあかんわな。明日の朝にでも行って、わてから話しまひょ」

「おおきに、よろしゅうお頼もうします」

喜蔵は、翌日、夜が明ける前に家を出た。

天満宮の梅の便りを聞いたとは言え、まだ春の風の中には凍てつくものが残っていた。

——相変らず信はんらしいな……。

裏木戸を開け、作業場の前に立つと扉に貼り紙がしてあった。

築港へ行って、朝飯までに帰る。　信治郎

——何や、どないやって出よったんや。こんな早うに築港やて……。まさか身投げでもしよんのと違うやろな……。

そう心の中でつぶやいてから喜蔵は、

「まさか信はんがな……。ハッハハ」

と笑い出した。

喜蔵は築港へむかった。

やがて春の朝陽が昇る気配がして、空がぼんやり美しい色に染まりはじめていた。

堤防沿いを歩くと、旧桟橋の突端に人影が見えた。うしろ姿で弟とわかった。

「お〜い、信はん。おはようさん」

声に気付いて信治郎が振りむき、両手を上げて喜蔵に振った。

――何や、大袈裟にしよんな。

近づくと信治郎の目から大粒の涙が零れていた。

「喜蔵兄はん。とうとうでけましたで」

子供の時分から、どんな時にも涙を見せることのなかった弟があふれる涙を拭おうともせず、喜蔵に歩み寄り、胸に顔を埋めて嗚咽していた。

喜蔵はやさしく、その肩を叩いた。

「そうか……、でけたか。長いことよう気張りはったな」

信治郎は喜蔵の腕の中で何度もうなずいていた。喜蔵は弟が独りでどれほど辛い夜をくり返してきたかを理解した。思えば丁稚奉公を終え、葡萄酒をこしらえたいと打ち明けられてから九年の歳月が過ぎている。その間、信治郎は独り黙々と暗い作業場で光を探して踏ん張り続けていたのだろう。並大抵の辛抱ではない。

喜蔵は信治郎の頭を撫でた。

信治郎はひとしきり泣くと、笑いながら喜蔵を見た。

「ハッハハ、みっともないとこを見せてしもうて、かんにんだす」

喜蔵は首を横に振り、笑い返した。

「喜蔵兄はん、あれだす、あれにしよう思うとるんだすわ」

信治郎はようやく、そのかたちを見せはじめた朝陽を指さした。

「何のことや？」

「新しい葡萄酒の名前を、あの昇ってる朝陽の真っ赤っ赤で、お天道さんで、〝赤玉〟にしよう思うとんのですわ」

「ほう、赤玉か。何やえらい勇ましい名前やな。そら覚えやすうて、ええやないか」

「お兄はん、ほんまに、そう思てくれはりまっか」

「ああ思うで、お天道さんの赤玉なら、そら神さんも祝うてくれるで」

「そ、そうだすな。神さんにもぎょうさん応援してもらわなあきまへんな」

手を叩いて喜び、朝陽にむかって手を合わせている信治郎を見て、子供の頃、この築港に二人して海を見に来た日々がよみがえった。

「お兄はん、ここはわてらの子供の頃からの大事な場所だすわ。いつかここにわてらの工場を、赤玉の工場を建てまひょ」

甲高い声で話す信治郎を喜蔵は嬉しそうに見ていた。

その日から信治郎は、まさに風神のごとき迫力と迅速さで行動した。

「あんさん、そんな赤色ではあかん。空にぐんぐん昇って行く朝陽の、あの真っ赤っ赤やないとあきまへん。一目見たら、あっ、これや、これが赤玉やと目に焼き付く赤やないとあきまへん」

「へぇ～、そやさかい、こうして三晩も店の職人と色出ししましたんだす」

「あかん、三晩やろうが、十晩やろうが、こないな赤色やあきまへん。すぐ戻って、やりなおしなはれ。あんさんとこの印刷なら博労町で一番の色出しがでけると見込んで頼んでんのや。銭はなんぼかかってもかましまへん。工場の方は、もう赤玉がどんどんでけて、あんさんの仕事を待ってんだっせ。その子らに着せる着物だっせ。気張っとくれやす」

「へぇ～い、ほなすぐ戻って……」

表から丁稚の声がした。

「大将、瓶屋はんが見えましたで」

「おう、そうか、すぐこっちに案内したってくれ」

風呂敷包みを大事そうにかかえた製瓶屋の男が一人作業場に入って来た。

「でけたか？」

「へぇ～、そらもう大将、往生しましたで」

男は包みを開き、瓶を出した。

「おう、ようでけたある。これや、この肩口のやわらかさや。赤玉は女子はんに気に入ってもらわなあかんのや。これや、これや。ほなすぐ戻って明後日までに百本ほど納めてんか」

「そ、そら無茶だすわ。型をこしらえんのに二日はかかりますわ。それに、この見本をこしらえんのに職人は徹夜だす」

「何を言うてんのや。こっちかて、もう何晩も寝てへんのや。ここが正念場やで。赤玉は必ず売れるさかい。そうしたらあんたの製造所も身代がぱあ～っと伸びるんやで」

「………」

　男は黙っている。

「やってみなはれて。やってみな、そないなもんわかりまへんやろ。あんさんならきっとでける。赤玉には神さんがついてはんのや。でけるはずや。ぼやぼやせんと、早う戻って、やりなはれ」

「へぇ～い。ほなやるだけやってみまっさ」

　男は包みをかかえて飛び出した。

　明治四十年（一九〇七年）の三月三十一日の夕刻、安堂寺橋通りの寿屋洋酒店の店内には幕が張られ、十数人の男女が揃いの袢纏を着て立っていた。襟元には〝赤玉ポートワイン〟という文字が染め上げられ、背中にはさらに大きく〝赤玉〟と〝寿屋〟の文字があった。

中央の台座に新製品、赤玉ポートワインがぎっしりと並べてある。神棚の下に〝最高級葡萄酒、滋養強壮、赤玉ポートワイン〟と四色のレリーフ文字が刻まれた看板がずらりと立てかけてあった。

人の輪の真ん中に、同じく袢纏を着た鳥井信治郎が立って、大声で話しだした。

「いよいよ明日は赤玉ポートワインの発売や。どこの葡萄酒にも引けを取らんものをこしらえた。飲み比べてもろうたら、どんな人でも赤玉の良さがわかるはずや。皆自信を持って売るんや。明日から大阪、畿内、中国、四国、九州の問屋はん、得意先、他の店にも置いてもろうて、まずは西で一番の葡萄酒にさせるんや。足が棒になるまで、いや棒になったかて売りまくるんや。ほな、寿屋の赤玉の出陣やで〜」

信治郎の声が響き渡ると、奉公人と、祝いに駆けつけた兄の喜蔵、母のこま、姉たちが、

「おめでとうさんだす」

と一斉に言った。

「よっしゃ、まず神さんに拝もか」

皆が神棚にむかって柏手(かしわで)を打ち、頭を深々と下げた。

丁稚が台座の赤玉の栓を開け、皆のグラスに注いで回った。

喜蔵が一歩前へ出て信治郎の顔をまぶしそうに見た。

「鳥井信治郎はん、長いこと苦労しはって、今日を迎えはって、ほんまにおめでとうさんだす。赤玉の船出と寿屋はんのますますの繁昌をお祈りして、皆はん、乾杯や」

「おう、乾杯！　おめでとうさんだす。おめでとうさんだす……」

皆で赤玉を飲んだ。

「こらほんまにようでけてんな。わてかて何杯も飲めまっせ、あんたらもそう思うやろ」

こまが娘たちに言うと、長姉のゑんが笑って言った。

「ほんまだすわ。お母はんの言うとおりや。何や、一口飲んだら身体に元気が出る気がしますわ」

「姉ちゃん、ほんまやね」

次姉のせつも笑って応えた。

「けど三十八銭もする飲みもん口にするのは初めてですわ」

「ほんまや、三十八銭って、高級品やね。信治郎はんの苦労の賜物（たまもの）や、大事に飲まな罰（ばち）が当たりまっせ」

こまがグラスの赤玉にむかって頭を下げた。

三人の女たちが話したように、これまで三十八銭もする葡萄酒などなかった。

この時代、米一升が十銭であった。赤玉一本で米が四升ほど買えるのだから、贅沢な品物であることは間違いなかった。

信治郎がこの値決めをしたのは、品質に確固たる自信があったからである。同時に、日本の葡萄酒の中で一番のシェアをしめている東京の蜂印香竄葡萄酒よりあえて高い値付けをしたのである。勿論（もちろん）、問屋、商店の利幅も蜂印より大きい。

三十八銭は九年という辛苦の歳月の値段ではない。信治郎はこの赤玉以降、さまざまな商品を開発して世に送り出すことになるが、どの商品も安さで売ろうという発想はしなかった。同じ商品でも寿屋の商品は、他に負けない最上の品物を作っているという自負があってのことだった。

〝廉価多売〟は店の屋台骨を曲げてしまうという哲学がすでに信治郎にはできあがっていた。

信治郎が、安い値段を受け入れたのは、ただ一度、終戦直後、焼け野原の日本で、日本人に安くて美味しいウイスキーを飲んで貰い、元気になって欲しいと思った時だけだった。

これとて、当時の政界の風雲児、吉田茂と大蔵省の切れ者、池田勇人（いけだはやと）との懇談の席で、日本人を元気にして欲しい、と依頼されてのことだった。

赤玉ポートワインは、信治郎の奉公人時代から今日までの十五年間、最初はその光さえ仄（ほの）かにしか見えなかったものを、夜半の作業場で一人、黙々と追い求めた中でようやくかたちにした渾身（こんしん）の商品だった。

当時としては飛び抜けて洗練された装いも、三十八銭という値付けも、他の葡萄酒に負けない商品力への自信のあらわれだった。

赤玉が完成する最終段階の頃、信治郎は本家の喜蔵以外にも、方々から多額の借り入れをしていた。

勝負に出たのである。

相手は、東京の神谷傳兵衛の蜂印香竄葡萄酒。あの小西儀助でさえ、最後には取扱わざるを得なかった商品である。蜂印にむかって行く赤玉の戦いは、鳥井信治郎と神谷傳兵衛という二人の男の戦いでもあった。

たとえ自信作であっても、赤玉が蜂印の分厚い壁を切り崩すことは想像以上に困難だった。両者の戦いは熾烈（しれつ）をきわめることになる。

発売から三ヶ月、赤玉の出荷はピタリと止まった。

そんな日の午後、本家の喜蔵が安堂寺橋通りの寿屋にあらわれた。店に入ると皆揃いの袢纏を着て、大声を出して仕事をしていた。

――何や、皆活気があるやないか。

出荷の状況を耳にし、それを心配して様子を見に来たのだが、店の者は元気だった。

「こら喜蔵兄はん、何ですか？」

信治郎があらわれた。

「何ですかやないやろう。今日、四国へ出かけんのやろ。釣鐘町でお母はんが渡さなあかんもんがある言うて、待ってはるで」

「へぇ〜、もう支度はできてま。いったい何でっしゃろう」

「もう忘れてんのかいな。ほれ、お父はんの時からつき合いのある高松の問屋はんに届けて欲しい言うてたものや。そない呑気で大丈夫かいな」

「大丈夫て、何がだす？」

信治郎が言うと、喜蔵が苦笑した。

「ほなむこうへ行ったらあんじょう挨拶したってな。お父はんかて昔、えらい世話になった方や。この春先、うちも訪ねて世話になってんやさかいにな」

「へぇ〜、お母はん、これでもうさんべん聞きましたさかい、ようわかりましたよって」

「何べん言うても、あんたはんは仕事以外のことはあかんさかい」

「そないなことはおまへん。こら仕事だっせ。そこで赤玉置いてもろうて、たんと売ってもらわなあきまへん」

「そやな。そのこともわてから頼んどいたさかい、あんじょうしてくれはるやろ」

「ほな、行って参りまっさ」

歩き出そうとした信治郎を、信はん、とこまが呼び止めた。振りむくと、こまが近寄り信治郎のうしろ襟に手を掛け、

「糸が出てるやないか。ちょっと待ち」

とこまは糸を除いた。

「そやさかい。いつまでも一人でおったらあかん言うてますやろ。店が船出したいうのに主人のあんさんのうしろ襟も見られんようじゃ、あきまへんやろ。早う、所帯を持たなあきまへんで……」

――また、その話かいな……。

信治郎はちいさくタメ息をついた。

「お兄はんはもう二人目のお子ができきんのやで、あんたはん一人が極楽トンボみたいにふらふらしてたら……。どこでもかまんさかいええ人を見つけな。四国の人でもかましません。見つけて連れて帰りなはれ」

話を聞いていた喜蔵が吹き出して言った。

「お母はん、狸見つけて連れて戻るんと違いまっせ」

「信はんの面倒をようみてくれはるんやったら、狸かてかましません」

「かなんな、もう行きまっせ」

「はいはい。早うお帰りやして」

こまは信治郎の姿が橋を渡って見えなくなるまで見送ると、喜蔵に、西の方角はどっちか、と訊いた。喜蔵が教えると、空にむかって両手を合わせた。

「どうか金比羅（こんぴら）さん、よろしゅうお頼み申します」

「お母はん、金比羅さんって何だすの？」

「金比羅さん言うたら縁結びの神さんやないの」

「お母はん、ほんまに狸でもかましませんの？」

四国にむかう船の中で信治郎は横になり、天井を見ていた。

——ここが辛抱のしどころや。押し続けなあかんで……。

赤玉の動きは問屋の倉庫の扉に鍵がかけられたかのようだった。

予測していなかったわけではない。

それにしても呆きれるほど動かない。では葡萄酒自体が市場で動いていないかというと、そうではなかった。番頭、手代に洋酒を扱う店に売れ行きを訊いて回らせた。信治郎もこの三ヶ月できる限り、店や問屋を回って、市場の動向を調べた。葡萄酒は動いていた。

いくつかの次の手はすでに打っていた。これまで取引のなかった九州、北陸の問屋へ一ヶ月半前から実弾付きの土産品を持たせて番頭を回らせていた。その効果は少しずつだがあらわれている。

――大砲でも花火でもええからお客はんの目が赤玉の方をむいてもらわなあかんのや……、花火か……。

信治郎は天井を睨んだ。

するとそこに、こまのしかめっ面があらわれた。

「いつまでも一人でおったらあかん言うてますやろ。お兄はんはもう二人目のお子ができんのやで、あんたはん一人が極楽トンボみたいにふらふらしてたら……」

――嫁はんか……。

二年前、信治郎は見合いで所帯を持ったが、相手との折合いが悪くて、離縁をしていた。子まで授かったのだが、上手く行かなかった。今もそれなりの面倒はみているが、その時の苦労が思い返され、信治郎は大きな吐息を零した。

船笛の音が響いて、船が高松港へ着くことを報せた。

高松の市内にあるその問屋は、父の忠兵衛と昔から懇意にしていた古い米問屋だった。

「いや、よう見えてもろうてからに、大きゅうなられましたの」

主人の与志兵衛は信治郎がまだ子供の頃に逢ったことがあるという。

「新しい店を出されたそうやね。これで本家も安心じゃと、こまさんが言うとりなさった。さ、さ奥へ」

　店へ入ると、若い女性が一人会釈した。

「いや、それにしても立派になられましたの。忠兵衛さんも草葉の陰でお喜びじゃろう。たいしたもんじゃ」

「春には母が大変に世話になりまして」

　信治郎はこまから渡された包みを差し出した。

「これは、これはご丁寧に……」

「ところで大阪からの荷は届いてますやろか。わてからご主人に土産品がありまして」

「はい、届いてます」

　先刻の女性がお茶を運んで来た。

「この子は私の遠い親戚の子で、クニと言います。今、店を手伝うてます」

「初めまして小崎クニと申します」

「鳥井信治郎だす」

「クニ、大阪からの荷が届いとったやろ」

「はい、裏に」

「そうだっか、ちいっと出したいもんがありますよって、どこだっしゃろう？」

　信治郎が立ち上がると、クニ、手伝って差し上げ、と与志兵衛が言い、二人は店の裏手に行った。

荷を見つけて、信治郎が、縄切り刀ありまっか、と言うと、クニは返答し、小走りに店の中に戻った。すぐにクニは戻って来た。刀を片手に握り、前垂れをしていた。

「あっ、わてがやりまっさかい」

「いいえ、羽織が汚れてしまいます」

「かましまへん。この荷には、わての命の次に大事な、いやわての命が入ってまんのや」

信治郎は手早に縄を切り、荷を開け、中から紙に包まれた赤玉を取り出すと、

「船に酔わなんだか」

と包装紙をやさしく撫でた。

クスッ、とクニが笑った。

「何かおかしゅおますか？」

「あっ、すみません。あなたが自分の赤ちゃんみたいに、それに話しかけられたんで」

「ほんまに、こら、わての子供なんですわ」

信治郎は包装紙を解いて赤玉を出し、クニに差し出した。

「どうだす、可愛い顔してますやろう？」

「ええ、綺麗な瓶ですね。お酒ですか？」

「そうだす、葡萄酒ですわ。名前が赤玉言うんですわ」

「赤玉？　可愛い名前ですね」

「そう思わはりますか。嬉しいな」

クニは手の中の赤玉をじっと見ていた。

「これはあなたがお造りになったんですか」

「そうだすわ。何年もかかってようやっとでけたんだすわ」

「どんな味がするんですか」

「今夜はご主人と夕食やよって、あんさんは？」

「はい、ご一緒するように言われてます」

「ほな、そこでぜひ味見して下さい」

「私、お酒は……」

「こらお酒と書いたありますが、お酒やのうて、身体の中の血、肉を作ってくれる飲み物だすわ。言わば酒いうより薬だすわ。西洋はんでは食事の時に女の人も飲んではります」

「そうなんですか」

そう言ってクニは信治郎の羽織についたおが屑（くず）をそっと払った。

「あっ、こらどうもすまへん」

クニの指先が羽織の胸元のおが屑をまた払った。

信治郎は夕食の席で赤玉を与志兵衛とクニに振舞った。

与志兵衛は酒をたしなまなかったが、赤玉は薬の扱いになっているという説明を聞いて、ほんの少し口にした。

「ほう、これならわしにも飲めるの。鳥井さんの言うように、血に、肉になるんやったら、毎晩少し飲んでみようかの」

「そうしとくれやす。なんぼでも送りまっさかい。どうだっしゃろ。薬の効用をお客はんに話してもろうて、この赤玉、少し店へ置いてもらえまへんやろか」

「うん、これならお客はんがつくかもしれんな。その話はこまさんからも聞いとるし、ほなそうさしてもらおうかの」

「へぇ～、おおきに、おおきに、赤玉は日本一の品物だっさかい。きっと損はさせませんよって」

「私もそう思います。大店（おおだな）の隠居をされた大旦那さんとかに人気になるんじゃないですかね」

「そやな。そらええかもしれんの」

信治郎はクニの言葉を聞いて、顔をまじまじと見た。

――かしこい人やな。この女の人は……。

赤玉を口にして頰を少し紅色に染めているクニの顔が、昼間と違って艶っぽく見えた。

「クニは観音寺で生まれ育ちまして、この子の家は元々……」

信治郎は急にクニのことを知りたくなった。

翌朝早く、信治郎は与志兵衛の家を出発した。

与志兵衛は昨夜、赤玉を飲み過ぎたのか、まだ休んでいると、クニが言った。

「心配おまへん。あれはわてが精魂こめてこしらえた滋養の薬だす。昼にはびっくりするほど元気になってはります」

信治郎の言葉に、クニがクスッと笑った。

「何か、おかしいでっか」

「いいえ何も。鳥井さんが、昨日から赤玉のことになると鼻がふくらむほど一生懸命におっしゃいますから……」

信治郎は鼻の先をおさえた。

「そうでっか。この鼻がおおけになりまっか……」

クニがまた笑った。

「私は赤玉を飲んで何だか元気になりました。おっしゃるとおりの葡萄酒と思いました」

「そ、そうでっか。そら嬉しいわ。そうだっしゃろ。赤玉はほんまにええもんだす。そらよろしゅおましたな。どこか身体の具合が悪かったんでっか」

「いいえ。私は元気だけが取り柄と父、母から言われてます」

「そらよろしい。女子はんは元気やないとあきまへん。そうでっか、元気が取り柄でっか」

「これは汽車の中で召し上がって下さい。それと与志兵衛さんが、高松に戻られたら金比羅さんをご案内すると……」

「そないな時間はおまへんわ。与志兵衛はんとゆっくり旅する時間はおまへん。赤玉を日本一にするまでは悠長なことはしてられまへん」

「いや私に案内するようにと……」

「えっ、あんさんが。それやったら時間はどうにかなるかもしれまへん」

クニがまた笑い出した。

――よう笑う女性や……。

信治郎は礼を言って歩き出した。

振りむくと、クニが手を振りながら、観音寺からの海の眺めはええですよ……、と言った。

――そうか、クニさんの生家は観音寺言うてたな……。

信治郎はもう一度振り返った。クニがまだ手を振っている。それが嬉しかった。以前にも同じ光景の中で歩き出したことがあった。

　しのの笑顔と見送る姿がよみがえった。

　――どこか、しのに似てる女性やな。

　松山、大洲（おおず）、八幡浜（やわたはま）、宇和島の各所の問屋と商店を隈（くま）なく回った。赤玉を抱えての炎天下の道中はこたえたが、信治郎は若い時からの鍛え方が並ではなかった。

　ほとんどが取引のない問屋、店ではあったが、手応えはあった。

「こら暑いのに、よう来てくれたぞなもし」

「そんなことおまへん。おたくの評判はよう聞いてま。漁師はんが多い町やよって、皆元気な方が多いんだっしゃろが、無理もしはるでしょう。そんな時にこの赤玉をクイッと飲んでもろうたら、そらいっぺんに元気が出まっせ。どうぞ旦那はん、ひと口飲んでおくれやす」

「おう、こら美味いのう」

「そうでっしゃろう。びっくりするくらい元気が出まっせ。お代金は売れてからでかましません」

　信治郎が右腕に力瘤（ちからこぶ）を作る所作をすると、

「あんた面白い人ぞな。わしは気に入ったけえ、少し置いて行ってくれるかの」

「へぇ～い、おおきに、おおきに……」

元々、信治郎には生まれついて備わった独特の愛嬌があった。初めて逢う人でも、どこか魅せられる無邪気さというか、光を放つような明るさを持っていた。

信治郎は松山の商人宿に赤玉を百本送らせ、大八車を借り市中の店々を再度回って行った。

「よう寿屋さん。あの赤玉売れましたで、丁度、大阪へ連絡しようかと思ってたぞなもし」

「そうでっか。そらよろしゅおましたな。今日はたんと持って来てまっせ」

翌日は、今治、西条、新居浜を回った。

信治郎の顔はすでに赤銅色に日焼けし、草履を買い替えねばならぬほどだった。

高松の与志兵衛の店に戻った時には、主人の与志兵衛に、漁師でもしとられましたかの、と訊かれるほどだった。

翌日、信治郎はクニと二人で金比羅詣に出かけた。ひさしぶりに楽しい時間だった。

「しかし仕事を放ってて大丈夫でっか？」

クニは笑うばかりだった。

クニに大阪に遊びに来るように告げ、信治郎が寿屋に戻ったのは出発して一ヶ月後のことだった。

すでに船場界隈では、合成洋酒について信治郎がその知識と経験で群を抜いた存在になっていた。特に洋酒の味覚の判断は信頼されて、新しく合成洋酒を製造、販売しようとする問屋までが信治郎の力を頼ってやって来た。寿屋にとって彼等はいずれ競争相手になるかもしれないのだが、信治郎は嫌な顔ひとつせずアドバイスした。

「ほう、洋酒の商いをはじめはったんでっか？」

「ふん、こらいけるやないか」

「そらそうや。寿屋の大将の鼻に合格や言うてもろうたんや」

「ほんまにか？　寿屋の大将の鼻なら、そら太鼓判をもろうたようなもんやないか」

信治郎には洋酒の味覚に関しては、自分以上の者は船場にはいないという自負があった。そしてアドバイスすることは、新しい製造者や問屋が何を見ているかの情報を得るチャンスでもあった。

安堂寺橋通りの店中の半分は缶詰の倉庫になっていた。缶詰を扱う問屋としてはすでに船場では有数な店になっていた。日露戦争前に身代を失うほどの失敗をしていたが、信治郎には、転んでもタダでは起きない商人としての土性っ骨があった。

赤玉、向獅子の出荷はまだまだ軌道に乗らなかったが、それらの商品を決して安売りしなかったのは、缶詰問屋として十分繁昌していたからである。何よりの強みは信治郎が自分の足で開拓した得意先の多さであった。

ることになる。

この強みが、後年、信治郎に主力の洋酒以外にさまざまな商品の開発、販売に挑ませることになる。

〝スモカ〟（喫煙者用半練り歯磨粉）、〝トリスソース〟（濃厚ソース）、〝トリス紅茶〟〝トリスカレー〟〝コーリン〟（濃縮リンゴジュース）……等だが、これが現在のサントリーの食品事業の先駆になったのである。そのすべてを信治郎は自慢の鼻と独特の勘で開発、立案して商品化していた。

信治郎の若い頃を知る人の中には、彼のことを〝浪速（なにわ）のエジソン〟と呼ぶ人たちがいた。そして松下電器産業の創業者、松下幸之助も同じように呼ばれていた。後年、知己となった二人だが、幸之助は信治郎のことを、

「関西を代表する創業者が数人集まる会では、鳥井さんがいつも中心的存在だった。鳥井さんはにこやかな顔をして皆の話を静かに聞いていらした。そうして何か先の見えないことを伺うと、皆が感心するほど適切なアドバイスをして下さった」

と語っている。

先の見えないことを見据えることのできる独特の勘と能力を信治郎は持ち合わせていたのだろう。その証拠に、彼が商品化に取り組んだ前述の商品は、現在、どれも巨大市場となっている。

缶詰の好調な出荷で支えられていた寿屋へ、夏の初めから、数社の新聞社の営業が何

度も挨拶に顔を出すようになっていた。

「大将、いっぺん我が社の紙面を使うたっていただけませんか」

「あかん、あかん。寿屋はまだそんな大店と違う。高い金を出して紙面を買えますかいな。一本売ってなんぼの利やと思ってまんの」

そんな夏の終りに、ひとつの新聞社が格安の紙面の話を持ち込んで来た。

「なんでこんな安いんでっか」

「そらいろいろありまして、まず大将のとこへ使うてもらおう思いまして……」

「上手いこと言いよるな……」

信治郎は宣伝を打つことに興味がないわけではなかったが、商品として大量に出荷しているものではないので、新聞を使うことは頭になかった。

「……そうやな。いっぺん試しに安堂寺橋の方の問屋を皆に覚えてもらおうか」

「そうでっか。そらおおきに」

明治四十年八月、のちに、〝宣伝広告のサントリー〟と呼ばれる寿屋洋酒店の第一号の広告が、大阪朝日新聞に掲載された。

タテ十四センチ、ヨコ四センチのちいさな広告であった。

スペース一杯に赤玉の瓶が大きくかたどられ、その中に〝洋酒鑵詰問屋〟と白ヌキの大文字で記され、謳い文句に〝親切ハ弊店ノ特色ニシテ出荷迅速ナリ〟とあった。すべて信治郎が考えた文面だった。左端に安堂寺橋通りの住所も記してあった。

この広告が掲載されると信治郎は奉公人に新聞を五十部買いに行かせ、そこに朱墨でマル囲いをして、得意先に持って行かせた。

「こらたいしたもんやな。さすがに寿屋はん。やらはることが違いまんな」

しかし新聞宣伝の効果は、数件の問い合わせがあった程度で、すぐに商いにはつながらなかった。

ただ信治郎は、数日後、出席した問屋の会合の席で同業者の何人かが、その新聞宣伝の話について興味深げに話しかけてきたことに驚いた。

――やはり皆新聞の宣伝をよう見てんのや。

一年後、信治郎は同じスペースの宣伝を出した。

今度は同じ葡萄酒の瓶の栓の部分を赤玉のものにして、〝鑵詰〟の文字を取り、〝洋酒問屋〟という文字を大きくし、宣伝文句を〝自家醸造品ハ特ニ御割引可仕候〟と〝定価表目録等は御申込次第郵呈す〟と加えた。あきらかに赤玉を意識した宣伝に変わっていた。

第二号の新聞宣伝が出た月、四国、観音寺から小崎クニが、与志兵衛の届け物を手に釣鐘町の本家に、こまを訪ねて来た。

初日、二日目こそ、芝居や市内見物をしたクニだが、次の日から、時折、賄いを手伝うこまとともに安堂寺橋通りと西長堀北通りの店に白い仕事着で出掛け、掃除、洗濯をしはじめた。

その秋の終り、クニは四国、観音寺へ帰って行った。一人での帰郷ではなかった。本家から、こまと喜蔵が同行した。

こまは、信治郎とクニの様子を見て、クニを嫁に貰うことを決めた。信治郎に了解をとり、喜蔵と二人、観音寺の小崎家に、その旨を願い出ることにした。

去年、高松の与志兵衛の家を訪ねた時、こまはすでにクニに逢っていたふしがあったが、母親としては信治郎がクニを見染めれば、それで十分であった。

実際、クニは商家の嫁としては申し分なかった。身体が丈夫な上に、働くことをいとわない性格だった。その上、器量良しであった。

こまは、いっとき放蕩に近い暮らしをしていた息子の様子をよく見ていた。

――この子に合う女性がどういう女性で、嫁として迎え入れるのに、何が肝心か……。

西長堀北通りの店と安堂寺橋通りの作業場を往き来し、率先して働くクニの姿を見て、自分の目は正しかったと思った。

「ほな、それで頼みまっさ」

クニを嫁に貰う話を告げた時、信治郎は呆気ないほどあっさりと承諾した。その顔を見て、こまは苦笑した。そのことを釣鐘町の家に戻って喜蔵や姉たちに話すと、皆が笑い出した。

「信はんは照れ性やさかいな」

せつが言うのを喜蔵もにこやかな顔で見ていた。

「小崎の家は、昔は京都に居はったらしいで。何でも京極家の流れやと聞いたから、そら賢い子ができるんとちゃうか」

こまは嬉しそうに言った。

三人が四国へむかった日、信治郎は番頭の栄助と二人で名古屋へむかった。

汽車の中で信治郎は栄助に言った。

「東京へ試しに出した赤玉がさっぱり動かへんのは、関東の人間の味覚と合わんのと違うかと思うてんのや」

「そうかもしれまへんな、大将」

「こないだから九州、中国の方の赤玉を甘うしたら、動きよったやろう」

二人は名古屋への新規開拓と同時に赤玉の味の調整を考えていた。

名古屋に入ると、二人は問屋を回った。

やはり赤玉の売れ行きは芳しくなかった。尾張、名古屋という地域は江戸期から大坂商人にとって商いが難しい土地柄だと言われていた。財はあっても、家康公のお膝元の駿府と並んで尾張は質素を旨とするところがあり、驕奢な振舞いを嫌い、商取引も、昔からのつき合いを守った。

それでも信治郎が名古屋をはじめとする中部地域に積極的に進出しようとしたのは、日露戦争後には日本が、中国、インドを抜いて生糸（きいと）の生産量が世界一になり、その生糸に関わる生産の拠点が、この中部地区であったからである。何人もの生糸長者があらわれ、旭廓（あさひくるわ）などは、夜も昼間のごとく賑わっていた。その新興勢力に信治郎は目をつけていた。と同時に、いずれ果さねばならない東京進出の足がかりとして中部を制さねばならなかった。

夕刻まで問屋や得意先を回り、市中に戻る頃には陽が落ちようとしていた。

「栄助、名古屋はあんたのよう知ってる、中国、四国と味覚が似てるな」

「わても、今日、問屋はんの話を聞いてて、そう思いましたわ。奇妙なもんでんな」

栄助は本名を中塚栄一と言った。二年前から寿屋に呼んだ男である。今は番頭格として店を切り盛りしてくれていた。中国、四国地方の販売網に強かった。

「ほなぼちぼち大須（おおす）へむかおか」

お茶屋に問屋、得意先を呼んで一席設けていた。

五人足らずの客だった。信治郎は誰も彼もに商いを広げることはしなかった。むしろ問屋の数を絞ることを選んだ。さらに洋酒の商いでも、老舗（しにせ）の問屋の流通力の強さを再認識していた。

客はもてなしに、満足そうに引き揚げた。それでも売上げにすぐに結びつきはしない。商いの難しいところである。

信治郎は客を送り出した店の少し先で、遅くまで何やら工事をしている建物を見つけた。

見送りに来た芸者の一人が言った。

「〝カフェー〟です。うちも東京の新橋のカフェーに行きましたわ。えらい賑わいです」

「あれは何をしてんのや？」

「カフェーって、何のことだす？」

栄助が訊いた。

「東京にでけた西洋はん風のお茶屋や」

信治郎が栄助に説明した。

「お姐さん、ところでその新橋のカフェーはそないに賑おうてたんか？」

「そりゃもう、わたしら表で一時間待たされましたわ。あれは旦那さん方は喜ばれますわ」

「何でや？」

すると芸者は右手の小指を立てて笑った。

「そら上等の姐さんを揃えてからに、着物の上に白い前垂れして、何でしたね、山、山の手の娘さんいうて、わたしらには突っ慳貪やったけど、旦那さんたちはもう鼻の下、こんなのばして……」

「そのカフェーでは客は何を飲んでんのや」

「コーヒーもありましたが、ビールやら葡萄酒とかの洋酒でしたわ」

「ウイスキーやらブランデーもかいな」

「そうそう、ようご存知やね」

信治郎は芸者の顔を一瞥し、その目を工事中の建物へ移した。目が鋭く光っていた。

栄助が信治郎に歩み寄って言った。

「大将、行かれまっか」

信治郎はこくりとうなずいた。

ちいっと待っといておくれやす、と栄助は言い、急いでお茶屋へ入り、すぐに引き返すと口早に言った。

「今、車が来まっさかい。これからなら名古屋発の汽車に間に合いますよって。明日から岐阜、四日市、松阪の方はわてがやっときま。大将が新橋に着かれるまでには宿に電報を打っときま……」

すぐに車夫が人力車を引いてあらわれた。

「気い付けてお戻りやす」

そう言って栄助はちいさな包みを車に乗り込んだ信治郎の膝の上に置いた。

「何や？　これは」

「大将が東京へ行かはるんだっせ」

信治郎は包みに触れて、それが軍資金だとわかり栄助にむかってニヤリと笑った。

「あとはあんじょうしときまっさかい」

これまで信治郎は敵情視察と称して、三度、一人で上京していた。その上京がすでにそうであるが、信治郎の上京はいつも夜行列車と決まっていた。

「お天道さんがあるうちは、時間を無駄にしたらあかん。陽のあるうちは仕事や」

新橋駅は人であふれていた。

信治郎はこの駅のプラットホームに降り立つ度に、東京という街が、日毎に大きくなっているのを感じた。

事実、この明治四十一年（一九〇八年）の秋で東京市を中心とした東京府の人口はおよそ二百六十万人。大阪府の二百十万人を大きく引き離し、日本最大の都市の地位を揺るぎないものにしていた。

日露戦争を契機に、東京にむかう地方出身者が増大し、戦後三年間で三十万人近い人が、この首都をあらたな生活の場として入ってきた。

信治郎は駅舎を出ると日本橋にむかった。赤玉を扱ってもらっている問屋を回るためだった。

やはり動いていなかった。それでも信治郎は、渋い顔をする問屋の男たちにむかって、

「この赤玉をお客はんが一度でも飲まはったら必ず、もういっぺん飲んでくれはります。どうぞよろしゅうお頼もうします」

信治郎はどんな状況でもあきらめることがなかった。問屋の男たちも、熱心な信治郎の姿を見て、少しずつ赤玉に肩入れしてくれるようになっていた。

——何が、この赤玉をどんと押し出してくれるんやろか……。何か算段があるはずや、それをわてが見えてへんだけや。

信治郎は回れるだけの問屋を回り、我が子のような赤玉を一本手にして、新橋のカフエーにむかった。

カフエーは駅舎から近い烏森（からすもり）の繁華街の一角にあった。表の看板はチーク材の切り文字で大きく張り出し、その上にランプが光っていた。洋風の建物は、一度、横浜で見た外国人居留地のレストランの造りに似ていた。

中から音楽が聞こえた。

ドアを開けて入ると、テーブル席はすでに客であふれていた。

——何や、まだ開店したばっかりやいうのに、こらたいしたもんや。

〝いらっしゃい〟と赤い着物の上に真っ白の前垂れをした品の良さそうな女給が信治郎に声をかけた。

〝お一人ですか〟の声に信治郎がうなずくと、女は窓際の席に案内した。

お飲み物は？　と訊かれ、壁に貼ってあるメニューを見つけ、〝BEER　ビール〟〝WHISKY　ウイスキー〟〝WINE　ブドー酒〟とあるのを読んだ。

「葡萄酒をもらおか」

「はい、葡萄酒ですね。お客さん、私も一緒に飲んでいい？」

「ああ、かまへんよ」

「一杯ずつにしますか。それとも一本お持ちしましょうか」

「一本持って来てくれるか。赤玉ポートワインはあるかいな」

「赤玉？　そんなのはないわ。フランスのボルドー、スペインに……」

「日本の葡萄酒はないのんか」

「あるわ。じゃ、それを」

女給が盆の上に葡萄酒一本とグラスを載せてやって来た。

やはり蜂印であった。

「ほう、これが日本の葡萄酒かいな。人気があんのんでっか？」

「ええ、皆が〝蜂の葡萄酒〟と呼んでるわ」

「お嬢はんも、この蜂の葡萄酒が好きなんでっか」

「ええ、美味しいと思うわ」

信治郎がグラスに葡萄酒を注ごうとすると、

「いけませんわ。お客さんにそんなことをさせたらマスターに叱かられてしまいます」

「マスターいうのは誰や？」

「ほらあそこにいる蝶ネクタイの人。ここの主人よ」

「ほう、えらいハイカラやな」

信治郎が葡萄酒を飲もうとすると、女給は手にしたグラスの先を信治郎のグラスの先にそっと当てた。乾いた音がした。

「何や、今のは？」

「こうして飲むのが流行りなのよ。ご存知ない？」

信治郎は女給が話す山の手言葉に少し面くらっていたが、同じようにグラスを当て、音を立てた。

「こら可愛い音がしよるな。おもろい」

信治郎は他の客のテーブルを見た。ビールが多いが、ウイスキーやブランデーを飲んでいる客もいた。

「お嬢はん。マスターに言うて、この赤玉ポートワインを味見してくれるよう言うてくれるか」

信治郎は脇に置いていた赤玉を包みから出しテーブルの上に載せた。

「あら綺麗な葡萄酒ね」

「そうでっか。そら嬉しいな」

「これをマスターに味見して欲しいのね。わかったわ。少し待っていて」

女給はカウンターバーの方へ、赤玉を持って行った。

——飲んでみてもろたらわかるはずや。

奥の方から怒鳴り声がした。

見ると蝶ネクタイをした男が血相を変えてむかって来た。

「お客さん、この店でおかしなことをしてもらっては困る。これは何の真似ですか」

「何の真似でもない。その葡萄酒をあんたに味見してもらえへんか、頼んだだけや」

「お客さん、ここはカフェーで物を売りに来るところと違います。物売りなら裏口から入ってもらいましょうか」

「わては物売りと違う」

「ならどうしてこんなものを店に持ち込んだんですか。店は一流品しかお出ししてないんだ。こんなものをどうしようと言うんだ」

相手の口調が少しずつ険しくなっていた。

「こんなもん？　そら違う。それはきちんとした一流品や。味見してもろたらわかる」

「こんなものが一流品だと。私は洋酒の仕事をして十年になるんだ。日本の葡萄酒で通用するのは神谷傳兵衛さんの蜂印香竄葡萄酒だけだ。あの人は葡萄造りからはじめられた人だ。こんな、そこら辺りの安物を混ぜ合わせたまがいものと違う」

「それはまがいもんやおまへん。いっぺん飲んでみたらわかりま」

「飲むに足りん。出て行ってくれ」

「一回飲んでみたらどうなんですか？」

背後から女給の声がした。マスターが振りむき、

「君は黙ってなさい」

と怒鳴った。

「私、マスターに怒鳴られる覚えはないわ」

信治郎は男から赤玉を取り、栓を開けた。そうしてグラスに注いだ。

こめかみに青筋を立てた男は赤玉の瓶を睨みつけ、グラスを取り、葡萄酒を口に含むと、すぐに床に吐き出し、残った中身も打ち捨てた。

信治郎は膝に置いていた右手で、自分の太腿(ふともも)を握りしめ、奥歯を嚙みしめた。

——こいつ、承知せえへんで……。

信治郎は立ち上がってしまいそうな身体を、両手で膝頭をおさえて必死で堪えた。

「あら美味しいわ。この葡萄酒」

女給が甲高い声で言った。

「何が美味しいだ。洋酒の何もわかってない者が」

オイオイ、どうした？　マスター、大声を出して、カスミ嬢がまた我儘を言い出したか、と二人の客が集まって来た。

カスミ嬢と呼ばれた女給が、事の次第を客に話すと、黙っていろ、とマスターが言った。

面白い話じゃないか、ちょっと俺たちも味見をさせてもらおうか、客の一人が赤玉を取りグラスに注ぎ出した。マスターがあわてて、やめて下さい、それは大阪の素人がこしらえたまがいもんですから、と客たちを止めようとした。

——何や、こいつ赤玉のことを知ってんのや。そういうことかいな……。

おう、これは案外いけるよ。どれどれ我輩も一杯……。いや、これなら蜂の方が上だろうよ。そうか、我輩には合うがな。それは君が酔っているからだよ……。

「さあさあ、お客さんは自分たちのテーブルに戻って下さい」

客を促すとマスターは信治郎にむかって、

「あんたは帰ってくれ」

と吐き捨てるように言った。

信治郎は紙入れから金を出し、ご馳走さんやったなと言って立ち上がった。

「こんな金はいらない。とっとと失せろ」

歩き出した信治郎の肩口から男の投げつけた金が店の床に落ちた。

信治郎はゆっくりと男を振りむき、床に落ちた金を拾い、丁寧にシワを伸ばすと、誰に言うでもなくつぶやいた。

「商いをする者が、金銭をこんなふうにしたら罰が当たりまっせ」

そう言って、信治郎は、その金を、先刻の女給の袂にやさしく入れた。

「お嬢はん、おおきに、あんたが東京の第一号の赤玉のお客はんや。鳥井信治郎、あんさんの贔屓を忘れへんで」

「トリイさんとおっしゃるの。お客さん、いい男っ振りですね」

カスミ、早くテーブルに行け、と怒鳴る男の声を背中で聞きながら、信治郎は店を出た。


大阪に戻った信治郎は、その足で東区安土町にある祭原商店にむかった。

祭原商店は関西で一、二を争う洋酒問屋であった。明治十一年（一八七八年）に祭原伊太郎が創業し、苦心して洋酒の商いを広げた。日露戦争後、その取引圏を急速に拡張させ、西日本の全土、近畿、中国、九州から朝鮮、満州にまで販路を持っていた。

躍進の理由は時代の波に乗っていたこともあったが、それ以上に主人の祭原伊太郎の、扱う商品への目が卓越していたからだった。〝祭原が扱う洋酒は一流品の上に、新しい商品であってもよく売れる〟と評判だった。

――祭原の暖簾（のれん）に何としてもお願いしよう。

信治郎は東京から戻る汽車の中で、祭原の信用に赤玉を乗せてもらおうと決心していた。

祭原商店を訪ねるのは、これで三度目である。

主人の伊太郎は信治郎の話を黙って聞いてくれるのだが、首を縦には振ってくれなかった。

「どうも祭原はん、ご無沙汰してます。こら東京で手に入れた新しゅう入ったいうウイスキーだす、どうぞ」

「ほう、鳥井はん、東京へ行かはったんだすか。いつのことだす」

「さっき大阪駅に着きました」

「ほな、その足で店（うち）へ、ご苦労はんやな。それで、あっちはどないだす？」

「そら人がえらい多うなってたいしたもんだした。新橋にカフェーいうもんがでけて、そこを見て参りました」

「おう、カフェーの話はわてても新聞で読みました。で、どないなものだした」

信治郎はカフェーの様子を詳細に伊太郎に話した。

伊太郎は信治郎の話を身を乗り出して聞いていた。元々、研究熱心な気質(たち)だった。

「ウイスキーが一杯売りで二十五銭だっか。そら何オンスでっか」

伊太郎は、時折、目を一点にむける。カフェーが上げる利益を素早く計算しているのだ。

「そら合成酒だっか？」

「いや輸入品の、それもイギリスのスコッチウイスキーだした」

「そら、その値を付けてもしゃあないな」

「わても、そう思いました」

二時間余り、東京のカフェーの話をした。

信治郎は安堂寺橋通りの店に戻るとすぐに作業場に入った。

東京、新橋のカフェーで蜂印を飲んだ時、味が少し変わっているのに気付いた。それが何故(なぜ)かをたしかめたかった。あれほどの騒ぎの場でも信治郎は〝蜂〟の微妙な変化を見逃がさなかった。舌先に感じた味覚もそうだが、これまでと香りが違っていた。信治郎の嗅覚は並外れていた。一度でも嗅いだ匂いは何年でも覚えていた。

「大将、お帰りやす。番頭はんが話を言うてますが……」

「かまへん。呼び。それと二階でトンカンしてんのは何や？」

「一昨日うちから大工が入ってま」

——大工が？

「大将、忙しい時にすまへん」

栄助が作業場に入って来た。

「栄助、上のトンカンは何や？」

「大将の新居だす。本家から言われました」

——そうか、クニが来よるか。

「祭原はんはどないだした？」

「あとひと押しやろ」

「東京から戻らはったばっかりやし、明日からの中国、四国回りは、わて一人で大丈夫だっさかい。少し休みはったらと……」

「何を言うてんのや。汽車の中でたっぷり休める。それより岐阜、四日市はどないやった？」

栄助の報告を聞きながら信治郎は葡萄酒の調合をしている。

「東京はどないだした？」

「その東京の土産品を今、試してんのや」

そこへ賄いの老婆が握り飯と味噌汁を持って来た。それを見て信治郎が笑って言った。

「栄助、おまはん、わての腹を覗いとったんかい」

翌朝早く、信治郎は栄助と二人で岡山へむかった。この年はまだ秋の終りというのに四国、松山で初雪を見た。

「栄助どうやろ？　赤玉の特約の景品に火鉢を付けたろう思うてんやが」

「そらよろしゅおますな。今年は寒いよって」

半月後に信治郎が戻ると、クニは安堂寺橋通りの新居ではなく釣鐘町の家にいた。クニのお腹の中には赤児が宿っていた。

師走、十二月に入ると、信治郎とクニは身内だけで祝言を挙げた。

信治郎が考案した特約の景品の火鉢は評判だった。

「大将はたいしたもんや。こないに寒い冬になんのを見通してはったんやな」

その日の夜明け方、大阪でも十年振りという吹雪の中を信治郎は天神橋を一人で渡っていた。かじかんだ手に息を吹きかけながら信治郎は経を唱えていた。いくら信心深いとは言え、こんな時刻に天神さまにむかうのはおかしい。昨夜から、クニが産気づいていた。信治郎は隣りの間で一人座っていたのだが、居ても立ってもいられなくなり、天神さまにお参りにむかったのだ。

「どうかええ稚児をお頼もうします」

帰りは風に押されるように家へ戻った。いつの間にか雪は止み、東の空から朝陽が差しはじめていた。店の前では丁稚が掃除をはじめていた。

二階へ上るとせつと目が合った。

「もうちょっとや。クニはん気張ってはる」

信治郎は一階へ降り、奥の神棚に手を合わせた。それでも済まないのか、裏へ出て庭の隅に祀った稲荷不動の前に立ち手を合わせる。

背後でせつの声がした。振りむくとせつが手招いていた。

「生まれよったか」

信治郎が叫ぶとせつが笑った。

信治郎は雪駄を脱ぎ捨て、二階にむかって駆け出した。その信治郎の耳に、元気な男の児やで、と声が聞こえた。

襖を開けると、オギャーッ、オギャーッと声を上げる赤児と、そのそばに紅潮した顔のクニが信治郎を見てちいさくまたたきをしていた。

「クニ、ようやった。ようやってくれた。おおきに、おおきに……」

「ほんまええ稚児はんや。賢そうな顔や。ええ名前を考えたらんとな、信はん」

こまの声に、信治郎は自信ありげにうなずいた。産湯をつかう赤児を見つめた。

喜蔵がやって来て、クニに言葉をかけた。

階下で店の戸が開く音がした。階段を上がる足音がした。栄助が襖を開け、信治郎に小紙を渡した。それを見て信治郎が目を見開き、栄助を見て笑った。

「お母はん、この子の名前は吉太郎だす。鳥井吉太郎だす。吉太郎の吉は大吉の吉や」

信治郎は手の中の紙を見直した。

祭原商店からの赤玉の大量の注文票だった。

明治四十一年十二月二十三日早朝、寿屋洋酒店に、鳥井信治郎の長男、吉太郎が誕生した。こののち百年を超える歴史を刻み、大躍進を遂げるサントリーの末裔の第一子が産声を上げた。

信治郎は腕の中の息子のちいさな手に、祭原商店の伝票をそっと触れさせた。我が子はその紙を握りしめようとした。

それを見て信治郎は満面に笑みを浮かべ、我が子をクニの元に返すと、

「クニ、ええ児に育てておくれ。頼んだぞ」

とだけ言うと、階段を駆け降り、大八車や、と叫ぶと、注文の一番の荷を自ら大八車を引いて祭原商店のある安土町にむかって駆け出した。

何してんのや、大将に続かんかい、と栄助の大声がして丁稚たちが二番の荷を積んであとに続いた。

「跡取りがでけたで。わての跡取りがでけたんや。神さん、ほんまにおおきに。おおき

にありがとさんでございます」

　雪は止み、青空がひろがった船場の通りを三台の大八車が音を立てて進んで行った。

「えっ、大将、これからでっか？」

　栄助が目を見開いて信治郎を見上げた。

「そうや。これから東京へ行くんや」

「今日は坊(ぼん)の生まれはった日だっせ、せめて一日くらいゆっくり坊と御寮(ごりょん)さんのそばにいてあげはった方がよろしいんと……」

「何を言うてんのや。今日は吉太郎を授かった吉日やで。それも祭原はんからの吉報で、大吉や。今、攻め込まんで、いつ東京に攻め込むんや。国分(こくぶ)商店はんにはもう明日伺うと電報を打った。船ですぐに三百本の赤玉を送ってくれ」

「わ、わかりました。ほな人力車を手配しまっさかい、ちょっと待っとくれやす」

「かまん。大阪駅まではひとっ走りや」

　栄助が立ち上がり、丁稚たちにむかって、大将がこれから東京へ行かはる、すぐに支度をせい、と大声を上げた。

「何やの、信はん、これから東京やて？　なんぞ急なことでもおましたんか」

　こまが怪訝(けげん)そうな顔をしているのを横目に信治郎は二階に上り、クニと吉太郎の顔を見ると、これからわては今までの何倍も働くさかいにな、と笑って言った。

年が明け、寒かった冬が終り、海風、川風がやわらかくなった或る夜半、信治郎は鐘の音で目覚めた。

——火事や。

信治郎は飛び起きると、かたわらで同じように目を覚ましたクニに、大丈夫や、鐘の音は遠いさかい、今、火元をたしかめるよって休んどき、と告げて、二階の物干し場に出た。すでに栄助が居て、丁稚を屋根の上に登らせていた。

「どっちや？」

「東の方だす」

「火の手は見えるか？」

「見えしません」

「よう目の玉開けて見んのや」

火事は大阪の商人にとって、水害と並んで、もっともおそれる災害である。

実際、この後数年で、大阪は二度の大火に見舞われることになる。いったん火の手が大きくひろがりはじめると、近代消火法となったとは言え、まだこの当時の消防隊の能力ではくい止めようがなかった。大勢の死傷者が大火の度に出た。

「大将、玉造の方だすわ」

丁稚の声が返って来た。

「栄助、すぐに電話し。玉造なら得意先もあるで」

「わかりました」

すでに寿屋には電話機が入っていた。

信治郎が店に降りると、栄助が、火元は左官町いうことだす、火の手はおさえられる言うんで、延焼は大丈夫ですやろう、と言った。

「わかった。ほな着替えよか」

信治郎以下、奉公人全員が〝赤玉〟と背中に染め抜いた袢纏を着込んで並んでいた。

「よっしゃ、いつも言うてるように危ないことをしたらあかんで。火事の片付けの手伝いや。困まっている人がいたら、得意先は関係ない。やれることをさせてもらうんや」

火事場にむかう野次馬を横目に見て、信治郎と奉公人が走って行く。

何や、あれは火消しかいな。いや、ちゃうで赤玉てあるで。赤玉なら火消しとちゃうか。寿屋洋酒店てあるで、何や勇ましいな……と野次馬が揃いの袢纏を見ていた。

火事場に着くと、信治郎はまず挨拶した。誰ぞ怪我してる人はいてはりまへんか。簡単な薬やったらありまっさかい、どうぞ……。

信治郎は翌朝も一番に、昨夜の現場へ火事見舞いに行った。

「どうも今度は大変なことだしたな。何かお手伝いすることがあったら、どうぞ申しつけてやっておくれやす。重いもんでも、若衆連れて来てまっさかい……。それとこれ、火事見舞いだすわ」

とぽち袋を渡し、赤玉を差し出した。

「これは店で出してる薬の葡萄酒だすわ。お休み前にひと口飲まはったら、元気になりまっさかい」

こらご丁寧に、おおきに……。火事の被害に遭った店、人は皆有難がって信治郎の好意を受けてくれる。

「ところで、あんさん、どちらさんでしたかな。昨晩の火事で動転してしもうてからに……」

「へぇ～、安堂寺橋通りの寿屋だす。こちらとはまだお取引はございませんが、これが、この赤玉のことを書いたもんだす。店の住所も書いてありまっさかい」

「……はあ、いやほんま親切にしてもろうてからに、おおきに。いずれ落ち着きましたら挨拶に寄らしてもらいまっさ」

「そんなんかましません。そこの住所に電報でも、電話でもしてもろうたら、飛んでまいりますよってに」

揃いの袢纏を着て火事場の掃除をしている若衆たちを見て、被害に遭った人たちは頭を下げた。

信治郎は常々奉公人たちに話していた。

「人が困まってる時に、分け隔てのないように手を差し出さなあかん。困まっている人に、どれだけこころから一生懸命してあげられるかが大事なことや。相手を自分の家族やと思うんや。助けてやってるなどと、爪の先ほどでも考えたらあかん。それは下衆(げす)な者の考えや。船場の商人(あきんど)は普段、なんぼ競い合(お)うてても、困まった時は皆家族と一緒や。気張ってやりい」

奉公人たちも信治郎の考えをよく守ってくれた。そうして信治郎は最後に必ず言った。

「その袢纏だけ着てたらええんや」

赤玉と寿屋のアピールである。それは火事、水害のときだけではなかった。

その頃、得意先の接待で信治郎は南地のお茶屋を月に何度か訪れていた。

そこでも面白いことを言い出した。

「鳥井さん。今夜はこんな早(はよ)うお座敷に上がらはって、うちらを呼ばはるて珍しいことだすな」

その夜は馴染みのお茶屋で、女将以下、芸妓たちを早くに呼んでいた。

フッフフ、と信治郎が口元に笑みを浮かべている。

「あら、そんな笑わはって珍しい。なんぞええことでもおましたんか?」

「いや、そうやない。笑うて悪かったな。かんにんや。実は、南地一のお姐さん方に、この鳥井信治郎、頼みがあんのんや」

「うちらに頼みだっか? そらご贔屓になってる鳥井さんのお頼みなら何でも聞きまっせ」

「そうか……」

「何だす?」

「……う~ん」

「早う言うとくれやす」

「実はな。今、あんさんら、月経が来とる時は、お座敷の符丁で何と言うてんのや?」

「ええ~、何を言い出さはるのかと思ったら……」

全員が目を丸くして顔を見合わせ、いっせいに、プゥーと吹き出した。

「こらこら、わては真面目に話してんのや」

「何が真面目だすの。わてらをからかいはって」

「からこうてんと違う。真面目な話や」

信治郎の顔を見て、また皆が目を合わせた。

「そら〝月のもん〟とか、それではお客はんに聞こえたらえげつのうなりまっさかい

〝日の丸〟言うことが多いですわ」

「ほう日の丸か。上手いこと考えたもんやな。ふぅ～ん」

「それがどないしましたんだすか？」

「実は、今日から……」

そこまで言って信治郎は懐の中から皆の数だけの祝儀袋を出して、

「実は、今日から日の丸やのうて、赤玉言うてもらえんやろか」

「はぁ～、赤玉だすか。そら寿屋はんの大事な葡萄酒やおまへんか」

「そや、その大事な赤玉と言うて欲しいんや。このとおりや」

信治郎が頭を下げると、女将が笑い出した。

「そら面白おすな。かましまへんの？」

「このとおりだす。赤玉応援したってくれ」

明治四十五年（一九一二年）三月、寿屋洋酒店は東区住吉町（すみよしちょう）に店を移転した。

新しい店は二階建てで船場の中でも他店に引けを取らないしっかりとしたものだった。

この店舗は戦災で焼失するまで、寿屋の本店として、同じ年、年号を大正と変え、激動の時代に突入する日本の大きな潮流の中へ乗り出す旗艦となった。

店舗の移転と同時に、信治郎は東京進出を本格化するために、東京出張所を開設した。

安堂寺橋通り時代は、奉公人を含めて七人のちいさな所帯が、すでに十五人を超えていた。

東京、上野の山から桜の便りが届きはじめた頃、信治郎は朝早く新橋の片隅にある料亭を出ようとしていた。

昨夜から料亭にいたわけではない。夜行列車で、つい今しがた新橋駅に着いたばかりだった。月に一度、問屋や得意先への集金は必ず自ら東京へ出向いた。一年前から信治郎は、この料亭を休憩所として使っていた。風呂を焚いてもらい、簡単な朝食を出してもらって、着替えをするためだった。大阪の商人の中でも〝ハイカラの鳥井さん〟と呼ばれる信治郎が、大阪を出た時の好みの米沢の羽織、袴を脱ぎ、印袢纏に着替えていた。

料亭の老女将は店を出る信治郎を目を細めて見送ろうとしていた。

かたわらで下足番の男が信治郎に言った。

「鳥井さん、そんなに。重いでしょうから日本橋までお持ちしましょう」

「何を言うてんねん。自分の子供が重いと言うお母はんがどこにいてんねん」

「はあ……」

下足番が信治郎の袢纏姿の背中を見て言った。

「けどなぜあんな立派な羽織、袴をわざわざ着替えられるんですかね」

「あなたは何もわかっていないのね。鳥井さんは得意先に集金に行かれるのよ。立派な恰好をしてお金を貰いに行く人がどこにいるの。あれが鳥井さんの商人としての本当の姿なのよ。東京の人もうかうかしていたら、母屋を取られてしまうわ」

信治郎は顔の汗を拭いながら日本橋まで一気に歩いた。

国分商店へ頭を下げて入った。

「これは寿屋さん。帳場の方で準備ができてます。ご苦労さんです」

帳場の中番頭が信治郎に挨拶した。

「そらおおきに。ごめんやして」

「今月は、先月よりいい数字になっていますよ。なかなか動きませんでしたが、ようやくだと主人も申しておりました」

「そら、おおきに。国分さんのお力添えのお蔭だす」

「それとこないだの景品のタバコ盆、もう少しありますかね。評判がいいんですよ」

「そらよろしゅおました。すぐに送らせまっさかい。これ皆さんで召し上がっておくれやす」

大阪土産品の菓子箱を差し出した。

「これは、これはいつもありがとう……」

そこへ主人の国分勘兵衛（かんべえ）があらわれた。

「こら旦那さん、寿屋でございます。いつもお世話になってま」

「やあ、寿屋さん、今日、大阪から見えたのですか。御精が出ますね」

「これも皆旦那さんの、国分さんのお蔭だす。ほんまにありがとさんでございます」

「ようやく赤玉も少し動きはじめましたね。店の番頭が、西の方では赤玉が蜂印に追いつく勢いだと言ってましたよ。祭原さんも本気で赤玉に肩入れをなさってると聞きましたよ」

「へぇ〜い、これも皆さんのお蔭だす。けどこれからだすわ。国分さんの力をお借りして……」

「そう言えば先月、新聞宣伝を東京で出しましたね。神谷さんと逢った折、それが話題になってました」

「そうでっか。これからも気張らせてもらいま」

主人の背後で顔馴染みの大番頭が信治郎を見た。主人を見送った大番頭が信治郎のところにやって来た。

「先月は数字が良かったね」

「へぇ〜、おおきに」

「ところでさっきの新聞宣伝の話だが」

「新聞宣伝がどうかしましたか」

「先日、神谷さんと主人の宴席でね。わざわざ神谷さんが、あの新聞を持ってこられて」

「そうでっか。何か不都合でもおましたか？」

「そうじゃない。神谷さんが言われるのには、葡萄酒の宣伝を高い新聞の広告料を払ってするものではないと主人に話されたんですよ。主人は黙って聞いてましたが……」

「大番頭はん。それは神谷はんが違うてま」

信治郎ははっきりと言った。

信治郎の勢いに大番頭は目を丸くした。

「これからは必ず新聞の時代が来ます。日清、日露の戦勝をわてらがすぐに知ることができて日本国中が喜んだんは新聞の力だす。これからは日本人皆が新聞を読むようになると、わては思うてます。先月の数字が良かったのには、あの新聞宣伝があったとわては思うてます。現に、あの宣伝で謳うた景品のタバコ盆が、こちらさんで切れてま」

「神谷さんも宣伝してますから、その力はよくご存知のはずです。鳥井さんの東京での動きを気にされてるんでしょう」

「けどわても新聞宣伝だけで売れるとは思うてまへん。実際、関東で今も神谷はんの蜂印の足元にもおよんでへんこともようわかってま。わてらは攻める立場だす。赤玉は決して蜂印に引けをとる品物と違いま。そやけどわてらはどんなことでもやらな勝てまへん」

実際、西では三年前から赤玉だけの新聞宣伝をはじめていた。タバコ盆の景品もそうだが、手を変え、品を変え、新聞宣伝に工夫をこらしていた。景品も、謳い文句もすべて信治郎の手によるものだった。少しずつその効果が出ていると信治郎は確信していた。

「いつもながら寿屋さんは熱心ですな。今のあなたの話を私から主人にしておきましょう」

「そら、おおきに。それで今日は大番頭はんに少し相談がおまして……、実は、これなんですわ」

信治郎は一枚の紙を大番頭に差し出した。

大番頭はそれを手に取り、読んだ。

「開函通知。カイカンツウチとは何ですか」

「読まはった字のとおりだすわ」

「開函、通知？　よくわかりません」

「赤玉のケースの中に、こっちの伝票を入れとくんだすわ。それでケースを開けてもろうた店の名前を書いて送り返してもらうと、現金を払い戻すんだすわ」

「現金をですか？」

「へぇ〜い、金銭より強いもんはおまへん」

大番頭が信治郎の顔をまじまじと見た。

信治郎が店を出ようとすると、長男の吉太郎が表通りで遊んでいた。

「気いつけや。威勢のええ大八車が通るよって」

吉太郎はピアス号に跨がった父親を見て手を振っている。おとなしい子であった。

「ほな行ってくるさかい」

信治郎は風を切って安土町にむかった。

「ほう、開函通知か……。おもろそうやないか。払い戻し金の額と、まずはこれを入れる地区を決めなあかんな」

祭原商店、主人の祭原伊太郎が即答した。

——さすがやな。わてと同じこと考えたはる……。

「寿屋はん。こないだ店の名前で出した赤玉の新聞宣伝やが。えらい効果があったみたいや。タバコ盆も評判がよかったようや」

「そらありがとさんでございます」

「この開函通知、試しに岡山でやってみたらどうや。備前の商人は口が堅いよって」

「わてもそう思うてました」

「そうやな。畿内ではじめると話が夕方までに広まってまうからな。まあやってみまひよ。それはそうとヘルメスは今ひとつ動かんな」

伊太郎が口にしたヘルメスとは、去年、寿屋が売り出した〝ヘルメスウイスキー〟のことだった。数年前からウイスキーの需要が伸びていた。問屋の要望もあって、信治郎はすぐにウイスキーを試しにこしらえた。これが案外評判が良かった。ところが半年過ぎると動かなくなった。ヘルメスは本来のウイスキーのように蒸溜したものではなかった。アルコールに、信治郎が得意のさまざまな香料を加えた混成酒であった。ヘルメスが出来上がった時は、これを飲んだ伊太郎が、あんたはほんまに天才やな、と信治郎の調合の能力に感心した。しかし混成酒は長く置いておくと味が変わった。

「瓶の恰好も、名前もええ感じなんやけどなあ……。やはり蒸溜酒とは今ひとつ違うてんのやろか」

伊太郎も信治郎も赤玉の次に来るものを探していた。

この一年で、ジンジャーエール、シャンパンを作ったが、やはり出荷がよくなかった。

信治郎は、次はビールか、ウイスキーと考えていたが何しろ元手がかかる。

「何や、これは。店の看板何に使うてんねん」

店を出ようとした信治郎が大声を上げた。

信治郎の大声に丁稚が驚いて、寿屋はん、何かございましたか、と近寄って来た。

「何かやおまへんやろう。わての大事な赤玉の看板を何でこないなことに使うてんのや」

店先の棚に赤玉の看板が棚板代りにされて、その上に帳簿が積んであった。

「はあ、それは今、新店舗へ引っ越しの最中で」

丁稚があわてて返答したが、

「今も、昔もあるかい。大事な店の看板をこないなことに使うて、いったいどういう了見なんや」

信治郎は顔を真っ赤にしてまくしたてた。

「何や、何や、大きい声を出してからに」

番頭の比留田（ひるた）がやって来た。

「何やも何もないやろう。あんたはんとこはわてらが大事にこしらえてきた商品の看板を棚板代りにしよんのでっか」

「いや明日から新しい店に引っ越すんで、帳簿やらようけありまっさかい。今日、明日の二日間だけ使わしてもろうとるだけだす」

「番頭はん、そら違うてま。この看板ひとつにどれだけかかってでけてる思うてけつかんねん。これが船場の商人のやることかい」

信治郎の剣幕に穏便に対応していた番頭の目の色が変わった。

番頭の比留田にしてみれば、いくら主人の伊太郎に気に入られているからと言っても自分より歳の若い信治郎から、〝船場の商人のやることかい〟と言われたら我慢できない。

元々、こちらは信治郎の得意先である。寿屋は祭原の出入りの商店である。それも主力商品ではない新興の葡萄酒を仕入れてやっている店である。

「寿屋はん。その言い草は何だすか。あんたは何か考え違いしてんのと違うか。祭原はな……」

「これ、番頭はん」

いつの間にか主人の伊太郎がいた。

「すぐに棚を取りはずしなさい」

主人の命である。番頭は渋々看板を外した。

番頭は腹の虫がおさまらなかった。

――鳥井の奴、調子に乗りよって……。

信治郎が去ってしばらくすると店の電話がなり、丁稚が出て番頭を呼んだ。相手は信治郎だった。

「番頭はん、さっきは失礼なことしてかんにんだす。わても帰る道々、お得意さんにむかって、あないな口をきいてもうて……」

番頭は呆気に取られ、いいえ、こちらこそ、と返答した。

その年の七月、明治天皇が崩御した。皇太子、嘉仁親王が新帝となり、元号が大正と改められた。九月、大喪の行なわれた夜、乃木希典夫妻が殉死した。

日本中が自粛ムードにつつまれたが、明治中期からの日清、日露の戦勝と、それにともなう産業発展によって経済が膨らみ、大衆の消費力が増していた。国有化された鉄道網には特急が走るようになり、東京、大阪、名古屋の街が拡大した。都市にはそれまでと違う形の遊興の場が生まれた。

芝居小屋に加えてシネマ館が建ち、ビアホール、カフェーが並び、大衆が支える繁華街が誕生した。

神谷傳兵衛は屋号を〝神谷バー〟と改め、葡萄酒だけではなくビールやカクテルを販売していた。東京、新橋の〝カフェー・プランタン〟も銀座の〝カフェー・ライオン〟も毎夜、客が押し寄せていた。

大正期独特の奇妙に退廃したムードが盛り場にたちあがろうとしていた。その時代風潮は、高級葡萄酒赤玉にとっては追い風となっていた。

すでに全国で四百社を超える葡萄酒製造業者が競い合っていた。競合他社が増えることは、市場を拡大し、商品の味の差をはっきりとさせ、蜂印を追い上げる信治郎にとって、むしろ絶好のチャンスでもあった。

赤玉は祭原伊太郎の肩入れもあって、西の市場では蜂印と互角に戦いはじめていた。

売上げの伸びに伴い、寿屋洋酒店も会社としての体制と陣容を整える組織変革を迫られていた。

大正二年（一九一三年）に合名会社寿屋洋酒店を資本金九千円で設立したが、翌年には合資会社に改め、資本金も十万円に増やした。代表無限責任社員は、勿論、鳥井信治郎であった。

新会社を支える人材を見つけることも信治郎の大切な仕事となった。

それでも相変らず、信治郎は時間を見つけては、一人作業場に入り、新しい洋酒を造るために毎夜、灯りの下にいた。この作業場からあらゆる商品を造り上げていた。

番頭の栄助の声がした。

「大将、少しよろしおまっか」

「かまわん」

「そろそろ赤玉の工場を考えな、と思いまして……」

信治郎は栄助の言葉にうなずいた。

半年前から赤玉の出荷が増えはじめ、製造が店だけでは追いつかなくなり、他所の製造所を借りて葡萄酒造りをしていた。何とか受注をこなしていたが、他所の製造所では効率が悪い上に品質管理に目が行き届かなくなる。

そのことは信治郎が一番よくわかっていた。ところが新しい工場を建てるとなると、工場用地の買収、工場建設にかかる肝心の資金がなかった。

実際、これまで何度も寿屋の金庫が空になっている時はあった。空どころか、安堂寺橋通りの店の時は、自分と奉公人の米を買う金もなかったこともあった。

信治郎には、新しいものへ目がむくと、懐の金の具合を考える冷静さに欠けるところがあった。

番頭格の栄助にも、それが一番の心配のタネであった。金がないから、それは止めて欲しいと言っても、主人の、いや寿屋の一番の魅力を削いでしまうというひと言に押し切られ、あちこちで金を工面して何とかここまでやってきたが、さすがに新工場の件は一人の力ではどうしようもない。

しかし同時に栄助は、これまで苦境の折、大きな金を引き出して来る信治郎の才能も知っていた。

「栄助、それはわてに考えがある」

フラスコの中の葡萄酒の匂いを嗅ぎながら信治郎が言った。

――やはり、そうか……。

「あんたはその金をどのくらいにみてんのや？」

栄助が、この二ヶ月思案した新工場への目算ではじき出した金額を口にした。

「それでは半年もたん。今は勝負時や。勝負時に、金と汗を惜しんでもうたら商人はおきゅうにはなれん」

「へぇ～い、申し訳ありません」

「工場はすぐに荷が出せる場所やないとあかん」

「わてもそう思います」

「一年、いや半年でこさえようやないか」

「へぇ、へぇ～い」

翌日、信治郎は住吉町の寿屋に近い材木町に店を移した本家の喜蔵の下へ行った。

「どや信治郎、住吉町の方の具合は？」

「ようやく蜂印との勝負の時が来ましたわ」

「そうか、店の方もえらい忙しゅうなってきとるわ」

喜蔵は米穀商を続けていたが、寿屋の販売部門として主力の商いをするようになっていた。

「けど喜蔵兄はん。このままでは赤玉がおかしゅうなります」

「おかしゅうなるて、なんぞあったのか？」

「へぇ～、この三ヶ月、他所の製造所にも頼んで、どうにか出荷をさせてますが、肝心の味が不揃いになってしまいますわ。工場を建てなあきまへん」

信治郎が言うと、

「ちょっと待っててくれるか」

と言って奥へ行き、書類を手に戻って来た。

「これをちょっと見てくれるか」

書類は築港近くの土地の登記書だった。

「お兄はん、これは……」

「信はん、おまはんが言うたんやで。赤玉がでけた朝に、わてに言うたことを忘れてもうたんか。わてと二人で子供の時分から何度も来た、この築港へ工場を建てまひょ、と……」

「けど、いつの間に？」

「あの日、わてはお母はんに信はんがそう言うてたと話したんや。そうしたらお母はんが、そらすぐに築港の土地をおさえとこうって言わはったんや。あの日からもう七年や。金はまだ全部は払えん。けど鳥井の家の土地にはなっとる」

「そうでっか……。これで算段の半分がでけました」

「残りの半分も、わてと信はんでやってみよや」

そこへこまがあらわれた。

「何や来てたんかいな。それなら先に言うてんか。何か美味しいもんでもこさえてたのに……。クニはんも吉太郎も元気かいな」

「へぇ～、おおきに皆元気だす」

表へ出ようとするこまに信治郎が、

「お母はん、築港の土地のことおおきに」

と言うと、

「何のことや。早う住吉に戻らな」

と素っ気なく言った。


新工場建設の資金の目処が立った或る夕暮れ、喜蔵がやって来た。

「どや築港工場の方は」

「へぇ〜、ようやっと一段落しました。兄はん、ほんまに今回のことはありがとさんだした」

「何を水臭いことを言うてんのや。ところで話がひとつあったんや」

「何だす？」

「栄助はんのことや」

「栄助がどないぞしましたか？」

「これを機会に、そろそろ栄助を独立させたらどないかと思うてな」

「はあ……」

信治郎は何を言い出したのかという目で喜蔵の顔を見返した。元々、栄助こと中塚栄一を信治郎に引き合わせたのは喜蔵だった。

「ああ、そうやった」

と言って信治郎は自分の頭を叩いた。

「そうや、栄助とは、五年の約束やった。そらとっくに過ぎてまんがな。しもた」

弟の顔を見て喜蔵が苦笑した。

「そらしゃあないわ。赤玉がようやっとでけて、今日までは、あっという間や。栄助も新しい工場がでけるまでと悩んどったが、わてからその話をしたら、そうでけたらいうことや。栄助のあとは、わても考えたる。今は中番頭でも仕切れるよって」

「ほなあんじょうよろしゅう頼んますわ」

「独立いうても洋酒の販売はやらせて欲しいいうことやから、出張所へ行くようなもんやわ」

「そら助かりますわ。あれがおってくれたさかい、今何とかやれてますんやし」

「そうやな……」

喜蔵は栄助から独立の話と同時に、今回の新工場の件もそうだが、何か光が見えると資金繰りも考えず突っ走ってしまう信治郎の性格を心配していることを打ち明けられていた。

「わての参謀の時代はここまでだす。大将の夢を叶(かな)えるためには、次の時代の人が側にた。

栄助は自分の器量がわかっていた。喜蔵もそれを考えて、新しい人間を探すことにし

「ところでクニさんと温泉くらいは行っとんのか」

「クニと温泉、何のことだす？」

そこへクニが茶を持ってあらわれた。

「お兄はん、先達ては吉太郎にええお札をいただいてありがとさんでございました」

「お札て何のことだす？　お兄はん」

「お母はんと一緒に比叡山（ひえいざん）にお参りしたんや。そん時、わての子と吉太郎を拝んでもろうたお札や」

「そらおおきに。クニ、あんた温泉が好きなんか？」

「はあ、何のことだすか？」

クニが怪訝な顔をすると、喜蔵が言った。

「いや何でもない。どや疲れてへんか？」

「へぇ〜、このとおり元気だす。赤玉毎晩飲ませてもろうてまっさかい」

「そらええわ」

クニの評判は住吉町界隈だけではなく、取引先の人たちからもたいそう良かった。

また、手代、丁稚以下の若い奉公人もほとんどクニが世話をしていた。

家を出て奉公に来たばかりの幼い丁稚に対しては、吉太郎と同様に、我が子のように面倒を見ていた。幼い丁稚の中には、間違えてクニを、お母はんと呼んでしまう子までいた。

「こら何を言い出すねん。御寮(ごりょん)さんとお母はんを間違う奴がどこにいてんねや」

皆がそれを見て、ハッハハと笑い出した。

「けどおまえも幸せ者や。あんな別嬪のお母はんはいてへんで」

クニの美しさは評判だった。しかしクニにはそれを鼻にかける素振りはまったくなかった。元々、朗らかで細かいことにとらわれない鷹揚(おうよう)な性格だった。クニが奉公人を我が子のように扱うのは、信治郎の奉公人への接し方を見て覚えたことである。丁稚の健康の具合をいつも注視しているのは勿論だが、親元の誰かが病いに臥していると知れば、信治郎は道修町から薬を取ってこさせ、手紙に息子の様子を書いて報せてやった。夜半、懸命に手紙をしたためている夫を見て、

――この夫(ひと)は心底、奉公人を家族と思っているのだ。

とクニは感心した。

それ故か、奉公人のトラブルは、初めのうち丁稚が小遣い程度の金銭を持ち出した以外には皆無だった。これは当時でも珍しいことだった。

奉公人がよく働いてくれ、取引先の人たちも寿屋の仕事を特別によくしてくれる理由も、クニ自身よくわかっていた。

——この夫が誰より一番働いているからだ……。

夜半、夫が、突然に起き出し、暗い天井をじっと見つめ、言ったことがある。

「そうやな。それならいけるかもしれん……」

最初は、夢の続きの寝言かと思った。そうではなかった。夫は寝ても覚めても仕事のことを考えているのがわかった。

起き出して、一人作業場へ行く夜もあった。クニは、冬なら丹前を持って出かけて行くこともある。

「おう、おおきに、起こしてもうたか」

「そないなことあらしません。お茶いれまひょ」

「いやかまへん。吉太郎と休んどき」

いったんひとつのことに目がむくと、夫は他が見えない。〝突撃隊長〟と笑う人もいるが、クニには、こんなふうにすぐ行動できる人は、大阪中を探しても夫以外にいないことをよく知っていた。

その夫が、火の車に乗っているかのように疾走している中で、奉公人のことをいつも思っている。クニが奉公人に同じようにするのは自然なことだった。

今でもサントリーは従業員に対する福利厚生制度が極めて充実している。産休制度は勿論だが、サントリーに勤める従業員が、不慮の事故、病気で亡くなった場合、一家の大黒柱を失った家族のために、その妻が働ける環境にあるなら優先的に従業員として採用することを長く続けている。信治郎とクニという創業者の夫婦の奉公人への思いから生まれたものだ。

その夜、クニは信治郎から、栄助の独立の話を聞いた。

「そうですか。栄助はんはほんまによう働いて下さいましたものね。ところで、少し話をしてかましませんか」

そう言うとクニは赤玉の新聞宣伝の切り抜きを差し出した。信治郎は思わず妻の顔を見返した。

「高松で赤玉を最初に飲ませてもろうた時、観音寺の祖父母に飲ませたいと思いました。二人とも高齢で、元気になって欲しいと両親も思うてて、それで観音寺のお医者さんが、元御典医さんですが、その人がすすめる滋養によく効く薬を飲ませていたんです」

「御典医いうたら偉いお医者さんやないか。そうか、クニの家はお武家さんやったな」

「そうなんです。それで飲ませてた薬がえらい高い値のする漢方の特別なもんで」

「そんな高いもんを、親孝行な親御さんやな……」

「けど今は赤玉で元気になってます」

「そらおおきに。それを言いたかったんか。ありがたいこっちゃ。おおきに」

「いいえ、違います」

「違うて、何や？」

「そもそも、以前の高い漢方薬を両親が祖父母のために用意したんは、御典医さんのすすめがあったからです」

「そうやったな」

「ですから、この新聞の中に、その御典医さんと同じものを、元気になります、とすすめてもろたらええんと違うやろか、と思うて」

「御典医はんと同じものを？」

信治郎はしばらく黙って、クニの差し出した新聞宣伝の切り抜きをじっと見つめていた。

そうしていきなり大声で言った。

「そや、御典医や。クニ、おまはんの言うとおりや。何でそないなことに、今日まで気付かへんかったんや。わてはつくづく考えが足らんで……。クニ、よう言うてくれた」

信治郎は立ち上がった。

吉太郎が目を覚ました。

「お母はん、オシッコ」

「そうか、吉太郎はオシッコか。お父はんもオシッコと電話や。一緒に行こか」

「電話やて、もう夜遅い時間ですよ。明日にした方が……」

「いや善は急げや。昨日も、先生と逢うてあんだけ話をしてたいうのに。わてはつくづく考えが足らん男や」

信治郎は吉太郎を抱いて階段を降りて行った。

赤玉の新聞宣伝に、有名な医学博士の名前を推薦人として載せたのは、予想した以上の効果となった。

緒方、笠原、桂川、前田の四人の医学博士に、島田薬学博士、さらに渡辺陸軍軍医監の名前まで使わせてもらった。

「大将、夕方にはもう注文が入りよりましたで……。えらい宣伝効果だすわ」

番頭が嬉しそうな声で伝えてきた。

「そうか……」

信治郎は満足気にうなずいた。

帳場の方から取引先の男が、それにしても大将はたいしたもんだすな、こんな偉い先生をご存知なんだすな、と感心したように言った。

——わてやない。赤玉がたいしたもんなんや。いや違う。クニや。クニが普段から赤玉を大事にしてくれてたんや。そや。喜蔵兄はんがクニを温泉にでも連れて行くように言うてたな……。

「おーい、誰かいてるか。御寮さんを呼んでんか」

クニがあらわれた。割烹着を着ている。昼食の準備でもしていたのだろう。

クニの額に汗が光っている。

――働く女はほんまに綺麗やな……。

「何でしょうか」

「あっ、いや、クニ、おまはん温泉が好きなんやて。有馬にでもと思うてな」

「何を急に、どうしはったんですか」

「いや、嫁に来て温泉のひとつも連れて行ってへん思うて」

「こんな昼間に何を言わはるんですか。あんたさんが温泉行かれたいんですか」

「い、いや」

「それだけ東京へ行かはって、箱根にも、熱海にでも行かれた話は一度も聞いてません

が、どうしはったんです？」

「そ、そうやな。箱根も、熱海も一度も寄ったことはないわな。そんな時間があったら

赤玉売らなあかんさかいにな……」

「あんたはんが行かはらへんとこへ、わてが行くはずはありません」

「そ、そうやな」

実際、月に一度、それ以上上京する時でさえ、信治郎は温泉で休むという発想を持たなかった。しかし医学博士や、薬関係者、お得意先を相手に、料亭、お茶屋へはすすんで出かけていた。

夜明け方、信治郎は一人で天満宮へ参拝に出かけた。

天神橋を渡る頃、東の空が明るくなりはじめた。信治郎は朝陽にむかって両手を合わせた。もうすぐ築港工場が完成する。そうすれば関西、中国、四国、九州への赤玉の出荷に勢いがつく。西を制することが見えてくる……。

信治郎は昇ろうとする朝の陽を睨んだ。

——あの陽の下に東京がある。西を制したらいよいよ東京や。何が何でもやったるで……。神さん、どうぞ赤玉に力をつけたって下さい。お頼もうします。

店に戻ると信治郎は作業場へ入った。

丁稚が一人掃除をしていた。一ヶ月前に奉公に入った丁稚だった。

おはようさんだす。ああ、おはようさん、菊どんやったな、と丁稚は自分の名前を呼ばれて目を大きくした。信治郎は奉公人の名前から出身地、生年月日まですべて記憶していた。

「菊どん、そないな掃き方ではあかん。箒を貸してみい。こうやってゆっくり丁寧に掃くんや。ここは店の品物を作り出すとこや。店の品物は全部生きてるもんや。爪の先ほどのチリが混じっても品物がおかしゅうなってまう。これから春先になると船場は砂埃(すなぼこ)りが立つ。そんな時は指先で少しずつ水を撒いて掃くんや」

「へぇ～い、ありがとさんでございます」

信治郎は店の掃除には特別やかましかった。

「仕事場はゴミ溜(た)めと違うで。きちんと掃除して、整理ができてへん仕事場では何ひとつ新しいもんはでけん。もう一回やり直しなはれ」

掃除を終えた仕事場をゆっくり見回した。

「うん？　何や、この匂いは……」

信治郎の鼻が動いた。クンクンと犬がするように信治郎は匂いのする方へ歩み寄った。

葡萄酒の空樽が積んである作業場の隅へ行くと、積んである樽に鼻を近づけ、ひとつひとつを降ろしはじめた。

一番底の樽があらわれると、

「これや、この樽から出とる匂いや」

と樽をかかえた。中に何か入っている。

「どういうこっちゃ？」

樽に記した年月日を見た。

「あっ、そうや、だいぶ前にリキュール用のアルコールを入れとった樽やないか」

信治郎は樽を作業場の机に置くと、木槌で樽を叩き栓を抜いた。

香りが立ち込めた。

信治郎の鼻がまた動く。

「こらどういうこっちゃ？」

中身をグラスに注ぎ、香りを嗅ぎ、飴色の液体を指の先につけ、舌にのせた。

「ほう、こら面白いことになっとるな」

今度は口に含んで、口の中で回してみた。

「洋酒がでけてるやないか、こらたいしたもんや」

信治郎の目が光った。

「お〜い、誰ぞいてるか」

「へぇ〜い、何だっしゃろ」

「奥の作業場に、この樽と同じ年月日のもんがいくつあるか見て来てくれ。たしかリキュール用アルコールと書いたあるはずや」

思わぬことであった。

ヘルメスウイスキーをこしらえた折、大量のリキュール用のアルコールが余り、それを葡萄酒の原液が入っていた樽に移し替えていたのだ。

そのアルコールが樽の中で変化していた。

熟成作用である。

手代がアルコールの入った樽の数を告げに来た。

「よっしゃ。それだけあるんなら商いになるで。わてはこれからすぐに祭原商店はんへ行くさかい。支度せい」

「へぇ～い」

「おやおや、こんなに早う、寿屋はん、何事だっか？」

祭原伊太郎があらわれた。

「祭原はん。こ、これを味見してみてもらえまへんか？」

伊太郎が飴色の液体を舌先で舐めた。

「鳥井はん、こらウイスキーの原酒やないか」

「そうでっしゃろ。実は……」

信治郎は事情を伊太郎に話した。

「ほう、そないなことが起きんのやな。これが熟成いうやっちゃな……」

祭原も洋酒の製法では船場でも一、二を争うほど詳しかった。

「それで、このアルコールを入れといた葡萄酒樽は何樽おますねん？」

信治郎は、先刻、店の者に数えさせた樽の数を口にした。

「そうか、水と合わせて……」

伊太郎が、そこから取れるウイスキーの数を計算している……。信治郎が言った。

「二千五百本いうとこちゃいますか」

「そない行けるか？」

「やりようで三千本は行けるんやないかと」

「そこまで行けるか。ほな……」

伊太郎の言葉が終らぬうちに、

「やってみよう思うてます」

「よっしゃ、こっちとヘルメスを合わせたら商いがひろがりよるかもわからへんで」

「ほな、さっそくかからしてもらいま。出荷は三ヶ月後いうことで……」

「三ヶ月後って、鳥井はん、そら少し早いんちゃいまっか……」

伊太郎が返答した時、すでに信治郎の姿はなかった。

店に戻ると、信治郎は番頭、手代を呼んで、新しいウイスキーを製造、販売することを告げた。目を丸くしている番頭たちに、作業場の隅に積んでおいたリキュール用アルコールが熟成してウイスキーの原酒と似たものができていたことを説明した。

「あの樽の中のもんは生きてるんや。それも宝物や、大事に扱わなあかんで」

「へぇ～い」

信治郎はすぐに樽の原液の量と状態をチェックし、商品にすべくアルコール度数をやわらげる調合をはじめた。

調合の目安は何とかなったが、信治郎は原液に加える水の選択を考えた。

「まずはどこの水にするかやな」

信治郎は以前、小西儀助とウイスキーの原酒に水を加えてアルコール度数を下げる作業を経験していた。儀助に命じられて、畿内にある名水を汲んで来たことがあった。

「旦那さん、水はそないに大事なんでっか？」

「当たり前や。ウイスキーは熟成させてこしらえたもんや。まだ生きてるいうこっちゃ。それも赤児と同じや。何かが混ざっとる水を加えたら皆おかしゅうなってまう。これを見てみい。西洋のウイスキーをこしらえとる土地はどこも皆ええ水が湧く土地や。むこうではオードヴィ言うて〝生命の水〟と呼んどる酒もあるらしい」

帳面には儀助が書き写した西洋のウイスキーの生産地と、そこを流れる川の名前があった。

「日本酒の酒造りと似てまんな……」

まだ丁稚だった信治郎がなにげなしに言うと、その時、儀助が自分の顔をまじまじと見返して言った言葉を信治郎はよく覚えていた。

「ええとこに気付いたな。わしがビールやウイスキーのことで、毎晩、作業してんのはそこや。日本酒は商いの大きさもそうやが、酒造りは百年、二百年の苦労やない。それといつか肩を並べる日が来たら、蔵が河岸を埋めつくしても足らんほどの商いがでけるはずや。それがでける日をわしの目が黒いうちに迎えられたら、商人冥利につきる言うことや。ここに畿内のええ水が湧く土地が書いたある。気張って集めて来てくれ」

儀助に言われ信治郎は大八車を引き、遠くは彦根の十王村、伊吹の泉神社、神戸の布引滝、西宮の宮水、宮津の磯清水へ行き湧き水を汲んで帰った。勿論、伏見の御香水そして地元大阪、山崎の離宮の水も樽に詰めて運んだ。

信治郎は儀助の帳面から写した名水の土地と地図をじっと眺めていた。

店先から元気な吉太郎の声がした。

「おう坊、お帰り。学校でよう勉強してるか」

はい、と答える吉太郎は通っている尋常小学校で一番の成績だという。

信治郎はクニと吉太郎を見た。

「クニ、明日、皆で離宮八幡さんへ行こか」

信治郎の言葉に吉太郎が喜んだ。

早朝、三人は汽車に乗り、山崎へむかった。

汽車の窓に顔を近づけて建物が見える度にそれを指さし話をしている吉太郎に、クニはやわらかな表情でうなずいている。親子三人で出かけることなど何年振りのことだろうか。

商人の家族なのだから、それはいたしかたない。子供の教育はすべてクニにまかせてある。学校の成績も良く、おとなしい吉太郎は皆から評判が良いと聞いている。

吉太郎が珍しくはしゃいでいた。クニに抱きついたりする。

「これこれ、吉太郎はん。お母はんのお腹の中には赤児がいてんのやで、やさしゅうしたげんとあかんで」

「ほ、ほんまに」

吉太郎が目を丸くした。

クニのお腹に赤児が宿り、順調に育っていた。

三人は駅を降り、離宮八幡宮へむかった。離宮八幡宮は、石清水（いわしみず）八幡宮の元社で八幡大神を祀っている。平安時代から山崎の地のエゴマ油で栄え、油座を一手に握り、江戸期は〝西の日光〟と呼ばれるほど栄華を極めた宮である。

三人はお参りを済ませると南西へ歩き、水無瀬（みなせ）神宮へむかった。水無瀬神宮は後鳥羽（ごとば）上皇がこの地に水無瀬離宮を造宮した場所で、この離宮から湧く水が〝離宮の水〟と呼ばれて、畿内でも一、二の名水だった。

「ちょっと挨拶してくるさかいな」

信治郎は神社仏閣があると、必ずそこを訪ねて挨拶し、御布施を惜しみなく献上した。〝信治郎の走り参拝〟と呼ばれて、新年には三ヶ日で二十、三十の神社仏閣を回った。

山崎の地は、現存するだけで、妙喜庵、観音寺、宝積寺、大念寺、酒解神社、関大明神社、椎尾神社、若山神社……といくつもの社寺が寄り添うように集まる土地だった。

「どや、美味い水やろう」

信治郎は吉太郎に湧水を汲んで飲ませた。

「はい。美味しい」

「この水が寿屋にええウイスキーをこしらえさせてくれんのや。ありがたい水や」

戦国時代、俳諧の祖と呼ばれた山崎宗鑑が暮らしたとも言われる妙喜庵には、千利休が〝待庵〟という茶室を建てている。

信治郎たちが山崎を引き揚げようとする昼過ぎ、冷たい風が天王山の方から吹き下ろし、梅雨時には珍しく河岸の方には霧が立ちこめた。

「面白い気候やな……」

「本当ですね。なんやここらあたりだけがどこか違う所に思えますね」

クニが河岸を見て信治郎に応えた。

二人が目をやっていたあたりは、桂川、宇治川、木津川の三つの川の合流点になっていた。それぞれの川の水の温度差と山裾を吹く風の温度差が重なり、しばしば霧が湧き、それがこの一帯に独特の湿り気を与えていた。そうして風が変わると、今度は一気に乾いた空気が流れ込み、木々に心地好い恵みを与えた。

風が変わると霧は失せ、どこからともなく船頭の声が届いた。見ると川を上る船の姿が見えた。三つの川がひとつとなり、淀川となるこの山崎は古くから長岡京、平安京の港で、江戸時代には三十石船（さんじっこくぶね）の往来で賑わう交通の要所でもあった。

「水も美味いが、なんや空気も美味いな」

クニがうなずいていた。

この日以来、クニはこの山崎をしばしば訪れ、信治郎に託された神社仏閣への御布施を届けるようになった。

「さて次は新しいウイスキーの名前や……」

信治郎は作業場の隅に置いた自分の机の上に分厚い切り抜き帳を置き、ページを開いていった。

その中には道修町の小西儀助から譲り受けた西洋の雑誌、新聞から収集した洋酒の名前、瓶の型、ラベルのデザインがいくつもあった。

ヘルメスウイスキーのネーミングはギリシャの十二神の一神であるヘルメスの名前か

ら、この青年神が〝商業〟を司る神であるところから取った。ラベルにはヘルメスが手に持つ和合の象徴であるヘルメスの杖（別称、カドゥケウスの杖）をシンボルとして使用した。

普段から信治郎は洋酒の情報を集めていたし、ネーミングについても創始者の家名、製造所の地名の他に、西洋人が酒神をはじめ、神様の名前を使い、その力を授かろうとしていることを学んで知っていた。

信治郎が新しいウイスキーのネーミングを思案しているところに、クニと吉太郎が帰って来た。

吉太郎が駆け寄って来て、開いた切り抜き帳に貼ってあるヘルメスウイスキーの瓶を指さして、ヘルメス、ヘルメス、ヘルメスと言った。

「そや、ヘルメスや。よう覚えたあるな」

「吉太郎、お父はんはお仕事や。邪魔したらあきまへんで」

トリイ、トリイ、と吉太郎が赤玉、向獅子、ヘルメスを指さして言う。

「そうや、皆、鳥井の洋酒や。坊が大きゅうならはった頃にはもっとぎょうさんの品物がでけてるで……」

吉太郎、柏餅食べまひょ。クニが吉太郎を呼んだ。トリイ、トリイと口走りながら吉太郎がクニの方に戻った。信治郎の耳の奥に吉太郎のあどけない声が響いていた。

──トリイ……か。そらたしかに鳥井の商品やな……。

「そや！　それがええかもしれん」

信治郎は急いで階段を降りると電話を取り、神戸のセレース商会の社長夫人に連絡を入れた。実はヘルメスのネーミングが良いかどうかも、社長夫人にうかがいをたてていた。

「こらお嬢はん、ご無沙汰しまして、鳥井信治郎だす。へぇ～、こちらこそ、それでちょっとご相談がありまして、実は、鳥井の商品を恰好良う言うにはどう言うたら……」

信治郎は電話のむこうのセレース夫人の言葉を紙に書きはじめた。

「ほな、お嬢はん、Tに、Oに、Rに、Yで、点を打って、最後にSでええだすな。それでトリイズウイスキーでんな。ええ？　何でっか？　トリースでっか、トリースウイスキーでんな。こら忙しい時におおきに、ありがとさんでした」

信治郎は、その紙を読み上げながら、二階に戻って、もう一度、トリースと読み返してみた。

「トリースウイスキー、トリースウイスキー、なんや間伸びしてんな」

そこで早口で読んでみた。

「トリスウイスキー。そや、これでええ。新しいウイスキーは、トリスウイスキーや」

これをヘルメスと同様に〝トリスウヰスキー〟とした。

これが後年、爆発的な売上げとなるトリスウイスキーのネーミングを手に入れた瞬間だった。

大正八年（一九一九年）九月一日、トリスウヰスキーは発売当初から思わぬ売れ行きをしめした。たちまち出荷の三千本は完売してしまった。

新聞宣伝をいつもより多く出したこともあったが、その売れ行きを見て、信治郎は、

——こら日本人にウイスキーが合うてんのかもしれへんな……。

とウイスキーの需要に注目することになった。しかしそれ以上は商品を出荷できなかった。原液が残っていないし、トリスウヰスキーの味に似たものを合成しようとしてもできなかったのである。

偶然の〝熟成〟との出逢いとは言え、トリスウヰスキーは信治郎にウイスキー造りの奥深さと、商品としてのたしかな手ごたえを与えた。

築港工場が完成し、赤玉の生産、出荷が軌道に乗りはじめた。

売れ行きが確実に伸びていた。

信治郎は祭原伊太郎と相談し、開函通知を出す地域をひろげた。

以前に増して信治郎は精力的に各地の問屋、得意先を回った。

夜は夜で、得意先との宴席に出て、赤玉の品質の良さ、商いとしての利益の大きさを

語った。どんな宴席に出ても、彼は酒に酔うことがなかった。実はクニのお腹に赤児が授かったのを機に禁酒、禁煙を誓っていた。宴席の酒はいただくが、自ら好んで酒を飲むことを禁じた。煙草も禁じた日からいっさい喫むことはなくなった。信治郎はいったんこうすると決めると、尋常ではない意志の強さで守った。

秋風が冷たく感じられるようになった十一月一日に次男の敬三が誕生した。身体の大きな元気な赤児だった。十一年振りの子宝だ。

吉太郎は生まれてきた弟を見て、よほど嬉しかったとみえ、近所に大声でふれ回った。

「僕んとこに弟が生まれたんや。敬三ちゅうねん。僕の弟や……」

吉太郎は毎日弟の顔を見ていた。

「お母はん。敬三のおでこに蝿が止まってるで」

その額のホクロを、後年寿屋宣伝部に入社した作家の山口瞳が〝ビューティフルポイント〟と名付けた。

この〝美点〟を授かった敬三が、信治郎のあとを継ぎ、二代目社長として後のサントリー躍進の旗手となるのである。

とうに年号は明治から大正に移っていたが、年号だけではなく社会の構造が少しずつ変化していた。

ヨーロッパでは第一次世界大戦が勃発し、戦争も二国間ではなく近隣の国々を巻き込む〝大戦〟になって行った。しかも戦争は軍人だけではなく市民、大衆を動員した。戦争の長期化で苦しい生活を強いられ不満をつのらせた労働者の力は、ロシア革命に発展し、共産主義国家を誕生させた。

その潮流はヨーロッパだけではなかった。日本においても急速に進む都市への人口集中は、都市近郊を発展させ、石炭採掘、鉄鋼といった軍需産業とともに繊維産業、軽工業の成長はあらためて地方都市発展につながった。それらの産業を支える労働力需要は、賃金で生活する人々を増やし、大衆の消費力を大きく伸ばしていった。消費は同時に大衆の欲望をかたちにした。浅草オペラが大盛況となり、人々はそこで歌われる歌を口ずさんだ。浅草の〝電気館〟に代表される映画館に、芝居小屋と同様人々が押し寄せた。ビアホール、カフェーだけでなく、大衆の集まる繁華街が日本各地にあらわれた。

第一次大戦直後は一時的に不況におちいったが、消費の増大が日本経済を下支えした。寿屋洋酒店においても、赤玉の売れ行きは地方都市で伸びて行った。

信治郎は東京進出にむけて攻勢を本格化させた。国分商店を筆頭とする関東圏の問屋は信治郎の熱心な説得により、蜂印と対抗する葡萄酒として赤玉をプロモートしはじめた。開函通知、さまざまな景品、特売での有利な取引条件の提供等、あらゆる工夫をして信治郎は赤玉の市場をひろげた。急速な追い上げの兆候があらわれていた。各地で赤玉の偽物が出回った。遠く満州でも偽物が見つかり、信治郎はすぐに番頭を現地へむかわせた。偽物への対策としてラベルを精巧なものに変え対処した。

それでも蜂印の力は依然強かった。寿屋も問屋も必死で市場拡大に励んでいた矢先、事件が起きた。

「大将、蜂印がえらいことになってま……」

血相を変えて番頭が報告に来たのは、九州と名古屋の問屋で、陳列の棚と、倉庫に置いてあった蜂印香竄葡萄酒が中から膨張し、栓ごと吹き出したという報せだった。

「何やと、栓ごと吹っ飛んだ？　うちの赤玉は大丈夫なんか」

「へぇ～、大丈夫だす」

その夏は猛暑であったが、蜂印がそうなったのには理由があった。

ここ数年、葡萄酒の需要が急速に伸びていた。その需要をまかなうために生産体制が拙速なものになっていたようだ。殺菌が不十分なために生き残った酵母が、暑さで瓶の中で過剰な発酵をもたらし、膨張したのだ。

「ほな蜂印が間に合うまで、向獅子でも赤玉でも使うてもらうようにすぐ連絡すんのや」

「へぇ～い」

「ほなあんじょう頼んだで。わては出かけてくるさかい」

「大将はどちらへお出かけで？」

「お山や」

お山とは比叡山、延暦寺であった。信治郎が信心に篤いことはすでに関西では知れ渡っていた。

延暦寺は建造物の傷みが激しくなっていた。神社、仏閣は横のつながりが深く、ましてや比叡山、延暦寺は天台宗の総本山である。延暦寺の窮状が伝わると、信治郎は迷わず支援に乗り出した。

それればかりではない。信治郎は、明治の廃仏毀釈で一時途絶えていた御修法大法の復興に尽力した。延暦寺の年中行事で最も重要と言われる天皇家ゆかりの儀式で、高僧たちが玉体安穏や天下泰平、万民豊楽を祈願する。

信治郎は、月に一度の写経会に通い、高僧の説法を聴講した。信治郎はここから多くを学んだ。

或る修正会の折、その前に境内の掃除を寿屋から出席していた奉公人でしていた。

「そないな掃き方をしたらあかん。ほれ箒をかしてみい。こうやってやるんや。ほれ、やってみ……。あかんそれでは。もうええわてがやるさかい」

その様子を見ていた座主が信治郎と二人きりの時に話した。

「鳥井さん、すべてを皆自分ひとりでやってはいけません。他人に委ねて、はじめて見えるものもございます」

「座主はん、何のことだっしゃろか？」

僧侶は掃除の折の信治郎の行動を見ていたことを話した。

信治郎は元々性急な気質があった。何かを思い立つと、すぐにそれを行動に移す。できないと、じっとしていられない。そして、自分ができることを他人が上手くできないと、見ているだけでもどかしくなって、自分でやってしまう。いらちなのである。それも人一倍のいらちだった。

「見てられしませんねん。いらいらしてもうて」

「それでは人の持っている力を引き出せません」

「人の力をでっか？」

「そうです。放っておけば失敗もするでしょう。しかし失敗して身に付くものの方が多いのです。手取り足取り教えたものは、その半分も身に付きません。当人が、痛い、辛いを味わって、初めて身に付くのです」

「へぇ……」

その座主の言葉は、このところ信治郎の懸念のひとつであった店に新しい人材を雇い入れる時の指針となった。

信治郎はたとえどんな人から聞いたことであれ、それが自分の納得できることなら、その日から受け入れ、実行する素直なところがあった。

赤玉の工場が完成し、出荷が順調になった頃から、店内で育てた人間だけでは、これからはやっていけないと考えていた。しかしいくら優秀な人材であれ、商いに対する考えが自分と違っていては話にならない。

信治郎はそれに、人と人の相性を大切にした。陰陽（いんよう）、八卦（はっけ）といった易学で言う、相性を大切にした。

そのことで、人材探しを依頼され、信治郎に、これと見込んだ人を連れて来た人から、鳥井さんはあかしませんわ、せっかくええ人を探して来ても、相性ばかりを見てまうよって、と呆れられることもあった。

しかし信治郎の人間を見る目はすぐれており、この時期、寿屋に入って来た人たちは大半が終生、信治郎と苦楽をともにした。

この大正期に寿屋に入った人たちは皆よく働いた。

大番頭格で秘書役の児玉基治、中番頭の村田勲之。帳場の工藤嘉一郎、佐野文吉。販売の安井咸吉、下田卓一。工場には小崎晋太郎、首藤清、山下八郎。東京出張所には菅原捷雄。新しい部署では宣伝に片岡敏郎、井上木它等がいた。

信治郎は奉公人（従業員）をこれからの時代、どう育てて行くかということに、彼独特の考え方を持つようになった。

店の中の誰よりも懸命に働く姿勢はかわらなかったが、信治郎は丁稚時代、先に店に入った先輩から必要以上に叱責され、萎縮してしまって十分に働くことができなくなった同僚や後輩たちを何人も見ていた。皆がのびのびとその能力を発揮できるためには、家族の団欒(だんらん)のようなものが必要だと考えていた。

赤玉の大量注文が入ると、大声で言った。

「今日はええ日やで。皆で鰻で元気をつけようやないか」

一人残らず同じ扱いでご馳走した。

運良く住吉町の店の隣りの店を手に入れることができて、間口も広がった。作業場、倉庫を新しく普請する時、信治郎はその一角に自分専用の作業場を造るように命じた。自らその設計をして、〝研究室〟という札をぶら下げた。

「大将、この札は何と読むんだすか？」

「けんきゅうしつや。新しい洋酒をここで研究すんのや。研究いうのは、研鑽(けんさん)して探究することや」

「はあ……」

信治郎は一年前から、普段、赤玉を推薦してくれている大学の農学博士を訪ねて、アルコールの熟成について講義を聞いていた。

勿論、自分の手でウイスキーをこしらえるためだった。その博士たちがいる部屋の扉に、研究室と記してあった。

信治郎のウイスキーへの情熱と、夜毎の懸命な合成酒としてのウイスキー造りの作業とは裏腹に、信治郎の味覚にかなうウイスキーはいっこうに誕生しなかった。

大正十年（一九二一年）も押しつまった十二月の或る夜、信治郎は道修町に小西儀助を訪ねた。

独立してから毎年盆暮れには儀助への挨拶を欠かしたことはなかった。

「どうも旦那さん。ご無沙汰しております」

「おう、忙しいのにわざわざご苦労はん。尼崎の瓶詰工場の落成式にはうかがえへんですまなんだな」

寿屋は尼崎に登利寿株式会社を設立し、そこで酒の製造と瓶詰の新工場を開設していた。築港工場の折もそうだが、信治郎は新しい工場が完成すると、その落成式に必ず儀助を招待し、自ら迎えに行った。

「赤玉の評判は聞いとるで。蜂の羽根どころか胴体をもう鷲掴みしとるらしいやないか。ようやったな」

二人にとって神谷の蜂印は、ともに乗り越えようとした相手であった。

「へぇ～、おおきに。これも旦那さんのお力添えがございましたんで」

「いや、それはおまはんの力や」

「実は今日は少しご相談がおまして」

信治郎は手にした包みから帳面を出した。

「この二年、ずっとウイスキーの合成酒をこしらえる作業を続けてま……。しかしどうしても、これやというもんができしまへん。これがやってみた調合だす」

儀助は差し出された帳面に目を落とした。黙ってその一ページ、一ページを読んでいる。

儀助はひととおり帳面を見ると、顔を上げて信治郎を見た。

「おまはんほどの人が、これだけやってでけんということは、ウイスキーいうもんはやはりむこうの人間が言うとおり、神さんの手を借りんとでけんもんと違うか？」

「わてにも神さんはぎょうさんついてるはずです」

「その神さんと違う。西洋の神さんや」

「バッカスでっか？」

「そう、そのバッカスや。あっちには昔から大麦があった。日本には米があったさかい清酒がでけた。ウイスキーはそないなものと違うやろか。それに一番は熟成や。三年も五年も、十年も樽の中で寝かせたある。そん時、そのバッカスが何かしよるんやろ。そやさかい、おまはんも知っとるとおり、樽の中の酒がなんぼか減ってまうのを〝神さんの分け前〟言うやないか」

「そんなら、その大麦を仕入れてこしらえたらどないだっしゃろ」

「いや、それでは商いにならんやろ。大店でなんぼも蔵のある店ならわかるが、三年、五年と、その間は銭がいっさい動かへんのやで、そら商いと違うやろ」

「赤玉がどうにか商いになりはじめてます。その銭で辛抱しようかと」

「何としてもというおまはんの気持ちはわかるが、こう言うてはなんやが、今の店はそれを支える店とは違うやろ」

「赤玉で足らな、缶詰でも、炭酸水でも何でも扱うて耐えてみせます」

「いや、三年、五年の金を寝かせられんのは……。そうやな、灘か、伏見のどこか大蔵を持ってるところやろ。けど連中がウイスキーをどうにかしようという話は聞いたことがない」

信治郎はかつて、儀助の口から、なぜビールや葡萄酒、ウイスキー造りを目指しているかを聞いていた。三十年も前の話である。

〝わしがビールやウイスキーのことで、毎晩、作業してんのは、日本酒は商いの大きさもそうやが、酒造りは百年、二百年の苦労やない。それといつか肩を並べる日が来たら、蔵が河岸を埋めつくしても足らんほどの商いができるはずや〟

――誰もできてへん。大きな商いにむかって行くことや。

信治郎は、そう決心して今までやってきた。

「それに、おまはんにも話したことがあると思うが。ウイスキーを生産してる土地はどこもえらい寒(さぶ)い土地や。そんな寒い土地いうたら北海道まで行かなあかん。あないな遠い土地で、しかも銭を寝かせたままでは、肝心のおまはんの店がやられてまう」

「ほんまに寒うないとあかしまへんのでっしゃろか。何か工夫をしたらいけるんと違いますやろか」

「おまはんの気持ちはわかるが船場の商人の先輩として、それは反対や」

「………」

信治郎は黙ったまま開いた帳面の文字を見ていた。

「それでも、わては何とかしてやってみたいと思うてます。どうぞ旦那さん。お力添えをお頼もうします」

信治郎は資金のことを頼んでいるのではなかった。それは儀助も承知していた。


年が明けて、大正十一年（一九二二年）の元旦、家の神棚に手を合わせた後、信治郎はクニが持って来た机の上に山と重なっている新聞を開いた。

信治郎は、毎朝、すべての新聞に目を通すのが日課だった。寿屋の宣伝が掲載されているページに赤い札が貼ってある。それはクニの仕事だった。〝肉体美と精神美と〟と見出しがあり、〝～生彩ある皮膚と筋肉……夫(そ)れを養うべく　最も有力にして簡易なる

ものは　やはり赤玉の一杯〟と謳い文句が続いている。さし絵には若い女性が、今流行の髪型で振りむき、赤玉の入ったグラスを手に笑っている。

「うん、これならええやろう。けど上手いこと書きよるな片岡は。それに井上の描く女性(おなご)はんも色気があるわ」

片岡とは、信治郎が見込んで入社させた宣伝の文案家兼責任者である。片岡が考えた森永ミルクキャラメルの〝天下無敵森永ミルクキャラメル〟と力士の手形に書いた広告が評判になっていた。信治郎はこの男が寿屋に必要だと思った。

自ら交渉へ出向いた。即答しない片岡に信治郎は、今の倍の給与を提示した。目を丸くした片岡が条件をひとつ出した。自分がやる宣伝に社長であれ干渉しないと約束してくれ、と言う。信治郎はその言葉にニヤリと笑って、うなずいた。片岡が逆に驚いた。

「口出しはせえへん。そのかわり日本一の宣伝をこしらえてくれ。赤玉は日本一の葡萄酒やさかい」

交渉が成功した帰り道、大番頭格の児玉が、

「大将よく納得しましたね。大丈夫ですか」

と心配そうに言った。

「大丈夫や。あれは自分の力を知っとる。その力を倍も出させるには、まかせてみぃとお山の坊さんが言わはった」

「お山ですか？」

信治郎は延暦寺の座主から聞いた教えを実行しただけだった。信治郎の思惑は的中し、片岡は、その才能を発揮した。

井上は図案家であり、絵も描いた。今で言うデザイナーである。こちらには信治郎は口を出した。

「あんた、女性はんはもっと色気がないとあかんわ。それにパァーッと明るうないとあきまへん。ええ女性やな、と男が思わな」

信治郎は赤玉の顧客に若い女性が必要だと早くにわかっていた。

信治郎は元旦の新聞を隅から隅まで見ていた。どの商いが、高い宣伝費を払ってまでも顧客を取ろうとしているかで、情熱と将来が見える。

「この宝塚少女歌劇団はどんどん人気が上がってるな。クニ、いっぺん見に行ってくれへんか」

「へぇ～一度行ってみましょ」

最初は阪急電鉄の客寄せのための少女芝居と思っていたが、連日、えらい人気らしい。

「この月組、花組いうのんも、何や競い合っててええなあ。小林一三（いちぞう）はんいう人はたいしたもんやで」

この時はまだ長男、吉太郎の嫁に小林一三の娘を貰うことになるとは、信治郎もクニも知るよしもなかった。

「……春が押し寄せるか……」

「へぇ～？　何か言わはりましたか」

「いや何でもない……」

元日は寿屋のすべての奉公人が集合して信治郎に挨拶し、信治郎も年頭の話をする慣わしになっていた。挨拶を済ませると、信治郎は、明日、上京すると番頭に告げた。

松の内三日に東京へ着くと、信治郎は国分商店へ年賀の挨拶をし、国分勘兵衛に、或る事を打ち明けた。

「〝赤玉楽劇座〟ですか。本当ですか」

信治郎が白い歯を見せてうなずいた。

「いや、いつも鳥井さんは私をびっくりさせますね。けど面白いかもしれません。全国をその楽劇座が巡業して、問屋さん、お得意さんを招待しようというわけですね」

実は、この企画は信治郎が急に思いついたわけではなかった。番頭の児玉の下へ東京の楽劇団の女優の一人が駆け落ちの恰好で頼って来た。その面倒をみていた児玉に、役者の方から提案があった。信治郎に話をしてみると、そら面白いかもわからん、と言い出した。

その話が、元日にいきなり児玉が呼ばれて、やってみようということになった。

信治郎の行動は速かった。劇団の旗上げは東京の有楽座で決まり、役者を揃えるように言った。

杉寛を中心に、名倉春操、青木繁、花園百合子、秋月正夫、松島栄美子、井上起久子、河合澄子、高井ルビーなどの第一線の人気スターを揃えて、全国巡業がはじまった。

信治郎は、この赤玉楽劇座には歌劇をさせるだけで、必要以上に赤玉の宣伝をしなくともよいと言った。あからさまに赤玉を口にすると、逆にイメージも悪くなると考えた。

――花火でええんや……。

こういう点が信治郎のセンスの良さであった。

信治郎は信治郎で赤玉の拡販を自らやったが、片岡と井上も懸命に案を出した。

「ホウロウって、あの鉄製の琺瑯かいな？」

信治郎は片岡と井上の顔を見た。

「寿屋の看板はわてが夜通し職人の尻を叩いてこしらえたもんやで。どこの看板より銭も手間もかかっとんのや」

「それは知ってます。けどホウロウ製ですとガラスのように光って、綺麗で目を引くんです」

「なら見本をこしらえて見せなはれ」

信治郎は、看板には思い入れがあったし、それ以上の看板は他ではできないと自負していた。

十日後、二人がホウロウ製の看板の見本を持って来た。それを一目見て、信治郎の目が光った。

「こらええもんや……」

信治郎はホウロウ看板の表面を手で撫でながら、二度、三度とうなずいた。

「よう思いついてくれた。こら褒美もんや。ヨォーシ、これからは、これで行こう」

斬新で、すぐれたものだとわかると、信治郎は、それまでのこだわりを平然と捨てた。

「片岡君、井上君、こら袢纏より、ええかもわからんな」

「袢纏ですか？」

「そや、これを何かに載せて、全国を巡ったら、ええ宣伝になるんと違うんか」

「何かと言いますと？」

「たしか、サイドカーいうのんを、この間、売り込みに来よった奴がおる。そや、あれに、この看板を貼り付けて日本中を巡るのはどうや？」

「いや面白いですね。それならサイドカーからビラを撒いてはどうですか」

「それもやろう。おーい誰かいてるか」

信治郎が大声を上げた。

購入された四台のサイドカーに乗って、青年団のようなカーキ色のユニホームを着た宣伝隊が出発したのは、一ヶ月後のことだった。

これが評判になって、街を訪れると子供たちが追い駆けて来て、ビラを欲しがった。

その年の秋、信治郎は集金を兼ねて上京した。

真っ先に国分商店へ挨拶に行った。店へ入ろうとすると、国分勘兵衛が表に立っていた。

――何や、お出かけかいな……。

信治郎が近づくと、勘兵衛の方から信治郎に歩み寄って来た。

「お待ちしていました。鳥井さん」

「えっ、わてをだすか？」

「はい」

そう言って笑いながら、勘兵衛が手を差しのべて来て、信治郎の右手を両手で包むようにして握りしめた。

「何だすの？」

「おめでとうございます、寿屋さん。とうとう神谷さんを抜きました。それも二ヶ月続けてです」

「ほ、ほんまだすか？」

「ええ、長い道のりでしたね。いや、あなたの情熱が、こうさせたんですよ。勉強になりました」

「そうでっか。おおきに、おおきに。国分はん、おおきに……」

夕刻、勘兵衛が祝宴を新橋の料亭で用意してくれていた。タクシーで新橋にむかっている時、信治郎が少し寄りたい所があると言うと、勘兵衛も同行してくれた。タクシーを降りて、二人は新橋、烏森の繁華街を歩いた。

「ここらあたりやったか、ああ、ここや、名前も変わってもうとるわ」

一軒のカフェーの前で信治郎は言った。

「馴染みの店ですか？」

「いや、いっぺん寄っただけだす」

「入ってみましょうか」

「かましまへんか」

「はい。現場を見るのは仕事ですから」

店に入ると内装が変わっていたが、バーカウンターはあった。

席に着くと信治郎は言った。

「あの棚の、赤玉ポートワインを一本持って来てくれるか」

店に入ってすぐ信治郎は赤玉があるのを確認していた。

信治郎は女給が赤玉を注ぐのを目を細めて眺めていた。勘兵衛とグラスを合わせ、音を立てて一気に飲み干し、ちいさくタメ息をついた。

——ようやっとここで赤玉を飲むことがでけた……。

あの日から十四年の歳月が流れていた。

祝宴がたけなわの頃、信治郎は少し話があると申し出て、芸者衆を退席させた。

そうして勘兵衛の前へ出ると、両手を畳につき深々と頭を下げた。

「何をなさるんですか、鳥井さん」

「国分はん、この十四年、わてのために何から何までしてもろうて、ほんまにありがとうございました。おおきに、この恩は一生忘れしまへん」

「何をおっしゃるんですか。お礼を申し上げなくてはならないのは、私の方です。いい商いをさせてもらって本当にありがとうございます」

「いいえ、わてが一番ようわかってま。赤玉が動いてへん時も入金してくれはって……」

それは本当の話であった。勘兵衛は向獅子にしても赤玉にしても商品が売れていない時も、信治郎が請求する金額をなるたけ出してくれたし、資金繰りに困っている時も、必要な金額を融通してくれていた。帳場の反対があっても、勘兵衛は信治郎を特別に厚遇していた。勘兵衛にも、なぜそうしたのか理由はわからなかった。ただひとつ言えることは店に出入りする取引先の中で、信治郎だけは最初から他の人と違っていた。

まったく商品が動かない時でも信治郎は、くさることなく自分のこしらえた商品がいかに素晴らしいかを語り続けた。信治郎は店に入ると必ず神棚に手を合わせ、用意したお供えの金を神棚に上げた。まだ取引がはじまったばかりの頃、その姿を隠居した先代が見て、

「あの人はどこの誰ですか?」と訊いた。

「大阪、船場の寿屋洋酒店さんです」

「あの人を大切にしなさい。あの人は国分を助けてくれます」

信治郎が店に来て待っていると、あとで店の者が信治郎がいたことがわかると言った。冬の火鉢でも、煙草盆でも、信治郎が座っていたそばにあるものはすべて吸殻も、火鉢の中の炭、灰も、きちんと片付けてあった。

それは敢えてしていることではなかった。父の忠兵衛も、兄の喜蔵も同じようにした。

「国分はん。実は今日はもうひとつ、あんたはんに力添えしていただきたいことがおます」

「何でしょうか?」

「ウイスキーを、本物のウイスキーをわての手でこしらえたいんですわ」

勘兵衛は目を大きく見開いた。

「本物って、鳥井さん。あの輸入しているスコッチウイスキーをあなたがご自分で造るとおっしゃるんですか」

「そうだす」

「本物のウイスキーが五年、十年と寝かせなくてはできないのはご存知ですよね」

「へぇ～い。わかってま」

「その間は一銭の金も入って来ないんですよ。それどころか、その間の経費もかかるんですよ」

信治郎はうなずいて、勘兵衛を見返した。

「やっと赤玉が売れはじめた、この時にですか？　そ、それは少し待たれた方がよいのでは」

勘兵衛は寿屋洋酒店の業績を把握していた。赤玉は今がようやく収穫期である。いや、実際には、収穫はこれからなのである。

勘兵衛は大きくタメ息をついて、自分を真っ直ぐ見つめる信治郎の目を見た。

後年、勘兵衛は、新橋の料亭での話を親しい人に語った。

「あの時には本当に驚きました。十年以上かけてようやく赤玉が売れはじめた時にですよ。正直、葡萄酒の何倍も困難なウイスキー造りに、あの人は本気で挑もうとされていたんです。勿論、私などには、そんな考えは浮かびもしませんが、それまで、あんな人を見たのも初めてのことでした。あの時、もう少し時期を待っては、と口にしたことが、まったく恥ずかしい限りです……」

大阪に戻ると信治郎は、秘書役でもあった児玉に、資金作りのために、この先の五年で必要となる金額を試算するように命じた。

ところが児玉にしても、これまで日本人の誰一人もやったことのないウイスキー造りに何が必要なのか、わからなかった。

信治郎は若い奉公人の一人で金勘定に明るい佐野文吉を担当に加えた。

佐野が出した金額は、途方もないものだった。

大正十二年（一九二三年）が明け、三男、道夫（みちお）が雲雀丘（ひばりがおか）の新居で誕生した。

道夫は笑顔のあいらしい赤児だった。三男の笑顔を見て信治郎は、何が何でもウイスキー造りをやり遂げたいと思った。

「どうですか、この色味で？」

片岡と井上と印刷会社の担当が信治郎の顔をうかがうように見ていた。信治郎の前に、ワンポイント、あざやかな赤色に染まったポスターが置いてあった。

ポスターの中央に、なんと裸の女性が赤玉が入ったグラスを手にじっとこちらを意味ありげな表情で見つめている。

誰が見ても、ドキリとするどころか、男なら思わず声を上げてしまいそうな姿である。ところが信治郎も他の三人も平然としていた。それもそのはずで、もう半年近く同じものを見ていた。

「あきまへん、これ赤玉の赤の色と違いま」

片岡と井上がタメ息をついた。

「鳥井はん。これ以上はどうもなりまへん」

印刷会社の男が泣きそうな声で言った。信治郎は男の縋(すが)り付くような声に表情ひとつ変えない。

「他にどんな赤色があんのだっしゃろか。うちではもう無理だすわ」

「何を言うてんのや。どんな赤色があるのかを出すのが、あんさんの仕事やないか。わてのまぶたの裏にはきちんと、その赤色があんのや。それが出てきたら、これやと言いますがな。こんなもん置いてへんで、早(はよ)う帰って色を出しなはれ」

三人は目の前のポスターを丸めて部屋を出て行った。信治郎は出て行く三人の背中に言った。

――せっかく見つけたええもんを、一等のもんにしいひんでどないするんや……。

半年前に片岡と井上は面白い宣伝を信治郎に提案してきた。

旗上げした赤玉楽劇座は客が皆招待客ということもあり、少しずつオペラの質が落ちていた。人気スターの寄せ集めは客に感動を与えなかった。しかしそれ以上にトップスターの出演料と経費がかさんだ。それを知ってか、片岡と井上が一人の女優に注目し、彼女で赤玉の斬新なポスターを作ろうと提案した。

そのスケッチを見た時、信治郎は驚いたが、すぐにニヤリと笑って言った。

「面白い。やってみなはれ」

井上が描いたスケッチの女はほとんど裸身にしか見えなかった。

せっかくのアイデアなら完璧に作りなはれ。これが信治郎の考えだった。

片岡、井上たちが企画するものが奇抜過ぎて、周囲には用心しろという声があったが、信治郎はそう思わなかった。新聞の宣伝はたしかに金がかかるが、彼らが出してくる文案にしても図案にしても、他の宣伝とは違っていた。新しいことをしようとしているのだ。それまで誰もやっていないことを生み出すのがいかに大変かは信治郎が一番よく知っていた。

それに一度委せると約束したことを反故にしていては頭領の沽券にかかわる。延暦寺の僧侶が言ったことを信治郎は守っているだけである。それが人を活かす道なら、そうしてみようと決めた。

耐えることを信治郎は自らに課した。それがやがて訪れる、信治郎自身にも、寿屋洋酒店にとっても、最大の賭けになる大仕事への挑戦の力となるのである。

その夕暮れ、少し早目に信治郎は住吉町を出て、南地にむかった。

今夕は、独立して以来、親しくさせてもらっている人との宴席だった。

信治郎は宴のはじまる一時間前に大和屋の席で待った。

最初にあらわれたのは〝味の素〟の鈴木三郎助であった。

「いつも早いですね。鳥井さん」

「そんなん。今、来たとこですがな」

信治郎の返答を聞いて三郎助が笑った。二人は年齢は十一歳離れていたが、妙に気が合った。新聞宣伝を打つのは売薬、化粧品、高価な書籍であった頃、飲食料品で新聞宣伝を出していたのは、赤玉ポートワインと味の素だけであった。互いの宣伝を見て意見交換をする仲だった。

「今回の赤玉の宣伝文句はいいね。あの片岡君をうちにも貸してくれないかね」

「そんな無茶を言わんといて下さい。高給取りで苦労してまんのや」

「いや、ひさしぶりだね」

あらわれたのは〝東洋製罐〟の高碕達之助と〝イカリソース〟の木村幸次郎である。

高碕達之助はアメリカで長く生活して、帰国後、製缶会社を立ち上げ成功していた。

その高碕に会社を起こさせたのが、大阪の食品業界の重鎮の木村幸次郎だった。木村は信治郎の仕事振りを高く評価していた。

「こら木村はん。お忙しい時に時間を作ってもらいまして、おおきに」

「そないに丁寧な挨拶はせんでくれ。今夜は鳥井さんの常磐津を聴けんのを楽しみに来たんやで」

「木村はん。からかわんといて下さい」

宴がはじまって、木村が語る中国、朝鮮、台湾の情勢を聞いていた。

すでに赤玉は台湾、朝鮮、満州で売り出していたから、軍部の情報に詳しい木村の話はいつもながら役に立った。

「木村はん、ロシア、いや、ソビエトでしたな。あっちは大丈夫なんでっか」

「ソビエトはとうぶん国内を治めんのに手がかかるんとちゃうか。むしろ国際連盟を中心になってこしらえたアメリカの方が、これから世界の中でおおきゅうになるやろな」

宴がたけなわになった頃、上機嫌な声で木村が言った。

「それにしても鳥井さん、赤玉の評判はたいしたもんやな。満州では偽物まで出回ったそうやないか」

「いやいや、あれはわての目が届かんかっただす。みっともない話を聞かせまして面目ない」

「いや、それだけ人気が出てるいうことや。よう気張ってて感心してるで」

「木村はんにそう言ってもろうて赤玉もしあわせもんだす。おおきに」

「いや、よう頑張りはったな」

木村の言葉に高碕と三郎助がうなずいていた。

「それで今夜は木村はんと皆さんに相談がおますんですわ」

信治郎の言葉に三人が顔を見合わせた。

「実は、以前から考えとったことなんですが、寿屋で本物のウイスキーをこしらえよう思うてますねん」

「本物って、あの輸入ウイスキーと同じものを造ろうと言うんですか！」

高碕が驚いたように訊いた。

「そうだす。本物のウイスキーを日本でこしらえたろう思うてます」

「しかし、あれは熟成して商品になるまで何年も歳月がかかるんでしょう？」

高碕が木村の顔を見た。

話を聞いていた木村幸次郎が信治郎の顔をまじまじと見て言った。

「鳥井さん、赤玉がよう売れとるんは聞いとるが、本物のウイスキー造りいうたら、三年も、五年も樽の中で寝かせなあかんのと違うか……」

「五年から十年かかりま」

信治郎がきっぱりと言った。

「その五年から十年の間、一銭も銭が入って来いひんのやろう。そないな商いをやったら母屋まで倒れてまうで」

　木村は眉間にシワを寄せた。

「鳥井君、木村さんのおっしゃるとおりだよ。五年から十年の間、まったく商いにならないウイスキー造りはやるべきじゃないよ」

　三郎助が赤い顔をして言った。

「アメリカ人でもスコッチウイスキーを造る技術と熟成期間を耐える財力がないから、トウモロコシでこしらえたバーボンを短期間で造ってるんだ。それにスコッチウイスキー造りが商売になるんなら、とっくに灘でも伏見でも酒造会社がやってるはずだよ」

　高碕が信治郎を諭すように言った。

「誰もまだ造ってへんもんやから、やってみよう思うてまんのや」

「鳥井さん、あんたの気持ちはようわかるが、今はまだ時期尚早やと、わては思う。悪いことは言わんさかい、やめといた方がええ。わてはあんたの友人として、いや応援団の一人として忠告するんや。今、そないなもんに手を出したら、わての大事な友人を失うことになってまう……」

　木村はきっぱりと言った。

　信治郎は皆の話を黙って聞いていた。

　信治郎は何も返答をしなかったが、宴の終りに常磐津を披露したので、三人は拍手をしながら、信治郎が自分たちの説得をわかってくれたものだと思った。

皆が引き揚げると大和屋の女将が、客が別の部屋に着いたと報せに来た。

信治郎は顔を洗い、客の待つ部屋へ行った。

「いや中村はん、お待たせしてすんまへん」

待っていたのは三井物産の中村幸助だった。

「いや、ロンドンへ行く準備で、こんな時間になってすみませんでした」

中村は三井物産のロンドン副支店長として渡航するところだった。

第六章　山崎蒸溜所

「それで鳥井さん。ご依頼のウイスキーの醸造技師の招請の件ですが、すでにロンドンへ連絡してあります。ムーア博士という方が、あちらでは第一人者ということです。私がロンドンに着きましたら、さっそく交渉に行ってまいります」

「そうでっか。よろしゅうお頼もうします。なにせ何ひとつこっちはわからしませんので……」

「いや、私も話を聞いた時は驚きました。本格的なウイスキーはスコットランド以外の土地では世界中でどこもやったことがないことですから……」

「誰もやってへんことやさかい、やるんだすわ。商いいうもんはそういうもんやと、わては考えてま」

「いや、感服します。私もできる限りのことはさせてもらいます。蒸溜所を建設するとなると技師は一名では足りんでしょう」

「わかってま」

渡航準備で忙しい中村を表まで送りに行き、戻ろうとすると、女将が、土産品ができていると言った。

「何の土産品や？」

「なんや、どこぞのお孫はんのお祝いやと」

「ああ、そうやった。重蔵はんのとこや」

タクシーを呼んでもらい大阪旧港にむかった。車を降りると信治郎は古い家並が続く浜の道を歩き出した。潮騒の音が耳に届き、汐の香りがした。

一軒の家の前で信治郎は立ち止まり、この辺りでは立派な門構えを見た。家灯りが点っていた。

「今晩は、重蔵はん居てはりまっか」

信治郎が声を掛けると、すぐに門戸が開いた。

「こら鳥井の旦那さん」

あらわれた男は屈強な身体をした頭髪が真っ白の老人だった。信治郎は笑って、手にした風呂敷包みをかかげた。

「おめでとさん。お孫はんできたそうやな」

「それでわざわざ。お〜い鳥井さんの旦那さんがお見えや」

「いや、ここでええ。すぐ引き揚げるよってに」

重蔵は信治郎が丁稚の時代に知り合った船頭である。今も寿屋の船荷はすべてこの男が采配を取ってくれている。何艘もの運搬船の頭領である。その重蔵が初孫を授かったことをクニが報せてくれた。

赤玉はほとんどが船で出荷されていた。寿屋の納品が他の店より迅速で、荷が確実に届くのは、重蔵の采配であった。

重蔵には五人の息子がいたが、三人が日露戦争で戦死していた。川と海の上が寝床と口にする重蔵の息子たちは皆海軍に入り、旅順口攻撃で死亡した。子を授かったのは末弟の、やはり海軍士官になっている息子だった。

明治以降のふたつの大戦は、日本中にこのような哀しみをかかえざるを得ない家族を生んでいた。軍神を産み育てたと世間では誉められても、信治郎はこの家に葬儀で訪れた折の、重蔵の哀しみに耐える顔を見て、子に先立たれる親の辛苦を十分わかっていた。それ故に孫の誕生はさぞ嬉しいに違いない。

「旦那さんにわざわざ見えてもろうて、重蔵、船頭冥利につきますわ」

重蔵の目に涙があふれそうになっていた。

信治郎は顔を背けた。涙は信治郎が一番苦手なものだった。信治郎は早々に引き揚げた。

児玉たちに試算を命じていたウイスキー蒸溜所の建設費用は二百万円を超えていた。信治郎もさすがに、この金額を聞いた時は一瞬、言葉に詰まった。

信治郎はせいぜい百五十万円を目算していた。当時の二百万円は、現在の金に換算すると数百億円になる。これに招請する技術者の十年間の給与、材料費を加えると、すべての金額がどれほどになるか見当がつかない。その上、そこに借り入れた金の利息がかかる。

——こら皆が言うとおり、商いとは違うことなんかいな……。

ロンドンに着いた三井物産の中村副支店長から、ウイスキー醸造では第一人者のムーア博士が日本に行くことを承諾してくれたという吉報が届いた。ムーア博士の方から技師と給与の条件を問い合わせてきていたから、信治郎は〝そちらの条件を全て承知する〟と返報を打たせせた。なにしろ世界中でスコッチウイスキーをこしらえている土地は他にどこにもない。ウイスキー造りの製法は門外不出と言われていた。日本人の誰一人知らない仕事を教えてもらうのである。すべての条件を受け入れるしかなかった。

ムーア博士の年俸だけで四千円だった。

信治郎は、児玉と佐野を呼んで、ムーア博士と技師の年俸を告げた。

二人は、その金額を聞いて、目を見開いた。

「一人で四千円ですか。そんな給与取りは日本にいませんよ。それでなくとも蒸溜所の建設の費用が膨み続けているのに……」

佐野は呆きれ顔で言った。

「その年俸は前もって払うのでしょうか」

児玉が静かな声で訊いた。

「こういうもんは皆前金や。むこうさんは契約してはじめて動きはる。金が届かな、船に乗るかいな」

「わかりました」

「ほな、わては少しやらななららんことがあるよって」

二人は信治郎の部屋を出た。すぐに佐野が児玉に言った。

「わ、わかりましたって、児玉さん。あなたは社長が、いや大将が何をしようとしているかわかってるんですか。大番頭のあなたには冷静になっていただかないと……」

「佐野君、大将は寿屋という船の船長です。私たちはその船に乗っている船員です。船は船長が行く先を決めるんです」

「だったらこの船は沈んでしまいますよ」

「沈むかどうかは乗り出してみなければわからないでしょう。私たちは懸命にやるだけです。大将には見えているんでしょう……」

「何がですか？」

「夢ですよ。商人なら誰でも見ている夢ですよ」

――夢か……。

先を足早に歩く児玉の背中を見て佐野はつぶやいた。

児玉基治の性根は、若い佐野には想像もつかぬほど強靭（きょうじん）であった。児玉は明治三十年（一八九七年）前後にカナダへ渡り、カナダ太平洋鉄道会社に労働者を送る仕事をし、移民の労働条件の改善のために現地州行政と渡り合うなどして、その誠実な人柄と行動力で移民たちに頼られた人物だった。日加用達会社成立に尽力し、白人暴動の只中（ただなか）に入りそれをおさめた猛者でもあった。バンクーバーでの日系人初のベースボールチームの創立にも尽力したハイカラな面もあった。帰国して信治郎に誘われて入社して以来、今で言う秘書を兼ねた番頭だった。この後も児玉は生涯、信治郎のそばで働き通した。


信治郎はウイスキー蒸溜所の建設をはじめとするウイスキー造りにかかる費用を自分でも目算してみた。

熟成させたウイスキーが商品となるのに早くて五年、ことによっては十年の歳月、まったく利益を生まない時間を店はかかえなくてはならない。利どころか、借り入れた金の利子を払わねばならない。利子を計算してみた。出て来た数字を見て、信治郎は大きくタメ息をついた。

信治郎は目の前の数字をもう一度見た。

――こら商人がやることとちゃうのんか……道楽か何かなんかい。

信治郎はまたタメ息をついた。そうしてあわてて口を両手で塞いだ。

――何をしてんねん。わては……。まだ何ひとつしてへんうちからタメ息なんぞ零してからに、福が逃げてまうで。しっかりせんかい。

後年、クニが、この当時の思い出を語った中に、

「あとにも先にも主人が、何度もタメ息を零しはったのは、あの時だけでした。夜中に寝床を出て、夜明け方まで戻られへん夜もありましたわ」

その夜の信治郎はそっと寝間を抜け出し、築港工場のある桟橋まで歩いた。

満天の星がまたたいていた。

――何か踏み出せるきっかけがあるはずや。わてにそれが見えてへんだけや。同じ人間がこしらえたもんやないか。それが同じ人間のわてにでけんはずはない。

信治郎は両手の指を開き、自分の手を見つめた。

――同じ人間の手や。わてのこの手でもでけるはずや……。

しらじらとその日も夜が明けた。

店に戻ると、ロンドンから電報が入っていると言う。文面を読むと中村副支店長からで、ムーア博士からの伝言で、今、日本に、日本人でウイスキー造りを学んだ人物が帰国しているはずだ。彼はとても優秀で、その人物に委せたら、さまざまな経費も節約できるはずだ、とあった。

「何やて、日本人で……」

人物の名前を見ると、竹鶴政孝（たけつるまさたか）とあった。

――どこぞで聞いた名前やな……。

さらに読むと、摂津酒造の社員で、ウイスキー造りの留学を終えての帰国だと記してあった。

「あの若者か……」

信治郎は竹鶴政孝が摂津酒造に洋酒造りの見習いで入社した頃を覚えていた。

今でこそ赤玉は自社工場で製造しているが、当初、向獅子にしても赤玉にしても大量の生産は摂津酒造に注文していた。まだ赤玉も改良の余地が多かった時期、その見習いの若い社員の葡萄酒の合成の筋が良かったので誉めたことがあり、それが縁で若者がスコットランドに留学に行く折、神戸の港まで信治郎は見送りに行っていた。

「ヨォーッシャ、こら吉報や。児玉、居てるか」

「はい、何でしょうか」

「すぐに摂津酒造に連絡を入れて竹鶴政孝いう人に、わてがすぐに逢いたいと伝えてくれ」

児玉はすぐに戻って来て、竹鶴は帰国してほどなく摂津酒造を退社していると告げた。

信治郎はすぐに摂津酒造の社長、阿部喜兵衛に電話した。阿部とは懇意にしていたので竹鶴が退社した理由を話して欲しいと言うと、阿部は最初は口ごもりながらも、せっかくウイスキー造りの留学をさせたのだがこの不況で重役に反対され、竹鶴の技術を活かす仕事を与えられなかった、と打ち明けた。

「ほな摂津はん。竹鶴の腕を寿屋で使うてもかましまへんな」

「そらそうしてもろうたら、わても助かる」

「わかりました。ほなそうさせてもらいま」

電話を切って信治郎は膝を叩いた。信治郎が心配していたのは、摂津酒造との兼ね合いであった。摂津がウイスキー造りを本格的にはじめるなら、他の技術者を招請せねばならないと思っていた。

「児玉、帝塚山へ行って来る。祝儀と輸入の洋酒のええもんを一本と、それと外国人の奥さんが喜びそうなもんを揃えるように」

「外国人の奥さまでですか？」

「そうや。頼み事に上がる先さんの奥さんがイギリス人いうこっちゃ」

信治郎にとって竹鶴が浪人中であることは、この上なく幸いである。

帝塚山にむかいながら、信治郎はウイスキー造りが初めて好転したように思った。

突然の訪問に竹鶴は驚いていたが、留学の折、見送りに来てくれた礼を言った。

――やはり、この男は技術者や。五年前のことでも、よう覚えてる……。

「実は、今日伺いましたんはお願いがありまして……」

「何でしょうか？」

信治郎は手をつき深々と頭を下げた。

「竹鶴はん、あんたはんがスコットランドで勉強しはったものを、この鳥井信治郎の所ですべて活かしてもろうて、日本で本物のウイスキーを造ってもらえまへんか」

「お言葉はありがたいのですが……」

「ウイスキー造りのことはすべてあんたはんにおまかせします。わては本物のウイスキー造りのことは何もわからしませんし、言うてもろうたら、人でも金でも用意させてもらいまっさかい」

「………」

竹鶴は腕組みしたままこわばった顔をして黙っていた。

信治郎は機先を制するように語った。

「何で、五年も、十年も樽の中で寝かせておかなならん、商いとしてはえらい時間と金がかかるウイスキー造りをするんや、と思うてはるでしょう。わてはいずれ日本人がウイスキーを毎日飲む時代が来ると思うてま……」

信治郎は、かつて神戸から乗った船中でイギリスの将校が飲んでいたウイスキーと彼等の誇らしげな姿の話や、蒸溜、熟成を経た本物のウイスキーは健康にも良いと信じていることを語った。

少しずつ竹鶴の表情がおだやかになって行くのを見逃がさなかった。

「スコットランド以外ではでけんというウイスキーを日本人の手でこしらえたら、そら皆びっくりしますで……」

「鳥井さん、本格的なウイスキー造りがどれだけ大変かをあなたはよくご存知ないでしょうが」

「知りまへんが、わても赤玉を十五年かけてこしらえた男だす。本物がどれだけ大変かは想像がつきますわ。今日はこれで」

信治郎は、それから三度、帝塚山の竹鶴宅へ通った。〝三顧の礼〟ではないが、三度目の訪問で竹鶴はウイスキー造りを引き受けてくれた。

ウイスキー造りに踏み出すか、それとも時期尚早と断念するかで悩み続けていた信治郎だったが、赤玉の売れ行きは、不景気が続く日本の中でも着実に伸びていた。

「大将、ようやっと出来ました。大将が望んどられる赤玉の色が上がったと思っています。どうでしょう？」

片岡と井上、その背後に製版会社の男が神妙な顔付きで入って来た。

信治郎の机の上に赤玉のポスターがひろげられた。

信治郎は、そのポスターをじっと見ていた。女優の松島栄美子が赤玉の入ったグラスを手に何か言いたげにこちらを見つめている。その表情は以前より艶香が漂っているように思える……。もう一度、グラスの中の赤玉の血のように赤い色を見た……。

「これや。この色や。ようやった」

「合格ですか？」

と片岡が言った。

「合格どころか、大合格の一等賞や」

片岡と井上の二人は笑って、背後の男を振りむきうなずいた。男の目には光るものが見えた。

信治郎は立ち上がり、片岡と井上の肩を叩くと、背後の男に歩み寄り、

「あんたようやってくれはったな、鳥井信治郎、このとおりお礼を言いま、ほんまに、おおきに、おおきに……」

と男の手を両手で握りしめ、深々と頭を下げた。

実に一年近い歳月をかけて赤玉ポートワインのポスターが完成した。

このポスター制作に携わった日本精版は、後に日本有数の印刷会社、凸版印刷に合流した。

「ヨオーッしゃ。刷れるだけ刷りなはれ。日本全国の問屋いう問屋に、得意先にこれを貼って赤玉を日本一にすんのや」

寿屋洋酒店の第一号のポスターは、その大胆な半裸に映るモデルの姿と、表情が大評判となり、世間を驚かせた。

日本初のヌードポスターと噂になり、赤玉を飲まない人たちからも、ポスターが欲しいとの申し出が殺到した。

後にこのポスターはドイツで開催された世界ポスター展に出品され、堂々の第一位を獲得した。日本の広告史で初めてのことだった。

赤玉の宣伝ポスターは、それをひと目見た瞬間から日本人に、すなわち大衆に自分たちの生活の中に葡萄酒という西洋文化が入り込んでいることを認識させた。明治維新直後からの西洋化は、鹿鳴館（ろくめいかん）に代表される一部の階層に限られていたが、一本の葡萄酒が家庭の中に入ることで、ごく自然に暮らしの中に浸透して行くこととなったのである。

これこそ信治郎が目指す、大衆により良い商品を供給し、豊かな生活をして欲しい、という夢のはじまりでもあった。

赤玉の売れ行きは、全国の問屋から集まる注文票の数で、これまでとはまったく違った動きをしつつあった。

この状況を、次に目指す夢への後押しと見なしているのは店の内、外を含めて信治郎一人だけだった。

信治郎は帝塚山の竹鶴政孝の下へ二日に一度訪れていた。

「つまり空気が澄んでて、綺麗やないとあかんいうことだすな。そして近くに川がないとあきまへんのやな。それともうひとつ何でっか」

信治郎は竹鶴の話を身を乗り出して聞き、ウイスキー蒸溜所に適した場所を考えていた。

「夏でも温度があまり上がらず、湿気がなくてはいけません」

「空気がええとこはぎょうさんありますで、川は日本中どこでもありまんがな。夏にあんまり温度が上がらん土地でっか。暑気払いの土地でんな……」

「鳥井さん、そうじゃなくて、スコットランドに似た土地がやはり一番いいのです。これまでスコットランド以外でウイスキーを造ることができなかったのは、やはりあの気候にあるんですよ。私はそういう点では北海道が一番適していると思います」

「北海道でっか？」

信治郎は素頓狂な声を上げた。

竹鶴は候補地に余市の名前を挙げた。

「竹鶴はん、そらあきまへん。北海道では大阪からは船で三日、いや四日かかりま。それではウイスキーができたかて商いにならしまへん」

信治郎は以前、船旅で余市を訪ねていたから、交通の便の悪さをわかっていた。

「でも樽で運んで来ればいいだけです」

「そら違いま。これからの商いは、皆が、お客はんが、これがウイスキーの工場や、と見に来てもらえる商いやないとあきまへん。そうせんと皆がウイスキーを飲む時代にならしません」

「でも、いいウイスキーが造れないと……」

「それはわてにもようわかってま」

竹鶴との話し合いはいつも夜まで続いた。

信治郎は竹鶴を訪ねる度に、前回、問題となったことの善後策を用意して話し合った。

「竹鶴はん。ともかく北海道以外、できれば交通の便が大阪からええ土地を探しまひょいな。日本は昔から〝秋津島〟言うて、穀物には豊穣の土地でっせ。近くにええ水が流れる川があって、空気の澄んでる土地はなんぼでもありまんがな。今日は名水のある土地を書き出してきましたんや」

「私も調べました。明日からでも適切な土地を探してみるつもりです」

「そら、おおきに……。先日、湿気のある土地がええとおっしゃってましたな。竹鶴はん、山崎いう土地をご存知でっか？」

「はい、天王山の麓の山崎ですね」

「へえ、その山崎で、わては一度見ましたんや」

「何をですか？」

「あれは六月くらいだしたか。えらい霧が湧いてましてな。湿気いうのんは霧も出るいうことでっしゃろ」

「ええ、そうですね。しかし畿内では夏の暑さが……。今は山梨、長野辺りがいいと考えてます」

「そうでっか。でも一度、山崎も見てもらえまへんか。あすこは宇治川、木津川、桂川の三つの川が合わさって、ほれ千利休はんも茶室を建てた名水がおます。それに神さんが守ってくれてます」

「神さまですか？」

信治郎の言葉に竹鶴が思わず顔を上げた。

「そうだす。これは商いだすが、まずは日本人の皆に飲んでもらわなはじまりまへん。米もそうだすが、何と言いましたか、モルトでしたか、大麦も一緒だす。五穀豊穣は神さんの手でしてもらうもんだす。飢饉(ききん)や災害がないような、神さんが守ってくれてはる土地いうことが大事だす」

「ああ、それはスコットランドも同じです。古代からの神が宿る土地でウイスキー造りは行なわれています。でも畿内では気候が……」

「〝燈台下暗し〟いう言葉もありまんがな。そう最初から決めつけんで一度見たって下さい」

「わかりました。いずれにしても、そこで採集した水をスコットランドに一度送って、ウイスキー造りに適しているかを調べてもらう必要があります」

「そんなら早うせなあきませんな。それでポット、ポット何でしたかな？」

「ポットスチルです。ウイスキー造りの心臓のようなものです。単式の蒸溜機です。大きな釜と思ってもらえばいいでしょう」

「えらい大きいもんらしいでんな」

「はい。高さが五、六メートル、いや七、八メートルで直径が四、五メートルといったところです」

「それは鉄製でっか？」

「いやすべて銅製です。銅以外のものではウイスキーの、あのコクのある味わいは出ないのです」

「そんなおおけな釜を銅で造るんだすか」

「そうです」

信治郎は、自分の想像を超えたスケールのものを竹鶴が平然と口にするのに驚くことがしばしばあった。

「大麦を細かくする粉砕機と、これを濾過する機械は、今の日本の技術ではできませんから、これはイギリスに注文します」

「日本の工場ではあかしまへんの」

「だめですね。しかしあとはポットスチルもすべて日本の工場でやります」

「わかりました」

竹鶴との契約は十年間と決めた。

最初の仕込みがはじまって十分な商品を世に送り出せると目算しての契約期間だった。

信治郎は住吉町と帝塚山を往復しながら、この数日、別の場所へ立ち寄りはじめた。ひとつは北畠に居を構える角倉嘉兵衛の屋敷であった。もうひとつが神戸のセレース商会。残るひとつが中之島にある銀行であった。資金調達のためだった。

児玉たちの試算したウイスキー蒸溜所の建設費用と、最初のウイスキーが商品化するまでに要る金の工面である。

三百万円の資金が必要だった。それも長期の借り入れであるから、よほどの資産、財力を有している相手からでないと、蒸溜所どころか、寿屋本体までも失うことになる。

角倉は生糸相場で巨大な財を成した人物だった。財を成してからはほとんど人と面談しないことで有名だったが、思わぬ伝手で信治郎は嘉兵衛に赤玉を贈った。ほどなくして礼をしたいと申し出があり、嘉兵衛の〝生糸御殿〟と呼ばれる屋敷へ招かれた。

二人きりの宴だった。その席で、信治郎はいきなり二百万円の資金調達の申し出をした。

「何に使うんや」

信治郎は二人して飲んでいた赤玉のグラスを掲げて、

「この赤玉より、何倍もええ商いができるものにだす。ウイスキーだす」

「…………」

嘉兵衛は何も返答しなかった。

「利息以外にあんたはんがわてにできることはあんのんか？」

嘉兵衛がじっと信治郎の目を見た。

信治郎も相手の目を見返した。蝮の冷たい目のようにも見えるが、虎の、あの勇猛な目のようにも見えた。

――こら、干支が同じかもしれん。いや一緒やで。この人にも赤児の時があったはずや。

「また聴かせてくれるか」

常磐津を唄った。

嘉兵衛は目をむいて信治郎を見てからニヤリと笑った。

「常磐津なら唄えま」

もう三度目の訪問だった。二度目までは背筋に汗を感じたが、三度目は自分でも気持ちが晴れる思いがした。

「わての銭は今、眠むっとんのや。眠むっとるうちは……」

嘉兵衛が言葉を止めると信治郎はすかさず、

「眠むってる銭は、銭やおまへん」

と言った。

「そうや。目を覚まさしたら動き出す。銭は生きもんや。使い方で悪垂にもなるし、天下を動かすこともでける。おまはんの銭はどうなんのや」

「わてが使う銭は皆がしあわせになりま」

「……皆がしあわせ？　ほんまにそんなことを信じてんのか」

「信じてんのとちゃいます。わてはそれをやり通しま……」

「…………」

嘉兵衛は信治郎を睨み返すだけだった。

信治郎は常磐津を唄っていて、時折、清々しい気持ちになった。何の根拠もなかったが、嘉兵衛の金を信治郎は動かせると思った。

セレース商会にはスペイン本国の投資家を紹介して欲しいと申し出た。日清、日露の戦争以降、ヨーロッパの投資家の資金で鉄道会社、造船所がいくつか関西に建っていた。

セレースは信治郎の国産ウイスキー造りの話に感激し、協力を惜しまないと言った。

「鳥井さん、大麦の粉砕機と濾過機をイギリスに注文なさるのなら、スペイン本国の投資家だけではなく、イギリスの銀行、投資家にもあたった方がいいでしょう。日清戦争の賠償金の支払いはたしかロンドンの銀行だったはずです」

「そら理にかなってまんな。ウイスキー造りの機械が、こっちの仕事を証明しますわな。そっちもよろしゅうおたのもうしま」

信治郎はロンドンの三井物産の中村副支店長へも打診した。

残るひとつは、日本の銀行である。信治郎は将来、自分の事業が拡大する時に銀行とのつき合いが必要になるとみて、数年前からめぼしい銀行とつながりを持つようになっていた。担保は順調に伸びている赤玉の業績だった。

数日後、信治郎は主だった奉公人を呼び寄せて、国産初の本格ウイスキー造りをはじめたい旨を話した。皆は驚いて目を見開いた。

「おまはんらの正直な意見を聞かせて欲しいんや」

皆は顔を見合わせた。

最初に会計係の工藤が口火を切った。

「大将、五年から七年、いや十年かかるかもしれん事業で、その間、一銭も金が入って来いひん上に利息を払い続ける商いは無茶だすわ。大将にはすまへんが、それは寿屋がやる商いと違います」

皆がうなずいた。他の奉公人が言った。

「スコットランド以外の国でウイスキーを造ることがでけんのは、ウイスキー造りの技術が門外不出やからと聞いてま。それをどないして造りまんの」

「蒸溜所の建設だけで二百万円の金がかかる上に、その竹鶴はんの給与が四千円って、そら大将、寿屋がもたしません」

「せっかく赤玉がここまで伸びてる時だっせ。今、そないことをやってもうたら、赤玉もおかしゅうなりまっせ……」

誰一人、信治郎に賛同する者はいなかった。

「それがおまはんらの考えやな。よう話してくれた。おおきに……」

信治郎のいつになく丁寧な物言いに、部屋の中は気まずい雰囲気になった。

それでも信治郎は肩を落とすでもなく、

「話はこれで終りや。どや赤玉の方は」

と注文票を見せるように言った。

夕刻になり、食事の準備ができたと丁稚が告げに来た。

「腹は空いてへんさかい。先に食べ言うてくれ」

へぇ〜い、大将という声を残して丁稚が炊事場の方へ駆けて行った。

「どないしはりましたん。今夜はあんたはんの好物の鰻のまぶし御飯だっせ」

クニがやって来て信治郎を見た。

「取っといてくれ。今は腹が空いてへん」

「何ぞおましたんか？」

クニが言った。信治郎はクニを見上げた。

「何がや。何もない」

「そうでっか、子供たち連れて一度温泉でも行きまひょか」

「何や急に、温泉って、行きたいんかいな」

「うち違います。あんたはんが行きたいんやないかと思うて」

信治郎は首をかしげ、ちょっと四天王寺さんへ行って来るわ、と言って外へ出た。

八月が終ろうとするのに、夕暮れの船場の通りには真昼の暑さの残りが漂っていた。

ごめんやして、ごめんやして、と声がして丁稚が小走りに信治郎のそばを通り抜けて行く。四天王寺の境内に入ると、伽藍の瓦の彼方に一番星が輝いていた。参拝を済ませて信治郎は境内をそぞろ歩き、気が付けば、忠兵衛の墓の前に立っていた。

信治郎は手を合わせた。そうして墓石を見つめていると、若く、逞ましかった頃の、元気な父の姿と笑顔が浮かんだ。

「信はん、学校でもよう勉強してるてな。あんたはんは今におおけな商いができるで」

信治郎は父の幻にむかって口元をゆるめた。その父の幻に昼間の奉公人たちの顔が重なった。

「そないなことをやってもうたら、赤玉もおかしゅうなりまっせ……」

「そら大将、寿屋がもたしません」

涙を浮かべて訴える者までいた。

——そらたしかに寿屋がかたむいたら、皆を路頭に迷わすことになるかもしれへん……。

信治郎は頭上を見上げた。

一番星があざやかに光を放っていた。

信治郎は、その光にむかって言った。

「わては間違うてんのやろか。そうやったら、そうやと言うてもらえまへんか」

信治郎の言葉にも星はただまたたくだけであった。

正直、奉公人の誰一人も賛同しなかったのは信治郎にはこたえた。信治郎の次に自分のことをわかってくれているのは彼等だった。寿屋の現状を知りつくしているのも奉公人たちだった。一人一人の顔と、彼等の家族の顔までが浮かんだ。

「やっぱり、ここでしたか」

振りむくとクニが立っていた。

「こんな時刻に墓参りしてたら、お父はんが化けてでまっせ」

そやな……、と信治郎は力なく笑った。

「うちは仕事のことはわからしませんが、あんたはんのしたいようにやらはったらええと思います。あかんかったら、うちも、吉太郎はんにも敬三はんにも、道夫にも働いてもらいまひょ」

「道夫にか、フッフフフ」

「そうだす。皆あんたはんの血が、何でもやり通す血が流れてます」

九月一日の昼前、月末に上京して回る東京の問屋への土産品のリストを帳面に記していた。今夏、七月、八月の東京、関東周辺の赤玉の売上げは、これまでにない業績を上げていた。

――有難いことや。こないしてもろうてからに。

信治郎は新橋の料亭へ招いてくれた国分勘兵衛の、あのやさしい顔を思い浮かべた。

店の柱時計が十一時を告げる音を上げた。

――もうこないな時間かいな。

今朝、ロンドンの中村副支店長から、銀行が投資家の目処（めど）がついたと報せて来た。あとは自分が踏ん切りをつけるだけである。その足が一歩前へ出なかった。

竹鶴から電話が入った。山崎が最有力になりそうだと言った。

――こないなこっちゃいかんな……。

と信治郎が椅子から立ち上がろうとした時、足元がグラリと揺れた。

――何や、これは？

と店の天井と壁を見た。大きな波にゆっくりと身体がさらわれるように右へ、左へ揺れた。

「地震や、棚の赤玉に気い付けや」

信治郎が叫ぶ中で地面の揺れはかまわずに続いた。数分後、揺れはおさまった。

「皆、何もないか？」

どうやら店は無事であったが、信治郎はすぐに震源地がどこかを調べるように丁稚に言った。

神棚を見ると、御神酒（おみき）の徳利（とつくり）が横になっていた。立てようとしたが、一本にヒビが入

っていた。珍しいことである。誰ぞ、御神酒徳利を一本持って来い、声を上げると、番頭の児玉がやって来て、

「大将、今の揺れ、どうやら震源地は東の、関東の方かもしれません」

「何？　東て、東京の方の地震がここまで揺れたいうことかいな？」

「詳しいことはよくわかりませんが、東京への電話の回線が繋がりません」

「東京の地震が、ここまで揺れたいうことならえらいことやで。詳しいことを調べてくれ」

大正十二年（一九二三年）九月一日午前十一時五十八分、相模湾海底を震源地とするマグニチュード七・九の激震が起こった。

東京、神奈川を中心に、千葉、茨城、静岡東部の内陸、沿岸を襲ったこの大地震は、その広範な地域に甚大な被害をもたらしたことで〝関東大震災〟と呼ばれた。

すでに人口が集中していた首都、東京（約四百万人）、横浜が震源地に近かったために、その被害は東日本大震災以前では日本災害史上で最大級のものだった。

家屋全壊　約十三万戸
家屋半壊　約十三万戸
家屋焼失　約四十五万戸
死者　　約十万人

行方不明　約四万五千人

と想像を超えた大災害であった。

沿岸を襲った津波も、三崎で約六メートル、洲崎で約八メートル。多くの死傷者を出し、建物が津波に呑み込まれた。

最大の被害を出した東京は建物の倒壊もあったが、昼食時だったことで、地震発生直後、都心のおよそ百三十ヶ所から火災が起こり、折からの強風で一気にひろがった。工場、家屋から避難する人々が持ち出した荷物に燃え移り、大勢の死傷者が出た。中でも本所の陸軍被服廠跡地（約二万坪）に避難した市民を襲った大火災による死者は、全体の三分の一にあたる約三万八千人に及んだ。

関東大震災の情報が初めて関西に入ったのは、その日の夜、和歌山の潮岬無線電信局が受信した横浜の汽船からの無線だった。

〝本日正午大地震に引続き大火災起り全市殆ど火の海と化し死傷何万あるやも知れず交通通信機関全部不通、飲料水食糧無し、至急救援を乞う〟とあった。

東京は三日間燃え続けた。避難者は百二十万人を超えていた。内閣は戒厳令を出し、陸、海軍四万人を首都の警備、治安維持にあたらせた。連合艦隊は品川沖に急行した。家を失い、家族と離れ離れになる人が多く、人心の不安は募り、正確な情報を与えるはずの新聞も社屋、印刷工場が倒壊し、手刷りの号外を出すのが精一杯だった。東京朝日新聞は記者が撮影済フィルムと記事原稿を手に六十時間をかけて大阪に辿り着き、分断された鉄道、道路を乗り継ぎ全国配送した。

「な、なんや、これは」

新聞に掲載された写真を見て信治郎は叫び声を上げた。

「東、東京が、あの東京が失くなってるやないか」

東京出張所から建物は倒壊したものの奉公人は皆無事だという報せが入ったのは、震災から四日目だった。

しかし、続々と入って来る情報は、どれも信治郎を落胆させるものだった。

命からがら大阪に戻って来た者もいた。

「寿屋はん、東京はもうあきまへん。皆燃えてもうて、建物ひとつあらしまへん。ぎょうさん人が死んでもうて、死体の山ですわ」

「あれではもう都としてやっていけまへんやろう。家を焼け出されたぎょうさんの人が駅やら波止場に群がってな。逃げようにも逃げられへん有様でしたわ」

「中国とロシアが、仕返しに一気に攻めて来る言うんで、ぎょうさん兵隊はんが出て、戦争の準備をしてるいう話ですわ」

震災の様子を語るどの男の表情もどこか髦けていて、まるで地獄から逃げて来たように見えた。

「あんたはん。しっかりせなあかんで。それで日本橋の辺りはどないやったんや。ちゃんと思い出してくれ。日本橋の問屋街はどうなってたんや」

信治郎はこれまで世話になってきた東京の問屋の様子を知りたかった。国分勘兵衛をはじめとする問屋の主人、番頭たちの顔が浮かんだ。

十日目、ようやく被害の状況と問屋、得意先の安否の情報が入った。

番頭の児玉が海軍省や住友、三井、鴻池(こうのいけ)などへ出向いてつかんできたものだった。

「国分商店も他の問屋の人たちも無事でいるそうですが、建物も倉庫も皆やられて、商いができる状態ではないそうです。今、会計課に入った他の店からの情報では、売掛けの回収などどうぶんはできないと。それどころかもう商いの見通しも立たないと……」

「何を言うてんのや。今は銭(ぜぜ)のことなんぞ、二の次や、ともかく皆がひもじい思いをしてはんのや。それで東京へは何とか行けんのか？」

「住友が八日前に海と陸から偵察隊を出しまして、その情報が戻って来て、昨日、一〇〇〇トンの船を雇って白菜、塩、塩鮭(しおざけ)、毛布、木綿を積んで出発したそうです」

「わかった。児玉、重蔵のとこへ使い出しい、わては東京へ行く」

「えっ……」

児玉は信治郎の目を見て、自分がどう止めようとも信治郎は東京へ行くとわかった。

震災の新聞記事を見て、信治郎はすぐに見舞い金と救援物資の準備を命じた。

ところが東京の状況がわかってくると、見舞い金はまだしも、救援物資を東京の中に運ぶことがいかに困難かがわかった。

線路も、道路も分断されている上、海路を通っても横浜一帯が壊滅状態で、荷を揚げる寄港地がないという。東京湾の奥は海底が浅く、元々、荷揚げの波止場がわずかしかなかった。その波止場もおそらく船が入れる状態ではないと思えた。海軍省の伝手で、芝浦に一ヶ所、何とか残っている波止場があるという情報は得ていたが、沖合いには横須賀から戦艦が出て、東京へ入る船の監視をしていた。それでも信治郎は物資と一緒に赤玉を運ぶと決めていた。

すでに東京湾の入口は救援物資を積んだ船でひしめいているという。ところが東京には百二十万人の家を失くした避難民があふれ、政府はこの避難民の救済を最優先させているため、彼等を各地に輸送する船の入港で手一杯らしかった。救援物資は日本だけではなく、アメリカ、イギリス、フランス等の国からも申し出があり、混乱をきわめていた。

船頭の頭領、重蔵がやって来た。

「事情は聞いてくれたか」

「へぇ〜い。大将のためなら、重蔵どんな場所へでも荷を運ばさせてもらいま」

「そうか、おおきに。わても船に乗って行くさかい。それでどのくらい準備にかかるんや」

「こういうこともあろうかと思うて、船の手配は済ませてま」

信治郎は目をかがやかせ、おおきくうなずいた。

積荷は一日半で揃った。準備の間に、児玉は重蔵と連れ立って海軍省へ出向いた。

船がひしめく東京湾の入口を突破するには重蔵の力が必要だった。日清、日露の折、兵員を大陸に運んだ時、重蔵は関西方面の輸送の采配を取り、陸、海軍から信頼を得ていた。その上、重蔵の三人の息子は、その戦争で名誉の戦死をしていた。

船に特別の処遇があれば、荷は接岸できるはずだった。

信治郎と三人の奉公人と荷役人足を乗せた船が芝浦の波止場に着いたのは、三日後の早朝だった。

海軍のお墨付きは驚くほどの効果を発揮した。陸揚げした荷を運ぶ輜重車(ほろぐるま)を借り受ける手配まで世話になった。

「さあ出発や」

三台の輜重車の先頭に乗って信治郎は波止場周辺の仮設小屋、救護治療所、テントが連なる間を日本橋にむかって進んだ。

やがて汐留(しおどめ)にさしかかると前方の風景がひらけた。

そこで誰が命じるでもなく車を止めた。

信治郎の視界に入った東京の街は、彼が二ヶ月前に見た時とまったく様相を変えていた。

「何、何や、これは……」

信治郎は思わず声を上げ、茫然と目の前の風景を見渡した。

ほとんどの建物が倒壊し、残った建物は無惨に焼け焦げ、飴のように歪に曲がった鉄筋があちこちに剝き出していた。焼失した建物から漂う焦げ臭い匂いが鼻を突いた。

――ほんまに、これが、あの帝都、東京かいな……、いったい何が起こったんや……。

後方から、先へ急げと他の車夫たちの怒号が聞こえた。

信治郎は、我に返って車を進めるように告げた。

信治郎は左方に目をやった。皇居は無事だった。

――おっ、良かった、良かった。

信治郎は皇居にむかって一礼した。

やがて日本橋界隈が見えて来た。

橋は残っていたが、華やかだった三越も三井の本丸も黒く焼け焦げていた。軒がひしめいていた問屋街も焼失し、瓦礫が連なっていた。

――何ちゅうこっちゃ……。

それでも何軒かの仮設小屋が建ち、そこを商人たちが出入りしていたが、皆着のみ着のままなのか、薄汚れて見えた。

国分商店の建物は外装が残っているだけで店の中が焼けたのは一目瞭然だった。

それでも何とか商いを再開しようとしているのか、わずかな商品が戸板の上に並べられていた。

その背中で国分勘兵衛とわかった。

勘兵衛は輜重車に気付いて、こちらをむいた。そうして幻でも目にしたように信治郎を見ていた。

信治郎は目頭が熱くなった。

——さぞ、大変やったやろな、国分はん……。

信治郎は車から飛び降りると、勘兵衛に駆け寄った。

「本当に、鳥井さんですか……」

勘兵衛の声が震えていた。

「国分はん、無事で何よりだす。すぐにお見舞いに来なならんかったのに、かんにんだす。いや、無事でよろしゅおました。番頭はん、奉公人の方も、皆大事はおまへんでしたか」

「はい、皆、命だけは……」

「そら、よろしゅおました」

奉公人たちが表へ出て来た。皆、信治郎を幽霊でも見たかのように見つめている。

「皆さんも無事で何よりだした。それ、この車に、米、味噌、塩鮭、水も樽におます。それに薬もぎょうさんお持ちしましたよって。これ、ぼお〜っとしてへんで荷物を店へ運ぶんや」

奉公人と荷役人足が荷を運ぶと、国分の奉公人たちから、おう米も、味噌もあるぞ。野菜まである。ひさしぶりに味噌汁が飲めるぞ、と歓声がした。

「鳥井さん、あなた、これをわざわざ大阪から私たちに持って来て下さったのですか」

「いや、遅うなってかんにんしとくれやす」

荷を運ぶ信治郎に勘兵衛が名前を呼んだ。

「鳥井さん……」

「何だすか」

勘兵衛が信治郎を見ていた。彼のうしろに顔馴染みの番頭も立っていた。

「……もし集金にも来られたのなら、見てのとおり決済どころか……」

「こんな時に何を言うてはるんだすか。そや番頭はん。寿屋の伝票を持って来てくれはりまっか」

「いや本当に寿屋さん。品物を入れることもできない状態でして……」

番頭が頭を下げた。

「かましまへんから伝票を下さい」

番頭は勘兵衛の顔を見て店に戻った。

番頭が伝票を手に戻って来た。信治郎はその伝票を奪うようにして取ると、目の前で破り捨てた。

その様子を唖然として見ていた二人に言った。

「これで決済は完了だす。こないなことになって品物の仕入れも難儀してはる思いまして、あのうしろの一台に赤玉をぎょうさん積んで来ました。どうぞ思う存分商いをしとくれやす。勿論、あの車の品物の決済も、商いが回るようになってからでかましまへん」

勘兵衛と番頭の目から大粒の涙が零れ落ちた。

それを見て信治郎は顔を背けた。

——あかん、お得意はんにこんな顔をさせてもうては……。

「ほな、わては他の問屋はんを回って来ますんで……」

と告げて車に乗り込んだ。

「早う車を出しい。夕刻までに船に戻らな」

二軒の問屋を回り、奉公人と荷役人足に昼食を摂るように告げて、信治郎は下町の方にむかって歩き出した。

夥しい数の、墓がわりの土饅頭が並んでいた。墓標さえなかった。

――何でこないなことが起きたんや。

その時、女性の悲鳴が聞こえた。

助けて、誰か、助けて……、黄色い声で子供の声とわかった。声のする方を見ると少女が一人泣きながら大声を出していた。

あわてて駆け寄ると少女が左方を指さしていた。見ると、折れた電柱に縄をかけ女が一人、首を吊ろうとしていた。信治郎は女に突進し、縄を引き下ろした。

「何を阿呆なことをしてんねん」

女は赤児を背負っていた。先刻の少女が、お母ちゃんと叫んで女にしがみついて来た。咳込んでいる女の背中を撫でながら信治郎は言った。

「こんな赤児がいてんのに何をしてんねん。あんたはんが死んでもうたら、この子らはどないすんねん」

信治郎は肩に掛けていた水筒の水を女に飲ませた。少女にも水筒を与えた。そうして吊げ鞄の中から握り飯を出して食べるように言った。さらに懐から金を出し、女の手に握らせた。

「芝浦まで行ったら救護所がでけとるから、そこで赤児のミルクを貰い。ええな……」

信治郎は瓦礫の山に立ち、深川の方面を見た。

あちこちから立つ煙りが、焼失の名残りなのか、炊事の煙りなのか、火葬のそれかはわからなかった。

先刻の母子の姿が浮かんだ。

――何で赤児がいてる母親が死のうとすんねん。何を見たと言うんや……。

信治郎は身体の芯のようなところが熱くなるのを感じた。握りしめていた拳が小刻みに震え出した。怒りが込み上げて来た。踏ん張ろうとする足元の瓦礫が崩れた。

その時、背後で幽霊のような声がした。

見ると、ボロ着一枚着た男が杖を突き、煤だらけの顔で瓦礫を杖で突っつき何かを物色しながら呪文のように何事か口にしていた。

「……この国は滅んだ。日本は終った。……この国は滅んだ。日本は終った……」

信治郎には視界の中の男が、生身の人間なのか、幽霊なのかもよくわからなかった。

「……この国は滅んだ。日本は終った。……この国は」

信治郎は大声で怒鳴った。

「じゃかあしい。それ以上言うと承知せえへんぞ。この国が終ってたまるか」

信治郎は片膝を落し、瓦礫に手をついた。手に触れた小石をつかむと、今しがたの男に投げつけてやろうと思った。だが、いつの間にか男の姿は消えていた。信治郎は肩で

息をしながら、自分に言い聞かせるように、

「この国は、日本はこれからや。これからわてらが、ええ国にするんや。滅んでたまるかい。地震がなんじゃい」

叫ぶだけ叫ぶと、憤りが失せた。

せせらぎの音が聞こえた。目をやると、九月の日差しに川面を光らせて隅田川が流れていた。こんな無惨な風景の中でも川は悠然と海にむかって恵みの水を運んでいた。

――この国はこれからや。これからわてらがええ国にせなあかん。負けへんぞ。

信治郎は瓦礫の上に立ち、目を閉じた。

太陽に顔をむけた。瞼越しに光が身体の奥に入り込むのがわかった。

「わてはやる。ウイスキーを造ってみせる」


大正十二年（一九二三年）十月一日、山崎の地でウイスキー蒸溜所建設が着手された。関東大震災から実に一ヶ月後というスピードであった。正式な起工式はウイスキー製造の認可が大阪税務監督局から下りた後になるが、この日に建設を着手したのは、信治郎が年内の最良の日と八卦見を得たからだった。

大阪に戻ってからの信治郎の行動は風神のごとく迅速かつ強引だった。

竹鶴政孝は信治郎の行動を見て驚いた。

「何だ？　この人の、この行動力は、山崎の合戦の秀吉のようじゃないか」

たしかに山崎は信治郎が言ったように、関西以西ではもっともウイスキー造りに適していた。その確かな目にも驚いたが、この地の買収が困難なことを土地探索の中で知ったからだった。

――いったいどうやってこの土地をあの地主たちから買収したんだ？

竹鶴は山崎を見て回り、工場を建てる場所として山崎峡の一番奥にある渓流の源泉のそばがいいと判断した。竹鶴はそれぞれの土地で買収の交渉もしていたので案内した周旋屋に地主と逢う手筈を取ってもらったことがあった。

山崎峡周辺は歴史のある土地で二十を超える神社仏閣が集まっていた。その上、竹鶴が望んだ場所は数寺社の共有地になっており、椎尾神社の参道が通っていた。

「あすこは山崎の中でもわてらの大切な土地やよって、とても動く土地違います。あの、念のために何をあすこに建ててはんのですか？」

地主の一人が坊主頭を掻きながら訊いた。

「ウイスキー蒸溜所です」

「ウイスキーって、あの西洋はんのお酒でっか？」

「そうです」

「あんた滅相もない。西洋はんの酒を造るのに、ここらの誰が土地を貸しまっかいな」

「いいえ、借りるんではなく買うんです」

「じゃかあしい。早ういんでくれ」

明治初期の廃仏毀釈で、山崎一帯は大打撃を被り、その原因を西洋化とキリスト教によるものだと考える人が多かった。竹鶴は、あの土地はとてもではないが買収できないと思った。

この窮地を一変させたのは、クニであった。

信治郎の名代（みようだい）として、クニが山崎の地主である寺社の下へ乗り込み、誠意を持って交渉したのである。なにしろこの数年、月に二度、クニは信治郎の名代として山崎一帯の寺社を大小かかわらず参詣し、夫から託された過ぎるほどの金を寄進していた。

「西洋はんのお酒ちゃいます。日本人のウイスキーを鳥井はこしらえるんだす。どうか皆さんと山崎の神さんのお力を、主人に、どうか鳥井信治郎にいただけませんでっしゃろか、このとおりだす」

御堂の中の床板に顔が付くほどクニは頭を下げて懇願した。

「御寮（ごりよん）さん。そんなんせんといて下さい。他ならぬ鳥井さんのお願いでしたら話し合いますよってに、どうぞお顔を上げて……」

買収交渉は一転してまとまった。

竹鶴は山崎の土地買収で、鳥井信治郎の底力を見たような気がした。

竹鶴は何度も大阪税務監督局に通い、関税部長の星野直樹と酒税に関して交渉を続けた。清酒、ビール等と違い、五年、七年と樽の中で眠らせるウイスキーは熟成過程で多くが蒸発するから、原酒ができた段階で課税されては商売にならない。長い交渉の末、庫出し後の課税方式を勝ち取り、ようやく日本初のウイスキー製造の免許が、半年後の大正十三年（一九二四年）四月七日に下付された。同月十五日にあらためて起工式が行なわれ、本格的にウイスキー蒸溜所の建設がはじまった。

ウイスキー造りの心臓部と呼ばれる銅製の巨大な蒸溜釜（ポットスチル）とボイラーは、大阪の渡辺銅鉄工所で製作がはじまった。竹鶴以外、誰も見たことのない巨大な釜を竹鶴は毎日のごとく鉄工所へ通い、失敗をくり返しながら、鉄工職人と完成にむけて邁進した。工場の方も蒸溜過程に沿って、原料倉庫、発芽室、乾燥塔、糖化、発酵室、そして巨大な蒸溜機をおさめる蒸溜室の順番で建物が建てられていった。

九月上旬、蒸溜機が完成した。高さ五・一メートル、直径三・四メートル、重量二トンの蒸溜釜を見た時、さすがの信治郎も目を見張った。

大阪から山崎への、この巨大な釜の移動もひと苦労で、淀川を途中まで上って陸に揚げた。難関の東海道線の線路は、深夜、列車の通らない時間に五十人の人足がコロを下敷して越えた。

同年十一月十一日、二百万円を超える巨費を投じた山崎ウイスキー蒸溜所が完成し、その竣工式が山崎の地で盛大に催された。

在阪の多数の名士、報道陣が招待され、ウイスキー蒸溜所の全容が披露された。

見学者はそのスケールの大きさと生産ラインに則した西洋式の、それぞれの建物の配置に感心し、洒脱（しゃだつ）な乾燥塔やボイラー室のデザインに憧憬の目をむけた。中でも蒸溜室の中央に勇壮に構える銅製の巨大な蒸溜釜を見上げて驚嘆した。初めて目にする蒸溜釜に各新聞社のカメラマンが撮影のフラッシュを焚く度に、釜は黄金のような光沢を放った。その輝きを見て、見学者は口々に驚きの声を上げていた。

えらいもんを建てはったな、鳥井はんは……。ほんまや、このまぶしさは、ほれ、あの太閤（たいこう）はんが建てはった、黄金の茶室とちゃうか……。そやな、それを船場の商人がやりよったんや、鳥井はんは大阪人の誇りやな……。

「とうとうやりよったな」

信治郎の善き相談相手であるイカリソースの木村幸次郎が蒸溜釜を見上げて言った。

「いや、ほんまに。けどここまでの工場とは思いませんでした」

東洋製罐の高碕達之助が大きくうなずいた。

「いや本当に驚きました。門外不出と言われたウイスキーの蒸溜所を本当に実現させたんですね。しかし二百万円を超える費用をよくかけたものです。これから商品になるまでに五年、いや七年もかかるのを、鳥井さんは耐えられるんでしょうか」

信治郎とは一番懇意にしている味の素の鈴木三郎助が心配そうに言った。

「いや鈴木君、そうやない。わては今日、この工場を見て、一年前に皆で反対したわてらには見えてへんもんが、鳥井はんには見えてたんやと思うた」

「僕たちに見えてないものですか……」

「そうや。闇の中にあの男は独りで立つことができるんや。誰も怖(こお)うて踏み出せん新しい商いの道を踏み出しよったんや」

「闇ですか？」

怪訝な顔をする三郎助にアメリカで商法を学んだ達之助が言った。

「ニューマーケットのフロンティアですね」

「そうや、誰にも見えてへん市場の開拓者や。それをあの男はたった独りで闇の中に立って見よったに違いない。たいした商人や」

木村幸次郎は蒸溜釜のかたわらで、招待した小西儀助に釜の機能を説明している信治郎をまぶしいものを見るような目で見ていた。

「けど高碕君、鈴木君、これからの鳥井君の道は、これまで以上の茨の道になるで。わてらも精一杯応援したらんとな……」

「は、はい」と二人が口を揃えて言った。

木村幸次郎のつぶやいた言葉は決して的外れではなかった。

信治郎には、この先の第一号のウイスキーが誕生するまでの五年、いや商品となってからも、茨の道以上の辛苦の日々が待ち受けることになる。

しかし信治郎は、この日、山崎蒸溜所の全貌をあらためて見て、

――ここはわての家や、ウイスキーはわての赤児で、子供や。この子らが一人前になるまではどんなことも耐えてみせる。

と決心をした。

竣工式の翌日から、竹鶴政孝の号令の下、ウイスキーの製造がはじまった。

仕込み、発酵に至る繊細な作業工程を竹鶴は、半年の訓練で鍛え上げた清酒の杜氏たちにむかって大声を上げて指示をした。自らが昼夜不眠の作業になった。信治郎も一日も欠かさず、その作業を見守った。

その年の十二月、いよいよ蒸溜の工程になった。

――さあどんな産声を上げげんのや……。

信治郎は蒸溜釜を見つめた。

「鳥井さん、まもなくですよ」

竹鶴の声がした。

「おう、そうでっか」

身を乗り出す信治郎の目の前に、最初の一滴が零れ出た。そうしてあふれ出したのは

何とも言えぬ美しい生命の液体であった。無色透明なその液体を見て、信治郎は目頭が熱くなった。

竹鶴が真剣な表情でグラスで掬い上げた生命の液体の香りを嗅いで、信治郎にグラスを差し出した。

「どや？」

「上出来です。まごうことなきウイスキーの原酒です」

「そうか、ウイスキーの赤児か。ええ香りやないか」

山崎蒸溜所でウイスキーの蒸溜がはじまり、その年のウイスキーの子供たちが次々に樽に詰められ、倉庫の中で眠りについた。

その前後から、信治郎は新しい商品の開発に踏み切っていた。

赤玉は順調に売上げを伸ばしてくれているが、その利益だけでは、山崎にかかった費用と、仕込みの時期以外の十月から五月にかけての蒸溜所にかかる費用をまかなうことはできなかった。

大正十三年だけで、カレー粉を商品化して〝パームカレー〟、レモンティーとシロップから製造した〝レチラップ〟を製造販売した。

大正十五年（一九二六年）には、半練り歯磨粉〝スモカ〟の販売をはじめた。

スモカは、喫煙者用の高級歯磨粉であった。時代はすでに昭和に移ろうとしていたが、日本で歯磨粉を使う習慣はまだ一般の人たちには普及していなかった。それでも歯磨の商品は数社が製造販売をしていた。信治郎はそれらを見て、一般の普及商品ではなく、一番高価な歯磨粉を売り出そうと考えた。開発の目処がつくと、信治郎は宣伝課の片岡と井上を呼んで言った。

「この歯磨を思いっきり面白い宣伝で売ってくれまっか」

「どんな宣伝でもいいんですか？」

「ああ面白かったらええ。但し、今、山崎で眠むってはるウイスキーを売り出したら、それを真っ先に飲んでくれる人にむけてや。その高級品を飲むのを自慢する人たちが使う歯磨や」

「大将、まだウイスキーは商品になってはいませんよ」

「わてには見えてる。あの子らが商品になっていろんな所で日本人を喜ばせとる姿が見えるんや」

信治郎の頭の中には常に山崎の倉庫で眠むっているウイスキーのことがあった。

「わかりました。やりましょう」

新聞の宣伝費用も惜しみなく使った。

新聞宣伝のスペースも一・五段から、時に三段も使い、月に七〜八回の出稿をした。

〝一イ　二ウ　三ツ日目へんから　あないに黄ろいワテの歯がこないに白うなりまして ん〟という文句に女性のイラスト。〝ミルクを入れないコーヒーがブラック！　スモカを使はない歯がブラック！〟。片岡の徹底した〝タバコのみの歯磨スモカ〟の宣伝が当たって、スモカはよく売れた。

時代が昭和に入ると、信治郎の新しい事業、商品への情熱はますます高まった。しかし開発した商品がすぐに軌道に乗るはずはなかったし、すべての商品が目新しいものではないのは当然だった。

会計課からは、その度に要請があった。

「社長、お気持ちはわかりますが、社長、ここは赤玉だけを懸命に商いさせて下さい」

「お気持ちって、何の気持ちや。山崎の子供たちが世の中に出てくるまでに、店をひろげて皆で迎えたらなあかしませんやろう。それに、さっきから黙って聞いてたら、社長、社長って、どこの社長はんのことをあんたはんらは言うてんねん。わては寿屋の大将だっせ。社長と違う」

大きなカミナリがひさしぶりに落ちた。

翌日、昭和二年（一九二七年）九月一日、すべての社員に信治郎は命令書を配付した。

〝～対内対外を問はず主人又は大将と呼ぶことに定められたく候～〟。ご丁寧に主人と大将には右に傍線まで引いての命令書であった。

社員、いや奉公人の数も増えて、信治郎は奉公人すべてが家族という精神が曖昧になっていくのを懸念していた。

——皆が同じ、ひとつのこころで商いをせんと、どこよりも強い店はできんのや。

この頃から、信治郎は社員を雲雀丘の自宅に招いて、運動会やら食事会を催し、社員がひとつの家族のようになって働くことで〝寿屋〟の結束を高めた。このような催しに信治郎は社員の家族を呼んだ。そうして家族一人一人と話し、祝儀を配った。催しの食事やおやつは家族の女たちが皆でこしらえた。その輪の中心にいつも妻のクニがいた。吉太郎をはじめとする三人の子供も社員の家族と過ごさせるようにした。

長男の吉太郎は二十歳になろうとしていた。彼は神戸高商へ通い、いつも優秀な成績で評判だった。信治郎は、折がある度、吉太郎を竹鶴政孝の下に行かせた。

竹鶴のウイスキー造りへの情熱はすでによくわかっていたが、信治郎はその製品造りの姿勢と勉学の熱心さに感心していた。

後継者となる吉太郎には竹鶴の誠実な人柄と、いったんこうと決めると最後までやり通す仕事の姿勢を学んで欲しいと思ったからだった。竹鶴もそれを快く引き受けてくれ、吉太郎も彼を慕った。

翌昭和三年にも調味料の〝トリスソース〟、ウイスキーの仕込みに用いた麦芽の糖化粕から作った〝山崎醤油〟を製造、販売した。いずれの商品も赤玉の売上げに比べると足元にもおよばない。しかし信治郎は新しい商品の開拓を次から次に実行していった。

何や、この醤油？　おかしな味がしよんな。こんなもん、どないもならしまへんで、大丈夫でっか？　寿屋はん。聞けば、ウイスキーいう銭食い虫でおかしゅうならはってるんと違いまっか……、と問屋筋が呆きれた。

そんな周囲の声にも信治郎は平然としていた。新事業の展開をほどほどにして欲しいという社内の声にも、信治郎は毅然（きぜん）として言った。

「そらおまはんらの考えが違（ちご）うてる。店いうもんはいつも次の主役を探し続けなあかん。ウイスキーが出て来るまでの辛抱で、わてはこないなことをしてるんと違う。ええ商品を常にこしらえてたら、それがやがて店を救うてくれる日が来ます」

その言葉を裏付けるように、信治郎はその年の十二月、ビールの製造販売に乗り出した。

横浜の鶴見にあった日英醸造という会社がバーチカルシステムという醸造法で〝カスケード〟というビールを売り出していた。敷地三万坪と広大な土地に六階建ての工場で英国式ビールを生産していた。この日英醸造が折からの不況で経営難になり売りに出されていた。前年からの金融恐慌で休業する銀行が続出していたし、一年後にはニューヨークでの株の大暴落からはじまる世界恐慌が迫っていた。

それでも〝苦しい時にこそ挑め〟がモットーの信治郎は、その入札にむかった。周囲も社内も大反対である。入札は鶴見の工場で行なわれることになっていた。実は信治郎は、それ以前に日英醸造危うしの情報を得ていた。当時の日本のビールの製造販売は、大日本麦酒、麒麟麦酒、日本麦酒鉱泉の三社が生産量と販売価格の協定を結び、圧倒的なシェアを持っていた。

この翌年には桜麦酒が加わり四社協定となる。新参者には厳しい条件だったが、信治郎は勝負は入札とみていた。

周囲の反対をよそに前日から東京へ入った信治郎は身を清め、入札にむかった。

信治郎は上京する三日前、宣伝課の片岡を呼んだ。信治郎の部屋はいつもドアが開け放ってある。話がある奉公人は誰でも入って良いという意味だった。

「片岡君、ドアを閉めてくれるか」

信治郎の声に片岡は意外な顔をしたが、これからの話が大切な内容だとすぐに察知した。

「実は三日後にわてては鶴見へ行くんや。鶴見に行って日英醸造を買うてくる」

「えっ、カスケードビールをですか？」

「これからの時代、洋酒はウイスキーとビールや。このふたつを制さな日本一の、いや、世界一の洋酒店にはなれまへん。そこであんたはんに、そのビールの名前を考えておいて欲しいんや」

「わ、わかりましたが、大丈夫なんですか」

「大丈夫って、何がでっか？」

信治郎は白い歯を見せて、軽く胸を叩いた。

「大将、良き運を祈っています」

「ええ運やて？　大丈夫や、わてにはぎょうさん神さんがついたある」

片岡は部屋を出ると振りむいて中を覗いた。信治郎は窓辺に立ち伸びをしていた。

――ウイスキーがまだどうなるかわからないという時に、この人は何という人なんだ。たしか……世界一の洋酒店と言ってたな。

信治郎がビール事業への参入を考えはじめたのは、別に日英醸造が売りに出たからではなかった。

三十六年前、小西儀助商店に奉公に出て、小西儀助の〝夜鍋〟で葡萄酒をはじめとした洋酒造りに関するさまざまなことを学んだ折、儀助から、「これから必ず日本人はビールを飲むようになる。わてもビールに挑戦したが時期が早過ぎた」と聞かされたことがあった。あとにも先にも儀助が彼の行なってきた商いのことで悔むような言い方をするのを耳にしたのは、その時だけだった。実際、儀助は信治郎が奉公に上がる前、ビール製造に挑んで大きな負債を抱えていた。以来、信治郎は恩人の果せなかった夢をいつか自分の手でと思っていたし、ビールについて調べてみると、樽に寝かせる期間がいらないビールは魅力のある商品で、先見性のある儀助の言うとおりだった。ウイスキー製造に着手した後も信治郎は、ビールの夢を大切に仕舞っておいた。

「クニ、今回の上京は大勝負やで」

そう言って信治郎は出発した。


入札の早朝、信治郎は番頭の児玉と東京出張所を出て皇居に礼拝へ行った。

すでに裕仁親王が新たな天皇に即位されていた。信治郎は天皇陛下の御影を見た時、日本人は素晴らしい太子を迎えたと有難く思い、毎日礼拝していた。気骨あふれ聡明な天皇を信治郎は生涯崇めた。

「児玉、今日は天子さんは横須賀にお出かけやで、天気良うてよかったな」

「はい。新聞で読みました。有難いことで」

この日、御大典記念の観艦式が行なわれる予定だった。鶴見へむかう汽車の中で児玉が訊いた。

「大将、私もこの数日、入札額のことを考えたのですが、私はこう……」

信治郎は児玉が差し出した小紙に記された金額の数字を見た。

「もうお決まりですか？」

信治郎は返答しなかった。

その時、どこからか号砲の音がした。乗客が皆外を見たが、川崎の田園しか見えなかった。

「児玉、窓を開けてくれるか？」

児玉が窓を開けると、信治郎はその後に続く沖合いの艦からの号砲をじっと聞いていた。

やがて号砲が止むと、汽車は駅に着いた。


入札の発表は驚嘆の声とともに、百一万円で大阪、寿屋洋酒店で決定しました、との係員の声で終了した。

僅差の落札額であった。

ビール三社の重役陣が目を丸くして信治郎を眺めている中を、信治郎は言った。

「おおきに。ほなええビールを造らせてもらいまっさ。その折はよろしゅうお頼もうします」

会場を出た信治郎は海の方にむかって頭を深々と下げた。そうして振りむくと児玉に言った。

「ほんまに天子さんのお蔭やった……」

後に、児玉が信治郎から聞いた話では、入札直前に汽車で聞いた御大典記念の観艦式での号砲の数が百一回であったから、信治郎は入札票に、百一万円の金額を書いたという。

しかし翌昭和四年（一九二九年）、いよいよビール事業がはじまると、既存のビール三社の攻勢は尋常ではなかった。三社のビールが一本三十三銭に対して、寿屋は二十九銭の値段で発売した。初めての廉価での戦いだった。それでも〝新カスケードビール〟の売上げは芳しくなかった。

そこで寿屋は、〝オラガビール〟という新しいネーミングにあらためた。

〝オラガ〟という言葉は、総理大臣を務めた政友会総裁の、田中義一（ぎいち）大将が議会での答弁で「おらが国は……おらが党は……」とことある度にオラガを連発し、それが国民にも愛嬌のあるキャラクターとして支持されていたのを、片岡たち宣伝課が新しいネーミングとして信治郎に提案した。

「そら愛嬌があってよろしな。それで行きまひょ」

片岡たちは一斉に宣伝文を新聞に載せた。〝出た　オラガビール　飲め　オラガビール〟。宣伝文は挑発的であった。

そのせいか、当初オラガビールの売上げは順調であった。新カスケードビールの一本二十九銭に対して、オラガビールは二十七銭であったことも効果があった。

これにビール三社から猛反発を受け、売上げは徐々に減った。

既存ビール三社の攻勢もあったが、オラガビールの主戦場は東京を中心とする関東圏ということも原因のひとつだった。

浪花に対して江戸。大阪に対して東京という、東京人の大阪の商品に対しての、飲まず、食わず嫌いの偏見が日本を二分する都市の風潮として生まれていた。そのことは昭和の戦後も続き、東京進出を阻むひとつの命題として長く大阪の企業を悩ませることとなった。


信治郎はオラガビールの販売拡張に精力を傾けていたが、いよいよ待望のウイスキーの発売が迫っていた。

ウイスキー発売にあたって信治郎はこれから続々と倉庫から出て来るであろう子供たちにふさわしい名前を付けてやらねばと考えていた。

その頃、信治郎は社内の主だった者を連れて、毎月一度、比叡山延暦寺に参詣に行っていた。皆して写経し法話を聞いた。

信治郎は親しくさせてもらっていた僧侶に相談した。

「新しい商いの何かええ名前を考えてま。何かお知恵でも拝借できましたら……」

「鳥井さんのお仕事で一番大切なのは何でしょうか？」

――一番大切なもの……？

信治郎は考えて山崎峡のことを思い出した。

「そら水だすわ」

「水ですか。ならそれは日輪の力ですわ」

「日輪と申しますとお天道さんのことだすか？」

「そうです。雨を、風を、すべての恵みを与えてくれます。みな日輪が一番上でしてくれています」

「ほう、そうだすか……。こらええ話を聞かせてもらいまして、ありがとさんでございます」

大阪に戻った信治郎は、早速神戸のセレース夫人に電話を入れた。

「こらどうも長いことご無沙汰しまして……ところで奥さん、お天道さん、太陽はＳＵＮでよろしゅおましたですかいな？」

「はい。太陽はＳＵＮですよ。また何か新しい商品を出さはるんどすか？」

「へぇ～、これはまたようおわかりで」

「でも太陽と言えば、いつも私の主人が鳥井さん、鳥井さんと申し上げてる時に、太陽のような人やなと申していているんです」

「何のことだす？」

「鳥井さんで、さんは太陽やて」

「ハッハハ、そら面白い話でんな。毎度、おおきにありがとさんだす」

信治郎は小紙にトリイサンと書いてみた。しかし商品名でトリイサンはおこがましい。

昨日の延暦寺の僧の顔が浮かんだ。

「一番上で日輪がしてくれてます」

――そうか、日輪が上か……。

信治郎は、サントリイと書いてみた。何かひとつ勢いがない。口の中で何度か同じ言葉をくり返した。

「そや、サントリーがええ」

信治郎は半紙に〝サントリーウイスキー〟と書いてみた。

「これや、これでええ。おーい誰か居てるか。これを山崎の竹鶴君のとこに持って行ってくれ。それと宣伝課と印刷屋を呼びなはれ」

いち早くウイスキー第一号のラベルをこしらえねばならない。呼ばれた宣伝課の連中はサントリーウイスキーというネーミングに皆目をかがやかせて賛同した。

「さて第一号はどういうお名前にするかや」

「えっ、大将、サントリーウイスキーで出来上がりではないんですか？」

「何を言うてんねん。来年、再来年と新しい子供が山崎から生まれんねやで、それぞれ名前が必要やろう。あそこは宝の山なんやで」

寿屋洋酒店の国産第一号の本格ウイスキーが完成したのは昭和四年（一九二九年）四月一日のことだった。

その名も〝赤玉〟と対抗するがごとく〝サントリーウ井スキー白札〟とした。

最初の商品を信治郎は竹鶴政孝と二人で封を開け飲んだ。

「よう踏ん張ってくれました。このとおりや。あんたはんのお蔭やで」

「いや自分も感無量です。まだまだ改良の余地はありますが、スコットランドに行っても引けを取らないウイスキーです」

その新聞広告には信治郎のウイスキー造りに対する執念があらわれていた。

〈あはれ東海日出づる國に　今し万人渇仰の美し酒　サントリーは産れぬ　その香味の典雅　風韻の高逸　たゞに　吾が醸造界に　一　新紀元を劃しえたるのみにはあらず……〉

しかし信治郎と竹鶴の思惑をよそに、白札の売れ行きは芳しくなかった。

何や焦げ臭いな、このウイスキーは……。

飲んでて煙りの匂いがすんで、こらとてもやないが、くいくい飲めまへんで……。

と悪評の方があきらかに多かった。

発売以前に、信治郎と竹鶴の間で、ブレンドに対しての意見が分かれることが何度かあった。信治郎は日本人の味覚をわかっていた。いくら本格ウイスキーと言っても、白札はスコットランドの人たちが好むウイスキーの味そのままで、日本人には馴染みがなかった。

二人は日本人の好む味わいを生み出すために半年余り、意見を出し合い、翌年、普及用として〝赤札〟を売り出したが、これも売れ行きは良くなかった。

頼みの綱であったウイスキーの売れ行きが良くなかったことで、会社の経営は悲鳴を上げることになった。信治郎は資金繰りに奔走した。

それでも信治郎は〝トリスカレー〟、〝トリス胡椒〟といった新事業を展開した。一方で苦戦をしいられながらもオラガビールの販売拡張に、東に西に奔走した。

或る時、窮状を見かねて、番頭の児玉の伝手で一人の男が逢いに来た。

話は兵庫にある二十万坪の土地を、今おさえられる金が、一時でも工面できれば、半年後にその倍の金が入るという話だった。

「そらあかしませんわ。土地いうもんの売り買いを商いにしたら、大勢困まる人が出ますやろう」

「困まるとはどういうことでっか?」

「土地には、昔から住んどるお人がおいでや」

「こら地主の土地ですわ。住んどる者はどこから来たのかわからん連中ですわ。すぐに追い出せま。半年で倍の金が転がってきまっせ」

「わてらの商いはあんたはんらの商いと根が違いま。とっとと帰ってくれまっか」

信治郎の凄じいカミナリが落ちた。児玉と主だった奉公人が呼ばれ、今後、土地の売り買いでの商いを禁じることを社是に入れるように言いつけた。そうして語気を強めて言った。

「あんたはんらは一人一人が寿屋の代表や。いつも言うてる〝三方良し〟の商いをまさか忘れてもうたんとちゃうやろな。他人さんのものをいっとき転がして利を貪ぼるような了見を爪の先ほども思うようなら、すぐに出て行きなはれ。大阪の船場の商人の名前が泣きまっせ」

信治郎が目の色を変えて皆にこの話をしたのには訳があった。

それは六年前の春、関東大震災に襲われてまだ半年も経っていない東京でのことだった。

特約店の一軒が、建物も倉庫も焼失し、従業員も四散して、商いを畳むことを信治郎に告げ、一人の男を連れて、或る申し出をしてきた。

「寿屋さん。私の所は昔から、この一帯の土地を持っていました。この男は幼馴染みで、私と同様に震災で何もかも失くしました。私たち二人、この数ヶ月ここらを回って、あの川沿いから、こっちまでの土地すべての交渉ができました。この一帯の土地を寿屋さんに買っていただきたいのですが。今ならただのような金額です。どうでしょうか。この下町の半分が寿屋さんのものになります」

「それはわてが身体に覚えてきた商いと違いま。土地は住んでた人のもんだす」

「いや彼等は借りていただけです」

信治郎はまだ百万人以上の避難民がいるのを知っていた。

「せっかくのお話ですが、お断りしま」

信治郎は自分の身体の中に流れている近江、大坂商人の誇りを話したかったが相手にも事情があろうと口をつぐんで、その場を去った。

以来、今日までサントリーは土地の売買による商いは一度たりともしていない。

サントリーウイスキー白札と、それに続いて普及用として発売した赤札の売れ行きが芳しくなかった理由を、信治郎は不況のせいだとは考えなかった。

現に赤玉は順調に売れ行きを伸ばしているのだから、日本人に馴染むテーストを見つけ出せばいいと思っていた。

信治郎と竹鶴の新しいテーストを求める日々が続いた。時には、山崎の研究所で空が白むまで作業をすることもあった。

竹鶴は本場スコットランドでさまざまなテーストのウイスキーを味わってきているし、山崎で蒸溜した原酒がどのようなものかを知っている。一方、信治郎は小西儀助商店に奉公に上がってから、儀助の下でさまざまな洋酒を味見してきたし、神戸—小樽間の船旅をはじめとして、洋酒を飲む機会と場所を積極的に求めてきた経験があった。そして何より、長い年月を掛けて日本人の味覚に合う赤玉を造り上げた自負があった。

意見が衝突することもあったが、二人とも互いを認め合っていたから感情的になることはなかった。

そんな中で、東京のビール市場に挑んでいたオラガビールが苦戦を続けていたので、信治郎は竹鶴に新工場の方の責任者もやって欲しいと申し入れた。竹鶴はウイスキー造りに専念したいと言ったが、信治郎はオラガビールの苦戦は味にも原因があると見て、その事情を打ち明けた。竹鶴は、今の寿屋が新規のビール事業を何としても成功させなくてはならない状況をわかっていたので、山崎と鶴見を往復するかたちでビールの工場長を引き受けた。

ビールにはさまざまな問題があった。そのひとつがビールを入れる瓶の問題だった。大阪なら寿屋と古くからつき合いのある瓶製造会社がある。古瓶の回収も易(やす)いが、オラガビールは東京市場以外は全国あちこちに出回っていて、古瓶の回収に手間取った。しかもオラガビールはまだ市場の三パーセントに満たなかった。攻勢を続けるためには他のビール会社の古瓶に新しいラベルを貼って出荷しなくてはならなかった。

そこを他社のビール会社は見逃がさなかった。業界が決めていた自社瓶制度をたてに、一社がオラガビールが自社の古瓶を使うのは商標権侵害にあたると訴えた。

そんな折、信治郎は大阪で、数社の問屋筋との宴会に出席した。

「鳥井はん、東京でのビールの戦いは大変らしいでんな」

「そらもう、えげつないもんだすわ。わてとこ以外の皆が裏で手を繋いで叩きに来よりますわ」

「で、大丈夫なんでっか？」

「な〜に心配おまへん。それだけむこうが必死で攻めて来よるんは、裏返せば、ビールの商いが〝宝の山〟いうことだすわ。何があっても負けられしまへん」

信治郎はこの商戦のむこうに大きな市場と商いがあることを確信していた。

――ビールは何があっても寿屋の柱のひとつにせなあかん。

その決意をあらわすかのように信治郎は横浜工場を拡張するために土地買収を命じていた。

ウイスキーは依然として動かない。ビールは訴訟をかかえたまま売上げが伸びない。この逆風の中でも信治郎は工場拡張をしようとした。引くに引けないからそうするのではなく、信治郎には赤玉の市場制覇によって学んだ商いへの勝負勘が出来上がろうとしていた。

「竹鶴はん。今が勝負処や。家族を置いての毎日は辛いやろうが、あと少し踏ん張ってくれ」

「わかってます。オラガビールの味のことでひとつやってみたいことがあります」

「ほう、それはどないなことや？」

「実は……」

竹鶴の話を聞いて信治郎は大きくうなずいた。

「そら面白い。やってみなはれ」

東京から戻り、ひさしぶりに雲雀丘の自宅に帰った信治郎はクニに吉太郎を呼ぶように言った。

「今、リタはんの家に届け物に行かせました。英国からチーズやらハムが着きましたんで……」

「そうか。リタはんにも淋しい思いをさせてもうとるな。竹鶴君もウイスキー工場を離れさせてもうて、わてを怒っとるやろな。ウイスキーのことも口出しはせえへんと約束したのに、つい我を言うてしまう。難儀なことと思うてるやろう」

「何をおっしゃいますの。竹鶴はんはそないな人とちゃいます。それにあなたはんが竹鶴はんを連れてみえた時、わてはびっくりしました」

「何をびっくりしたんや？」

「あんたはんと同じ鼻をした人を初めて見ましたさかい。こら大変やと。そっくりでっせ」

「竹鶴君の鼻とわての鼻がそっくりやて？」

「へぇ〜」

　数年後、独立すべく信治郎の下を去る竹鶴政孝は、少年時代に家の二階から転落し失神した。床板一面が血だらけになり動かなくなっている政孝少年を見て、これは命も助からないのではと家族は心配した。幾晩も母親が寝ずに看病を続けたお蔭で幸い命は助かったが、鼻のまわりを七針も縫わねばならず、快復した時、少年の鼻は倍近く大きくなっていた。

　当人の話では、その怪我から快復してから自分の大きな鼻がよく通り、人が感じない匂いや香りをかぎ分けられるようになったという。あの怪我がのちに酒類の芳香を人一倍かぎ分けられるきっかけになったと語っている。

　信治郎は、このところ社員の誰よりも顔を突き合わせている竹鶴の鼻のことをクニから聞き意外な表情をした。

「そうか、そら気いつかへんかったな。そうか、わての鼻と同じなら、そらテーストのことでぶつかるはずや、ハッハハ」

　吉太郎が帰って来た。

「お帰り、リタはんは元気やったか？」

「はい。くれぐれもお礼を言うてくれと」

「そうか。吉太郎、春になったら入社や。そうしたらすぐに竹鶴君と欧州へウイスキー、葡萄酒の勉強に行ってくれ。リタはんも里帰りや」

「そらリタはんも喜ばはるでしょう」


　昭和六年（一九三一年）、三月に寿屋に入社した吉太郎を信治郎は十月には竹鶴夫妻とともに英国、フランスにウイスキー、葡萄酒の勉強に行かせた。

　出発の前夜、信治郎は吉太郎に言った。

「吉太郎はん。明日からあんたはんが見て回るもんがすべてあんたはんの血や肉になることを肝に銘じとかなあかんで。ぎょうさん、ウイスキー、葡萄酒を味見して、あんたはんの味覚を鍛えなあきまへん。わての、この鼻はわての鼻や、竹鶴君の鼻もそうや。あんたはんはあんたはんだけの鼻を持たなあかん」

　信治郎のこの考えは、その後、それぞれの後継者にも引き継がれることになる。

　戦後、二代目の社長を引き継いだ佐治敬三が世界でトップの出荷量の偉業を遂げることになる〝サントリーウイスキーオールド〟の成長過程において、信治郎は息子の敬三にウイスキーのブレンドに関していっさい技術上の特別な指導をしなかった。むしろ敬三の差し出してきた新しいウイスキーの仕上がりに関して、反対まではせずとも、わてはその味は好きではない、と言った。それでも自分の味覚を信じて押し切り、世界のトップブランドを完成させたのだから、信治郎が受け継いできた血脈と、そして信治郎から脈々と引き継がれた血脈には、日本の商人の魂があったのだろう。

吉太郎はウイスキーをスコットランドで、葡萄酒をフランス、ボルドーでと、ヨーロッパ各地を精力的に回って二ヶ月後に帰国し、昭和七年（一九三二年）三月、副社長に就任した。

ウイスキーは依然として売れない。その間にも台湾産紅茶を原料として〝トリス紅茶〟（昭和六年）、横浜工場で濃縮リンゴジュースを開発し〝コーリン〟（昭和七年）を発表した。そうして十年目を迎えた山崎の樽が出荷を迎え、十年貯蔵の〝サントリーウイスキー特角〟を発売した。これも売れ行きが芳しくなかった。

ただ十年目を迎えた年の前後から山崎の樽から出て来る原酒にコクがあらわれはじめた。これこそ竹鶴が待っていた原酒の真価であった。ウイスキーの最後の仕上げは、異なるタイプの原酒をブレンドし、それをまた樽に入れ、後熟させる。古い原酒だけでは良いウイスキーにはならない。ブレンドすることで、奇跡のごときウイスキーが誕生するのである。

昭和八年（一九三三年）は、梅雨前から猛暑が続いた。一昨年から、日本のあちこちで伝染病が流行し、多くの死者を出していた。

二年前に満州事変が起こり、去年の春、軍部の強引な意見が通り、日本政府は満州国執政に溥儀（ふぎ）を擁立し、独立を宣言させていた。

軍靴の音が忍び寄っている世情とは別に雲雀丘での一家の暮らしは平穏であった。吉太郎も信治郎の右腕となるべく精進してくれていたし、次男の敬三は浪速高校尋常科に進み、三男、道夫も自宅そばのテニスコートに通い日焼けした顔で過ごしていた。

或る夕、珍しく早く帰宅した信治郎、吉太郎と皆が食事をしている時、道夫が、富士山を見てみたい、と言い出した。

「そうか道夫はんは富士山が見たいか。お父はんも初めてあの山を見た時はびっくりしたで、富士山の偉いとこは日本一高いいうとこだけやない。裾野が広いいうとこや」

信治郎の言葉に道夫が首をかしげた。

「山はいくら高う（たこ）ても槍（やり）がささっとるようなんはあかしまへん。こういうふうに裾野が広い山は森から谷へ、ええ水が出て大勢の生きものを育くみよんのや。あんたはんらも富士山のように裾野の広い人にならんとあかしません。お母はんのように貫禄（かんろく）がないとあかんで」

「そない太ってますか、うちは……」

「違う、違う、そういう意味とちゃう。あんたはんは別嬪さんや、なあ皆」

あわてて言う父親を見て子供たちが笑い出した。それに連られてクニも信治郎も笑った。

「そや、そんなら涼しゅうなったら一度皆して船で富士山を見に行こか。どやクニ？」

「今は忙しい時ですから、無理をなさらんでも、うちはこの子らと一緒で十分にしあわせですよって」

六月、近所で豆腐が原因の腸チフスが発生した。またたくまにチフスが近所に広がった。クニ、敬三、道夫が感染し、高熱に襲われた。チフスは当時、致死病だった。西区の日生病院に三人は隔離された。

信治郎と吉太郎はウイスキーの仕込みがはじまり、同時に新しいウイスキーのブレンド作業で山崎へ泊り込みであったからチフスの感染を避けることができた。

妻と息子二人がチフスに感染したとの報せを聞くと、病院へすぐに駆けつけた。病院は家族と逢おうとする信治郎を引き止めた。

「ですから、面会は家族の方でも無理です」

「何を言うてんのや。わてにはぎょうさん神さんがついてんのや。チフスなんぞあっちから逃げてまうんや。中に居んのはわてのクニと敬三と道夫やで……」

秘書の児玉がようやっとのことで信治郎を止めた。面会がかなわぬならと、信治郎は知る限りの病院関係者に連絡を取り、家族を助けて欲しいと懇願した。チフス感染者への特効薬はなかった。

一ヶ月後、敬三と道夫が退院したが、クニは依然熱が下がらず苦悶していた。

「何で薬がないんや。何でこんだけ大きゅうなった国のどこにも薬がないんや……」

信治郎は周囲の人が見ていてもあきらかに動揺し、興奮がおさまらなかった。

元々心臓が弱かったクニは、八月に入り、猛暑の中、体力を低下させ、二十三日夜、帰らぬ人となった。四十六歳の若さだった。

亡き骸となったクニが雲雀丘の家に戻った夜から三日、信治郎はクニの元をかたときも離れずにいた。信治郎の落胆振りは三人の息子をはじめとして社員すべてを心配させた。

失意の中でも信治郎は働かざるを得なかった。赤玉は好調な売れ行きを示していたが、次々に出した新製品の売れ行きは悪かった。何よりも期待しているウイスキーが動かない。それでも毎年、ウイスキーの仕込みは続けなくてはならないし、借り入れ金の利息の支払いもあった。

資金が何度となく底をつきそうになった。そのために、その前年には新製品の中で好調だった歯磨粉スモカを売却しなくてはならなくなった。

ビールも苦戦していたが、信治郎は大衆のためのビールというオラガビールの宣伝広告は少しずつ浸透しているはずだと確信し、さらに価格を二十五銭に下げた。

一見、巨大な壁のように見える数社による寡占市場も、ここを踏ん張り、戦い抜けば壁は崩せると、土地買収を終えていた横浜工場の拡張工事を大林組に発注した。ビール市場の一角に食い込めば、将来必ず寿屋の柱のひとつになると信じていた。

巨象にネズミが立ちむかっているように人々には見えていたが、立ちむかう側には、市場を独占し、カルテル化している者には見えないものが見えるはずだと信治郎は思っていた。

しかし大手各社も、この不況下で自分たちがどう生き残るかを話し合っていた。そこに値崩れを呼ぶおそれのあるオラガビールの攻勢を危惧する声があった。ビール大手の合併がはじまった。同時に信治郎の元へ、オラガビールをそのまま買収したいという申し出が来た。

信治郎は、その申し出を一蹴した。ところが寿屋の社員は、この売却をぜひ進めて欲しいと信治郎に言ってきた。

「大将、これ以上はもたしまへん。資金繰りがつきません。今、相手が望んどる時に売却してもろうたら、何とかやってけま」

信治郎は社員の言葉に口を真一文字にして返答しなかった。新商品の中で売上げが好調だった歯磨粉スモカを手放したばかりである。

「まだビールの戦いは六年やないか。赤玉は二十七年やで。それが辛抱でけんで、どこが商人や」

大将、お願いします。どうかこのとおりだす。お願いです。売却して金を作って下さい。

会計課をはじめとする社員たちが初めて信治郎に頭を床に付けて懇願した。

翌日、信治郎は児玉と作田耕三を呼び、ビール工場の売却の交渉をはじめるように命じた。

あ、ありがとうございます、と皆が頭を下げ交渉がはじまった。

売却額は、当時としては異例の三百万円という金額で決定した。それほどの高額になったのは交渉に信治郎が姿をあらわさなかったからである。交渉の担当者は、信治郎にはまだ戦い続ける意志があることを匂わせた。

最終の交渉で思わぬことが起きた。

三百万円という破格な金額を提出した側はオラガビールの商標を獲得できると思っていた。

「オラガビールはわての子供の名前だす。そこまで売るつもりはおまへん」

信治郎は、ビールの戦いをここでやめるつもりはなかったのである。

——いつかビールで成功したる。

その執念の凄じさは昭和、平成の時代へ、末裔たちの戦いとして続くのである。

昭和九年（一九三四年）二月、ビールの醸造販売権の譲渡が完了した。株式一切を買収したのは大日本麦酒だった。

ビール事業撤退の前後から、欧州を視察した吉太郎の提案で、寿屋の主力商品の赤玉の製造強化のために日本で葡萄を育成し、原材料を確保する計画がはじまっていた。

信治郎も、その頃、本格的な葡萄園の育成の必要を説いた東京帝国大学農学部の坂口謹一郎の論文を雑誌で読んで、すぐに坂口博士に直接面談に行った。博士は日本の醸造学の権威だった。

「先生、日本でも葡萄酒に適した葡萄の栽培はできまへんか」

連絡一本でいきなり逢いに来た信治郎を博士は快く迎えてくれて、新潟の川上善兵衛を紹介してくれた。信治郎は高田市（現上越市）にあった岩の原葡萄園に川上善兵衛を訪ねた。

川上善兵衛は慶応四年（一八六八年）、新潟、頸城平野に五代続く豪農の長男に生まれ、若くして父を亡くしたが勉学の志を抱き、上京して慶應義塾に学んだことがあり、勝海舟の薫陶を受けていた。郷里に帰ると、これからの日本の殖産興国のために新しい農業経営を目指し、米一辺倒でなく果樹園の開発をはじめ、そこで葡萄の育成を手がけた。新潟という豪雪地帯で葡萄を栽培できるようになるまでは困難をきわめたが、五代続いた豪農の財産を注ぎマスカット・ベーリーAと呼ばれる日本で最高の葡萄の品種を造っていた。信治郎はその話を聞き、ひどく感銘し、借財を引き受け、経営を引き継いだ。川上翁にもこれまでどおり品種改良の栽培を続けられるようにした。翁は信治郎の姿勢に感動し、吉太郎以下、寿屋から派遣された社員に葡萄造りのすべてを教えた。

この教えが、二年後、山梨、北巨摩（きたこま）郡登美（とみ）村（現甲斐（かい）市）郊外の登美高原に寿屋の葡萄専用の山梨農場を開設することになった。

吉太郎に自社の葡萄園の開発をすすめたのは欧州視察に一緒に行った竹鶴であった。竹鶴は葡萄だけではなく、リンゴ、オレンジ等の果樹の育成も同時にすすめていた。

その竹鶴が信治郎に独立の申し出をしたのは、十年契約が切れる年であったが、折からオラガビールの工場長として力を貸して欲しいと、信治郎が彼をとどめていた。そのビール事業から撤退することになり、同じ頃に竹鶴の母親が故郷の広島で急逝した。

竹鶴は四十歳になろうとしており、自分の手でウイスキーを造りたいという当初からの夢を実現するために、昭和九年、信治郎の下を離れた。

信治郎は山崎蒸溜所の開設、年毎の仕込み、酒税の交渉、ビール事業への助力……、その上、吉太郎の教育と、竹鶴が寿屋のために尽力してくれたことをこころから感謝し、独立のための援助を約束した。竹鶴も晩年、信治郎の存在がなかったら、日本において本格的ウイスキー造りはかなわなかったろうと述懐している。鳥井信治郎と竹鶴政孝が出逢っていなければ、今日の日本ウイスキーの隆盛はなかったであろう。

昭和九年一月、吉太郎は小林一三の次女、春子（はるこ）と結婚した。信治郎は春子を小林の宴席で一目見て、この女性を息子の嫁にと思った。吉太郎も春子を一目で見染めた。

十月、信治郎は大阪の道明寺（どうみょうじ）に新工場を建設し、葡萄酒、果汁の製造を開始した。それまで横浜工場で製造していた濃縮リンゴジュースの〝コーリン〟をこの工場で引き継ぎ、翌年にはリンゴ酒からこしらえたシャンパン風の〝ポンパン〟、生葡萄酒〝ヘルメスデリカワイン〟の赤、白と〝ヘルメスシャンパン〟の発売をはじめた。翌年夏には〝ヘルメスドライジン〟、〝ヘルメスイタリアンベルモット〟を発売した。

会計課は続々と製造、販売される新商品に難色を示したが、信治郎は一切耳を貸さなかった。

信治郎には、これら商品の開発にひとつの思惑があった。数年前、信治郎は〝カクテルブック〟という教本を作らせ、日本で最初のカクテルコンクールを開催し、懸賞金を出して新聞で募集をしていた。実はこのラインナップは、ウイスキーへの入門の酒たちであった。ウイスキーを売るためには、まず洋酒の華やかさと、そこに多様な入口があることを消費者に知ってもらおうという意図があったのである。

実際、東京、大阪、名古屋の繁華街では、カフェーに続いてバーと名のつく店が全盛を迎えていた。信治郎は、それらの街を往来し、洋酒の時代が迫っているのを察知していた。

第七章　ジャパニーズ・ウイスキー

昭和七年（一九三二年）の五・一五事件から四年後、青年将校を中心としたクーデターが、二月二十六日、雪の舞う東京で勃発した。天皇の勅命で反乱はすぐにおさまったが、軍部の台頭は、翌年の盧溝橋事件、日華事変へ発展する。忍びよる軍靴の音を掻き消すように、都市部では繁華街の狂騒がひろがっていた。

当時の銀座の光景を描写した安藤更生の『銀座細見』には、〝……そこには何でもある。美女も、美男も、カフエも、寿司屋も、マルクスボーイも……紐育からいま着いた靴下も、そして、東京の果てまで五十銭でゆくといふタクシイも！……〟と謳っているように、流行の最先端を行くモボ、モガの男女が銀座の通りを闊歩し、都会人と称する人々が夕暮れになるとカフェー、バーに集まっていた。

東京にはカフェー六千軒、バーが千三百軒、銀座だけで五百軒の洋風酒場があった。

その流れを信治郎と社員が見逃がすはずはなく、銀座八丁目の「ニューライオン」、大阪、天満屋食堂にはウイスキーコーナーを開設し、それぞれサントリーウイスキーが提供されていた。

信治郎も宴席があれば必ずウイスキーを持参し、居並ぶ人にウイスキーを飲んでもらうようにしていた。飲んでしかめっ面をする人に言った。

「そら最初は少し口に合わんように思えますが、これが慣れてくるとだんだん、これやないとあかん言うようになりまんのや。ハイカラで、仕事がようでける人はもう皆ウイスキー党だっせ」

それは同時に、毎夜、ウイスキーのブレンドに懸命にむかっている信治郎の成果を試す機会でもあった。竹鶴が去ってから、信治郎はよりいっそうウイスキーのブレンドに精を出していた。山崎から出て来る原酒も、十年を過ぎた頃から、そのコク、色味がまろやかになっていた。

――さあ、正念場やで……。

信治郎は、この好機に、これまでにないウイスキーを売り出そうと思っていた。味もそうだが、新商品にふさわしい瓶のかたちを探していた。

「今まで味おうたことのない美味いウイスキーには、誰も見たことのない、誰が見ても、あれはサントリーのウイスキーやという瓶のかたちを見つけるんや……」

信治郎はテースティングをしながら、原酒を見つめていた。

「どないですか。いいブレンディングになりそうですか？」

吉太郎だった。

「おう、吉太郎はんか。邦枝はんは元気か？　あれはええ赤児や」

「はい。元気にしとります」

吉太郎に長女が生まれ、信治郎は爺やになっていた。孫の顔を見たことで、信治郎はますます元気になっていた。

「吉太郎はん、今年の樽はこれまでとはちゃううで……」

「私もそう思いました」

信治郎は吉太郎の言葉にうなずきながらテースティングを続けた。吉太郎も原酒をグラスに注ぎ、味見をしていた。

「それにしても美しい色だすな。こんな酒の色はウイスキーだけのもんやな」

「琥珀色や。黄金の色や、これが……」

そこまで言って信治郎が言葉を止めた。

「……そうや。吉太郎、あんたはんの言うとおりやで、こんな綺麗な色の酒は他にはないんや。この色を見せたれば、それでええんや」

「何のことだす？」

吉太郎が怪訝そうな顔をして信治郎を見た。

「今年の樽出しのウイスキーは絶品や。この絶品の色味を、そのまま見せたったらええんや」

「色味って何だす？」

「新しいウイスキーの瓶を、この色味がわかるように透き通ったもんにするんや」

吉太郎は信治郎の言葉を聞いて、少し考え込んでから、

「そら、お父はん、面白いかもしれまへんな。いや面白いですわ」

「あんたはんも、そう思うか？」

「はい」

「よしゃ、善は急げや。すぐに瓶屋はんを呼んで来てくれ」

「もう夜中の一時だっせ。明日の朝一番で呼びましょう」

「あかん。そんならわてが行って来る」

「ほな、私が呼んで来ますよって」

「それなら一緒に行こ。呼ぶのも行くのも同じじゃや。時間が半分で済むやないか」

吉太郎は苦笑しながら、信治郎と表へ行きバイクに跨がった。後部席に信治郎が乗った。

二人は風の中を疾走した。

「吉太郎、透き通った瓶なら、何か細工が欲しいな」

「細工でっか。切子とかでっか」

「そや、切子がええ。こらええ夜になったで……」

昭和十二年（一九三七年）、〝サントリーウイスキー十二年もの角瓶〟が発売された。ウイスキーの美しい琥珀色を透き通らせた新しいボトルデザインは、日本特有の切子細工から発想を得た亀甲型であった。

「ほう、これが本物のウイスキーの色かいな。綺麗なもんやな。瓶のかたちも面白いやないか」

「ほう、これが今度の新しいウイスキーでっか。これ、瓶の色か思うたら、ウイスキーの色なんだすな。角瓶いうんだすか。これまでの気取った感じやのうて、西洋はんの酒徳利みたいで、ええ感じやないか」

「うん、こら味も、以前のゴツゴツしたのんがとれて、何やまるうなって飲み易いですわ」

信治郎のブレンドの成果と新しい瓶のかたちとが合わさって、十二年もの角瓶は売り出しから好評であった。

「大将、東京から追加の注文が来ましたで」

「天満屋食堂はんからコーナーのウイスキーを全部〝角〟に変えて欲しいいうことだす

わ」

「海軍省から、次の演習に積むウイスキーは半分〝角〟にしてくれ言うてきてま」

「南地の大和屋はんから〝角〟の注文だす。それと……」

信治郎は次々に入る角の注文を聞きながら、

——ようやっとでけたんやな。十三年か……。

と山崎蒸溜所が完成してからの歳月を思っていた。

続々と角の注文が届きはじめた翌年の或る夜、信治郎は知遇を得ていた海軍士官の転属の壮行祝宴に出席するために大和屋に上がった。

「こらまあ、鳥井はん、今夜は六時のはじまりだっしゃろう。えらい早(はよ)うから」

「商人がお客はんを待たせてどないしまんの。おまけに今夜は海軍はんだっせ、一分遅れてもうたら戦艦が出てまいますがな」

「ハッハハ、そら言うとおりだすわ。一本取られましたわ」

大和屋の主人は芸妓養成所を創設し、綺麗どころを次から次に座敷に登場させている評判の男だった。

「ほう、鳥井君、これが新しいウイスキーか。角か、名前も鋭そうでいいじゃないか」

「へぇ〜、味も切れてま」

数年前から海軍は寿屋のウイスキーを仕入れてくれていた。

海軍は伝統としてイギリス、フランス等の欧州列国と繋がりが深く、士官たちも教育課程や視察期間で英国式の生活に馴じんでいたから、ウイスキー、葡萄酒を愛飲していた。

その海軍が、日本人が初めて造ったウイスキーというので寿屋の〝サントリーウイスキー〟を御用達の洋酒として認可するようになっていた。

信治郎は大和屋での祝宴を終えると、待ち合わせをしている梅田のホテルにむかった。

バーに入ると、吉太郎と若手社員の作田が待っていた。

二人は信治郎の顔を見て、バーの棚の方を見るように目配せをした。見ると外国のウイスキーが並ぶ棚の中に角が一本置いてあった。信治郎はそれを見て大声でバーテンダーに言った。

「ウイスキーの角を一杯くれるか」

「はあ？　今、何とおっしゃいましたか？」

「角や」

「角って何でしょうか？」

バーテンダーが訊き返すと、奥からチーフがあわててやって来て言った。

「何をたるいことを言うてんのや、角いうたらサントリーウイスキー十二年もの角瓶に決まってるやろう。お客さま、申し訳ございません。まだ新入りでして……」

隣りで吉太郎と作田が笑っている。

それまで東京、横浜、大阪、神戸の主なホテルはウイスキーと言えば輸入物のウイスキーしか置かなかった。置いてくれるように申し出ると、置き料を出せと言われる始末だった。吉太郎と作田たち若手社員の努力でようやくホテルのバーに国産品のウイスキーが初めて置かれた夜だった。

この夜、信治郎は二人とホテルを出て、梅田の地下街を少し歩いた。

信治郎が別れ際に二人に言った。

「すぐに、この地下街に、店のバーを作るんや。直営のバーや。店の商品だけで洋酒は皆揃うやろう」

作田は立ち去る信治郎の背中を見て言った。

「副社長、大将の頭の中はどないなってまんのんでっか。ほんまに風神だっせ」

翌月、梅田の地下街に「サントリーバー」の一号店が誕生した。

角瓶の売れ行きは、それまでウイスキーの販売で苦労をしてきた寿屋全体を活気付けた。

大衆が消費する商品は一度火が点くと予想以上の動きをしはじめる。

「ようやっと商いになりはじめましたな。えらいもんや、ここまでの辛抱は……」

「寿屋はん、南地では角や、角や言うてえらい評判だっせ」

評判を聞きながら、信治郎はすでに次の新しいウイスキーを造ることを考えていた。

信治郎は吉太郎を呼んで言った。

「角は来年の樽出しの半分でやっていけるやろう。けど、来年の原酒はさらにええもんが出よるはずや。それをベースにして、さらにええウイスキーを出さなあかん。五年、十年耐えた分の、商いの辛抱は実らせなあかん。これからがわてらの商いの正念場や。一年の辛抱が、一年を超える商いになるはずや。吉太郎、角よりさらにええウイスキーをわてらは造れるはずや」

吉太郎は、この時初めて父親がなぜ、これほどまで耐えてウイスキーの原酒造りを続けてきたのかがわかった。

「お父はん、もっとええウイスキーを造りまひょ。わてらには、あの辛抱して眠らせた樽の原酒がおます」

「そうや、わてらには、あの子供たちがいてるさかいな……」

二人は、夜毎、懸命に新しいウイスキーの完成を目指した。

「お父はん、このブレンドどうでっしゃろう？」

吉太郎がブレンドした酒を出した。

「もっと丸味が欲しいな……」

「丸味だっか？」

「そうや。どこへ行ったかて、日本酒が一番や。日本酒は何が日本人に合うかわかるか？」

「何でっしゃろ」

「そら飲み易さや。日本人は日本酒やと決めつけてるから、日本酒が売れると思うたらあかん。日本酒には口当たりの丸味があんのや。それをウイスキーにも出さんとあかん。きつい酒を好む人もいてる。そやけど酒いうもんは飲む人の気持ちをやわらこうにしてあげることが肝心や」

吉太郎は信治郎に言われて、丸味を探しはじめた。それがのちに〝オールド〟という稀代のウイスキーを造り出すことになる。

二人が新しいウイスキーを模索し続けていたその年、政府は国家総動員法を施行した。

前年（昭和十二年）、東京では、東京醸造が、寿屋に続いてウイスキー〝トミー〟を発売した。拡張しはじめたウイスキーのニーズに応えて、スコッチ製造に準じたかたちでウイスキーの製造、販売をはじめたのである。

「かまん、やりたいもんはやらしなはれ。寿屋は本物のウイスキーをこしらえてんのや。

本物はお客はんがわかる」

ようやく市場を獲得しはじめたウイスキーも原材料の確保が困難になりはじめていた。それでも信治郎はウイスキーの普及のためにサントリーバーの直営店を増やし、女性にも飲み易いカクテル普及のために、〝カクテルブック〟をさらに頒布し、〝カクテル相談室〟を開設し、たとえ自社のウイスキーを扱わない業者でもすすんで相談に応じた。

「ウイスキーを、洋酒を飲んでもろうたらそれでええんや。そうすれば本物をこしらえてる、わてらの商品が売れるんや」

しかし都市部に何千軒とあったカフェー、バーが少しずつ店を畳むようになった。大正、昭和の初めと続いた大衆の浮かれた心情を掻き消すように、日本は軍事国家として、その様相を変えて行ったのである。

信治郎はクニの亡き後、何かにつけて吉太郎を呼び、自分の意見を含めて、商品の開発も新事業のことも打ち明けていた。

吉太郎も父の期待に応えるべく、懸命に与えられた仕事以上の働きをしていた。時折、癇癪(かんしゃく)に近いカミナリを落す信治郎に比べて、吉太郎は穏やかな性格で、母のクニが担っていた信治郎と社員の間のパイプ役もつとめていた。信治郎も吉太郎が可愛くて仕方なかった。

副社長としてすでに六年、後継者にふさわしい仕事振りは社内だけでなく、取引先をはじめとする周囲の人々からも認められていた。

昭和十四年（一九三九年）、信治郎は還暦を迎えた。家族、社員に囲まれての祝いの折、信治郎は皆に向かって言った。

「皆おおきにありがとさん。けど、わての人生の勝負はこれからだす。店(うち)の、この正念場を何としても乗り切りまっさかい。どうぞ、皆も気張っとくれやす」


その年の九月一日、ヨーロッパにおいてドイツ軍がポーランドに侵攻し、同月三日、イギリス、フランスがドイツに宣戦布告した。第二次世界大戦のはじまりである。

ヨーロッパにおける大戦の勃発は、二年前の盧溝橋事件からはじまる日中戦争に入っていた日本とも無関係ではなかった。日本政府は一時は和平交渉をめざしたが、中国軍の攻撃により中国在留邦人に多数の死傷者がでたことなどをきっかけに、日本の世論は暴支膺懲(ぼうしようちょう)（中国を徹底して叩く）の方向に傾いた。日本軍はこの情勢を味方に戦線を拡大し、南京(ナンキン)を陥落し、蔣介石(しょうかいせき)率いる国民党を重慶にまで追いやった。この戦況に対してアメリカと、すでに日英同盟を解消していたイギリス両国が日本軍の中国からの撤退を強く要求した。

日本も同様に、各国と緊張状態に入るようになって行った。

中国における行動を非難した国際連盟をすでに脱退していた日本は、次第に世界の中で孤立しつつあったが、その後、第二次近衛内閣が唱えた「皇国ヲ核心トシ日満支ノ強固ナル結合ヲ根幹トスル大東亜ノ新秩序ヲ建設スル」という国策に従って、ヨーロッパ列国の植民地であったアジアの国々を独立させ、国家連合を形成する方向へ舵を切りはじめていた。

日本は陸、海軍の戦力増強のために、国家総動員法をはじめ国を挙げて戦時体制の経済政策をとるようになり、あらゆる企業に対して統制するようになった。

信治郎は皇国日本の信奉者であったから、進んでこれに協力した。酒類が公定価格となったのも受け入れ、特に海軍への協力を惜しまなかった。

陸、海軍の両方への協力が望ましいのではという社内の声もあったが、こう反論した。

「海軍はんはイギリス仕込みや。ウイスキーのこともようわかったはる。それが何より嬉しいことや」

実際、海軍への寿屋の赤玉やウイスキーの納入は増えていた。

信治郎は、海軍の錨をマークにしたイカリ印のウイスキーの製造までした。

「寿屋の大将の海軍贔屓は感心しまへんなあ。今夜もまた海軍士官の壮行会をしてはんのやて」

寿屋へ出入りする取引先の男が言った。

「そらそうだすわ。赤玉が関東を制覇でけたんは、大震災の折、寿屋の荷を積んだ船を海軍はんが東京へ導いてくれはったからだす。それに陸軍はんは清酒、海軍はんはウイスキー。大将が海軍はんを大事にしはんのは当然でんがな」

「ほんまにそないなことがあったんや」

「へぇ～、大将のやらはることには、どんなことにも商いの訳がありまんのや」

「さすが鳥井はんやな」

その夜も、重慶にある蔣介石率いる国民党政府への軍事物資の補給ルートを遮断するためにインドシナへむかう軍艦に乗る海軍士官の壮行の宴を、信治郎は南地の大和屋で催していた。

しかし、信治郎は単なる贔屓で、海軍を応援しているわけではなかった。

ひとつは彼等から正確な戦況の情報を得るためであった。戦争がはじまれば日本のあらゆる企業は戦時下での商いを強いられ、そのかたちも一変する。どこよりも早くその情報を知ることが大切だと考えていた。それよりもさらに大切なことがあった。それは去年あたりから物流の制限が厳しくなり、ウイスキーの原材料である大麦の入手が困難になりはじめていたことだった。

山崎蒸溜所の倉庫に眠むるウイスキーの原酒は、信治郎の子供であり、将来の〝寿屋の宝〟でもある。一年でも仕込みを途絶えさせることがあってはならない。その原材料の大麦の確保は、寿屋の死活問題だった。

今、日本で物流を最優先させられるのは陸、海軍だけである。イギリス仕込みの、ウイスキー好きの海軍なら大麦をはじめとする原材料を提供してくれるはずだと、信治郎はみていた。

宴の最後に、士官たちが〝同期の桜〟を大声で歌い、彼等を送り出し、ようやくひと息ついた信治郎の下に茶屋の男が電話が入っていると告げに来た。電話は番頭の児玉からだった。

「何やて？　吉太郎の具合が悪いて？　どういうこっちゃ」

吉太郎は夏に鎌倉の別荘に家族と行き、そこで風邪をこじらせていた。その風邪が落ち着いたというので大阪に帰って来たが、またぶり返し、昨日、入院をしていた。

信治郎はすぐに病院へむかった。

何をするにも慎重な性格の吉太郎である。自分と違って無茶なことはしないから、大事を取っての入院と思っていた。病室に入ると、吉太郎のかたわらで嫁の春子が息子の手を握って心配そうに吉太郎を見ていた。吉太郎は眠むっていた。

「どないや？　春子はん」

「はい、義父(おとう)はん。今しがた先生に注射をしてもろうて眠むりはじめたとこだす」

「それで容態はどないなんや？」

「それが、先生もよう原因がわからへんっておっしゃって……」

「医者が容態がわからんとはどういうこっちゃ、児玉、医者を呼んで来い」

「それが今は当直の若いお医者さんがいるだけでして」

「何を言うてんのや。すぐに先生に起きてもろうて、吉太郎を診てもらわな」

「義父はん、大丈夫だす。熱も少し下がりましたから……」

春子の言葉に信治郎はうなずき、吉太郎の顔を見た。時折、苦しそうに咳をした。

信治郎は児玉の背中を叩いて廊下へ出た。

「医者が病気の原因がわからんて、どういうこっちゃ」

「はあ……」

児玉も眉間にシワを寄せ返答に困まっていた。

「この病院で大丈夫なんか」

「はい。きちんとした先生がいらっしゃると聞いてます」

「クニのこともあっさかい。わてが明日にでも他の病院の先生に訊いてみる」

「は、はい」

信治郎はクニの命を助けてやれなかったことで医療に対する不信感を抱いていた。

翌日、信治郎は知る限りの病院、医者へ連絡を取り、息子の容態を説明した。

どの病院もどの医者も同じような返答だった。

――いったい日本の医者はどないなってんのや。

信治郎はいらだち不機嫌になった。居ても立ってもいられず吉太郎に逢いに行った。

荒い息と咳をして、高熱で目がうつろになっている吉太郎の手を握った。

「吉太郎、気張るんやで。わてらにはぎょうさん神さんがついたるさかい。気張るんやで……」

二日後の早朝、信治郎は電話で起こされた。電話は児玉からで、吉太郎の容態が急変したという。急いで病院にむかった。

——吉太郎、死んだらあかんで、死んだらあかんで……。

信治郎は祈った。

病院の廊下を急ぎ足で進むと、吉太郎の病室がある廊下の突き当たりの窓のそばで目頭をおさえている女性の姿が見えた。

春子の母、コウである。春子の父の小林一三は蘭印（現在のインドネシア）へ仕事で出かけていた。

「小林はん」

信治郎が声をかけると、コウは泣きながら首を横に振った。信治郎は目を剝き、病室へ声を出しながら入った。

「吉太郎、吉太郎……」

吉太郎が横たわるベッドのかたわらで春子と二人の子供が目を泣きはらしていた。

信治郎は吉太郎に駆け寄ると、目を閉じた息子の両頬を手で包むようにして、

「吉太郎、どないしたんや。死んだら、死んだらあかんで……。吉太郎……」

信治郎はそのまま吉太郎の胸元に顔を埋めて号泣した。その悲痛な嘆きの声が病院中に響き渡った。

「もうあきまへん。なんや片腕をもぎとられてしもうたような思いだすわ」

吉太郎が亡くなって三週間が過ぎようとしていたが、信治郎の落胆振りは周囲の人を心配させるほどのものだった。心配し悔みの声をかける人にも返答さえできなかった。

吉太郎の死は、春子と二人の子供、弟の敬三、道夫にとっても悲しいことであったが、寿屋の社員たちにとっても辛い出来事だった。

会社の吉太郎の机には、毎日、花が手向けられていたし、彼が好んで座っていた研究室の椅子にも同様に花が活けてあった。

蘭印から帰国した義父の小林一三が信治郎の下にやって来ると、信治郎は大粒の涙を拭おうともせず、一三の手を握りしめた。

春子と二人の子供を引き取り、我が家で育てたいと信治郎に申し出た一三に、鳥井家で子供を育てると言い出したのは春子だった。

「この子たちを立派に育ててみせます」

それを聞いて、信治郎はまた涙した。

鳥井吉太郎の死因は心臓性喘息（ぜんそく）による心筋梗塞であった。

三十一歳という若さであった。

病名がわからないままの死であったから、信治郎は医学に対して不信感を抱き、日本の医学はなっとらん、と葬儀の最中もひどく感情的になっていた。このことが後年、信治郎に医学、医療への惜しみない援助をさせ、慈善事業を起こさせることになる。

妻クニに続いての、長男吉太郎の死は信治郎に大きな失望感を与えた。普段、物事にくよくよしない性格の信治郎が、この時ばかりは茫然とした姿を見せ、周囲の人々を心配させた。

四十九日の法要も終え、位牌（いはい）に手を合わせていた時、さらに悲しみが信治郎に襲って来た。

十一月十五日、兄、喜蔵が亡くなったのである。

信治郎は喜蔵の亡き骸に顔を埋め、周囲の目も憚（はばか）らず大声で泣いた。

それもそのはずで、信治郎が若い時から、何をしても信治郎を庇（かば）い、放蕩に明け暮れていた時も、母、こまに内緒で、その借金の後始末をしてくれた。

鳥井商店の時代、信治郎の油断から大きな借金をかかえて倒産の危機を迎えた折も、信治郎を連れて借金の申し込みに奔走してくれた。

喜蔵は寿屋を離れてからも、本家の鳥井商店を経営し、生涯、寿屋の商品の販売に力を注いでくれていた。

「お兄はん。お兄はん。なんでや。お兄はん行かんといておくれやす。わてほんまに独りぼっちになってまいます。お兄はん……」

信治郎は大粒の涙を流して身を震わせた。

この日、吉太郎と二人で力を合わせて商品化した〝サントリーウイスキーオールド〟が物価統制法により発売を見合わせることになった。

次から次へ愛する人を失い、子供のように思って育て、ようやく商品としたオールドまでが発売中止となり、信治郎は失意の中で日々を過ごすことになった。

吉太郎の一周忌を迎えた翌秋が過ぎ、浪花の街に木枯らしが吹きはじめた十二月八日、日本軍がハワイの真珠湾攻撃をしたという発表がラジオから流れた。

日本は太平洋戦争に突入した。

満州事変以来、日本が推し進める中国への政策は日本軍の戦線拡大にしかならなかった。これに反対するヨーロッパ諸国、アメリカは経済政策（航空機燃料、鉄鋼の対日輸出禁止）で対抗した。ヨーロッパではすでに第二次世界大戦がはじまっており、日本はドイツ、イタリアと三国軍事同盟を締結し、世界との対立姿勢を示し、フランス領インドシナへの進駐をはじめた。アメリカは日本への石油の輸出禁止を含む、さらに厳しい経済制裁を強行し、日本を孤立させた。

　昭和十六年十二月一日、御前会議で米、英、蘭開戦が決議され、山本五十六連合艦隊司令長官率いる日本海軍は、機動部隊を択捉島からアメリカ太平洋艦隊の主力が揃うハワイ真珠湾にむけて出撃し、奇襲作戦を成功させた。この日から三年九ヶ月に及ぶ戦争にすべての日本人が身を置くこととなった。

「大将、いよいよはじまりましたな。こら、えらいことだすな」

　ラジオの臨時ニュースを聞いた取引先の男が興奮に顔を赤らめて言った。

　信治郎はラジオが報じる華々しい戦果を聞きながら口を真一文字に結んでいた。

　――いよいよはじまりよったか。けどこの戦争はこの先どないなるんや？

「大将、この戦争は勝てんのだすか？」

「何を言うてんのや。はじめたからには勝たなあかん。それが戦争や。日清、日露を勝ってきた天子さんのいてはる皇国日本や。勝てんはずがない。めっそうもないことを口にしたらあきまへん」

「へ、へえ、すんまへん」

　そう言ったものの信治郎には戦争の行く末などわかるはずがなかった。

　開戦から一ヶ月、元旦の寿屋社員一同の年始の会でも、次から次に入る日本軍の勝利の報せに皆が沸き立っていた。

二月のシンガポールでのイギリス軍の降伏、三月にはアメリカ軍司令官マッカーサーをフィリピンから逃亡させ、五月に全部隊を降伏させた。

開戦以来の半年間、華々しく報じられる日本軍の勝利に、寿屋の社員の大半が興奮し、浮かれていた。

「児玉さん、この勢いなら年内にアメリカへ連合艦隊が乗り込んで、戦争は決着すんのと違いますか」

「この戦争は、そんな簡単なものと違う。日本では軍艦、飛行機に使う燃料が問題になるはずだ。アメリカは大きな国だ」

若い時にカナダ、アメリカに渡った経験のある児玉は浮かれる社員たちを戒めた。児玉が心配していたように、その年の六月、海軍から航空燃料となるブタノール、エタノールを製造する工場を寿屋で引き受けるよう命令が届いた。

当初、大阪工場に隣接した場所に工場建設が検討されたが、信治郎は海軍上層部に談判しに行き説明した。

「大阪工場は寿屋の商いの柱だす。今、納めてますウイスキーも製造できなくなります」

海軍上層部も納得し、ブタノールの原料となる黒糖を産出する沖縄の那覇市郊外に工場を建設することになった。海軍との共同出資であったが、寿屋は二百万円の出費をしなくてはならなかった。すでに戦時下で売上げが激減している中での出費は大きな負担となった。

それでも信治郎は黙って引き受けた。この年、信治郎は天皇陛下に拝謁し、戦争のための生産増強をすることの意を体していた。

寿屋の軍需工場の生産は、他工場よりも成果を挙げた。その見返りとしてウイスキーの仕込みのための大麦をはじめとする原材料を提供してもらっていた。寿屋は海軍へウイスキーを納品し、他に慰問用のウイスキー、献上用のウイスキーをこしらえ、〝武運長久〟の文字を印刷したラベルを貼って納品していた。

沖縄工場に続いて、昭和十九年にはインドネシアのジャワ島スラバヤに同じく航空機燃料の生産工場を建設した。ブタノール生産の原料である沖縄からの黒糖、台湾からの白糖が次から次に工場に運び込まれた。同年四月、寿屋は軍需会社に指定され、大阪工場は海軍指定工場となった。

信治郎は大阪工場の隣りに、ブタノール製造の連続発酵ができるコンクリート製の四百石入り開放タンク槽を完成させ、昼夜フル稼働で燃料生産につとめた。

その一年前の昭和十八年六月、学徒戦時動員体制が発表された。学徒動員である。

日本国内では相次ぐ戦勝報道に国民は沸き立っていたが、大東亜共栄圏の南方戦線では徐々にアメリカ軍と連合軍の反攻がはじまっていた。ミッドウェー海戦の敗北で主力航空母艦を失った日本軍は新たな艦艇の建造を進めていたが、艦艇、航空機の燃料が激減していた。同時に多くのベテランパイロットを失っていた。ソロモン諸島ブーゲンビル島上空で山本五十六連合艦隊司令長官が戦死していたことも明らかになった。

学徒動員はそれを打開する方策だった。

前年の九月、次男、敬三が大阪帝国大学理学部を繰り上げ卒業し、同月海軍に入隊した。

信治郎は染工聯会館(せんこうれん)で、寿屋の社員一同を集め、壮行会の宴を催し、我が子を戦地へ送った。

「敬三はん、お国のために気張って来なはれ。もうひと踏ん張りでこの戦争は勝てる」

「わかりました。お父はんも身体に気を付けて銃後の守りに励んで下さい」

「わてはこのとおり元気や。心配せんでええ」

昭和十八年の十月二十一日、東京、明治神宮外苑にて出陣学徒壮行会が開催され、行進する学徒を五万人の観客が見守った。その後、壮行式は各地で行なわれ、十三万人とも言われる学徒の出征がはじまった。三男の道夫も学徒出陣の第一陣として海軍に召集された。

二人の息子を軍隊に出し、信治郎は一人で社員の先頭に立ち、生國魂(いくくにたま)神社をはじめとする神社仏閣で、武運長久祈願祭を度々行なった。

大阪工場のブタノール生産が稼働に入った昭和十九年六月、アメリカ軍が中国大陸から北九州に初めての空襲攻撃をしたという報せが得意先から入った。勿論、空襲の情報は隠蔽されていた。

「児玉、それはほんまのことか？」

「空襲を被った者からの話ですから間違いありません」

信治郎は腕組みをして一点を見つめていた。

その夜、信治郎は児玉を呼んだ。

「何でしょうか」

「山崎の原酒を守らなあかん。あそこの裏手に地下壕（ちかごう）をこさえて、原酒を守る」

「わかりました」


昭和十九年初秋、信治郎は神奈川の大船へむかった。次男、敬三は中国、青島（チンタオ）での教育訓練を終え、大船の海軍、第一燃料廠に赴任していた。

敬三と同時に入隊した大阪の知人の息子からは便りが届いたというのに、敬三からは手紙ひとつ届かなかった。信治郎から出向くことにした。親不孝を咎（とが）めるのが目的ではない。自分も丁稚奉公に出た時、目と鼻の先にある実家に顔も出さないことを母のこまからさんざん文句を言われた。

敬三に面会に行くのは別に目的があった。敬三に続けて三男、道夫までが召集されて海軍に入隊し、家の中がガランとした時、唯一の慰めは吉太郎の嫁、春子が孫二人といる姿を見ることであった。その姿を眺めていて、思った。

——そや、敬三にも早いとこ嫁はんをもらわなあきまへん。

信治郎はあわてて敬三の嫁探しをはじめた。耳よりの話が、西宮の辰馬家筋から入った。海軍贔屓の信治郎なら、その人の存在は知らぬはずがない、〝軍艦の神様〟と呼ばれた東京帝国大学総長、平賀譲博士の娘が、父、譲を亡くし早めの良縁を求めているという。

——こら、よくよく海軍はんとは縁があるで。

平賀譲は東京帝国大学工科大学造船学科を首席で卒業後、英国グリニッジ王立海軍大学造船科に留学し、英国海軍から帰国を惜しまれるほどの卓越した戦艦設計の理論と技術を修得した。帰国後、戦艦「長門」「陸奥」、そして連合艦隊の主たる巡洋艦の〝古鷹型〟〝妙高型〟を設計した。その性格は〝平賀不譲〟と仇名されるほど頑固一徹で不正を許さない人だった。天皇に戦艦設計の進歩を進講し、厚く信頼された。この平賀が去年の二月に急逝している。東大総長に選出されてからも内紛していた大学の粛正を断行し、三女の好子が良縁を探していた。逢ってみると、ふくよかで美しい面立ちで、何より朗らかだった。

「お父はん、こんな戦時下に、わてに嫁さんでっか？」

「戦争中やさかい早うせなあかんのや」

「そらどないな意味でっか……」

敬三と好子は逢ってみると気が合った。

昭和十九年秋、海軍の技術大尉、佐治敬三と好子は赴任先の大船に近い鎌倉八幡宮でひそやかに結婚式を挙げた。

——クニが生きとったら、どんだけ喜んだか。

信治郎は二人の姿を見て涙していた。


その年の暮れ、海軍燃料工場の生産が一時ストップした。

台湾、沖縄からのブタノールの原材料を積んだ船が入港しなかった。

「どないなってんのや」

信治郎は海軍廠に事情を尋ねたが理由は判然としなかった。

「どうやら台湾、沖縄を出た輸送船が次から次に敵の攻撃を受けとるいう話ですわ」

「えっ、ほんまか？」

——そこにも敵は来とんのかいな。

信治郎はその日の夕暮れ、赤玉とウイスキーの角瓶を手に築港に住む重蔵を訪ねた。

海のことなら重蔵は何でも知っていた。関東大震災の折、東京へ救援物資と赤玉を命懸けで輸送してくれた恩人である。あれを機に赤玉は関東圏の市場を制覇できた。重蔵はすでに船から港に揚がって妻と二人で静かに暮らしていた。五男がマリアナ沖海戦で負傷し、先頃、帰国したと聞いた。

玄関の前に立ち、声をかけようとしたら家の中から大きな怒声が聞こえた。

〜この阿呆んだら、もういっぺん言うてみさらせ、たとえ息子でも承知せえへんで……。

重蔵の声である。

〜お父はん、ボクは本当のことを言うてんのや。無為に海に死んでもうた御霊(みたま)が可哀(かわい)相(そう)やと言うてるんや……。

〜あんたもお父はんに何ちゅうことを言うてんのや。謝りなはれ……。

親子で揉(も)めているようだった。親孝行で評判の息子たちだったから、諍(いさか)う声を聞いて信治郎は驚いた。

〜すぐにこの家から出て行くんや、今日からおまえとは親でも子でもない。とっとと出て行け……。

物がこわれる音がし、玄関の戸が開いた。

杖をついた若者が目の前にあらわれ、信治郎を見た。

海軍へ行っていた重蔵の息子だった。

「よう気張らはって帰らはったそうやな。ほんまにご苦労さんやった。このとおりわてからも礼を言いますわ。ほんま、おおきに」

「いいえ……」

～鳥井はん、そんな阿呆んだらと話をせんといて下さい。それはわての息子ちゃいますよって……。

二人は築港先の海辺を歩いた。

「重蔵はんはもう歳や。あんたみたいな親孝行な人が、あないお父はんを怒らしてはあきまへんで」

「はい。すみませんでした。お見苦しいとこを見せてもうて……。自分はただ本当のことを父親に話しただけなんです」

——本当のこと？

息子は足を止めていた。信治郎も足を止め振りむいた。

「何の話や」

「日本はこの戦争に敗れます。いや、もう敗れているんです」

「何やて、あんたはん、敵の弾が当たって頭がおかしゅうなったんと違うか」

「頭はおかしくなっていません。日本はすでに制空権も、制海権も失って、裸同然になっています。南方の島々はとっくに玉砕しています。それを知らないのは本土にいる日本人だけです……」

「そないな話をしたらあかん。あんたはんだけやのうて、お父はんもお母はんもただでは済みまへんで。すぐに家に戻って、今夜の話は自分の間違いやったと謝りなはれ。天子はんのおられる皇国日本が負けるはずおまへん」

「鳥井さん……」

なお何かを言おうとする息子に信治郎は手にした赤玉と角瓶を差し出し、言った。

「ひさしぶりに親子が逢うたんでっしゃろ。これで仲良う一杯やりなはれ。お兄はんたちの供養を三人でしなはれ」

重蔵の息子三人、彼の兄たちは海軍に入隊し、日露戦争で戦死していた。〝誉れの家〟であった。

信治郎は立ち去ろうとして、重蔵に尋ねたいことがあったのを思い出した。

「息子はん、大阪へ輸送船が入るのは難しいんでっか？」

「おそらく……」

息子は唇を真一文字にしてうなずいた。

信治郎はちいさくうなずいた。歩きはじめて空を仰いだ。灯火管制の浪花の空に冬の星座がきらめいていた。その星につぶやいた。

「なんで、こないに綺麗なんや……」

昭和二十年が明けてほどなく、未明の大阪の街の地面がグラッと揺れた。

「何や？　今の揺れは……」

信治郎は咄嗟(とっさ)に空襲ではないかと表に飛び出し、空を仰いだ。昨秋、東京の日本橋が空襲を受け、何軒もの問屋が被害を受けたとの報せが届いていたからだ。だが、浪花の空に機影はなかった。

三河地震であった。家屋倒壊と津波で二千三百人以上が亡くなった。暮れにも東南海地震が発生し、千人以上の死者・行方不明者が出ていたし、その前年の昭和十八年にも鳥取地震があり、千百人が亡くなっていた。これらの地震は報道統制により国民には知らされなかった。地震でさえ隠蔽されたのだから、次々に玉砕をくり返していた戦争の情報が信治郎たちに届くはずはなかった。

スマトラ、ジャワ島の精油施設が空襲で全滅したという情報が信治郎の下に入ってきたが、表だって口にはできなかった。三月に入ってマニラが占領され、アメリカ軍はマッカーサーの下で日本本土にむけて攻勢を一気に進展させた。

三月十日、午前零時過ぎ、約三百機のＢ29爆撃機による〝低空侵入〟と呼ばれる攻撃が東京の深川、本所、浅草、日本橋からはじまった。爆弾の大半は焼夷弾で、軍需工場を周辺の家屋とともに殲滅する作戦がとられたために、一夜の空襲で東京市街の東半分に及ぶ四十一平方キロメートルが焼失した。死傷者十三万人、被災者は百万人を超える、歴史の中でも最大規模の惨事となった。

「何やて、東京がやられてもうたて？」

「下町のほとんどは全滅だそうです」

――次は大阪に来よんのか？

二日後、名古屋上空にＢ29爆撃機二百機があらわれ十万人以上が罹災した。

三月十四日未明、大阪上空にＢ29の機影があらわれたかと思うと、大爆音とともに大阪の空が赤く染まった。攻撃は周到に準備されており、グアム島、テニアン島、サイパン島から出撃した爆撃機が次から次にあらわれ、無差別攻撃をはじめた。

信治郎は社員とともに大阪工場の防空壕でこの爆撃を見ているしかなかった。

爆撃が終ると、すぐに信治郎は防空壕を飛び出し、燃えさかる工場の消火をはじめた。

「大将、そっちはあきまへん。燃料に火が移りますよって……」

「じゃかあしい。今消してしまえばええんや」

防空壕を飛び出した信治郎は大声を上げて工場にむかって走り出した。

「訓練のとおりに皆やるんやで……」

信治郎の言葉に社員が、オーッと声を上げて、空襲のために備えていた竜吐水や纏を小屋から持ち出し、ぼうぼうと炎を上げる工場にむかって駆けて行った。ところが爆撃機が落した焼夷弾は工場、家屋、人まで燃やし尽くすために開発された爆弾である。あたり一面が火の海となっていた。

「西手に回るんや。海からのポンプを使うんや。わてについて来い」

「大将、あきまへん。西手は燃料槽があります」

「何を言うてるんや。死なばもろともや」

社員が必死で信治郎を抱きかかえた。

「ええ〜い、離さんかい。この工場が失くなってもうたら、わての、わての商いが……」

その時、工場の上部から炎の塊が崩れ落ちて来た。社員の手を振り払って突進した信治郎の頭上に炎が振りかかった。

「大、大将……」

入院した信治郎を吉太郎の嫁の父である小林一三が見舞ったのは大阪大空襲の十日後であった。幸い怪我は軽かった。

「鳥井さん。お加減はどうですか？」

「小林はん。わての、わての工場が……」

「……しかし命が助かって良かった」

「わての、わての工場が……」

工場を失って以来、興奮がおさまらない信治郎を一三は辛抱強く慰め、娘の春子と孫たちの疎開の相談をして引き揚げた。

「小林はん、どうぞよろしゅう頼みますわ」

いつにもなく弱気になっている信治郎の気持ちを奮い立たせたのは、六月に再び来襲した第二、第三波の大阪空襲の中で、道明寺工場が無傷であったことだった。

「こらまだわてらに神さんが商いをせえ言うこっちゃ。神さんのお蔭や、ほんまに有難いことや」

しかし工場再開どころではなかった。大阪へは大量の爆撃機が飛来し、堺、尼崎、和歌山、奈良、神戸、京都までの関西圏を焦土と化した。

七月には日本全土の主要都市が爆撃された。

八月六日、広島に新型爆弾が投下され、続いて九日に長崎にも投下された。ふたつの都市が、一瞬の間に壊滅状態となった。

その日の早朝、信治郎は赤玉を手に天王寺に住む筒井素泉（つついそせん）の下を訪ねた。

筒井は毎日新聞の記者で、国際連盟からの日本の脱退をジュネーブでいち早く取材し、第一報をスクープした名記者であった。

信治郎に新聞広告の効果を最初に教えてくれた人物で、知遇を得てからも、世相、時流のことを聞きに度々訪ねていた。二ヶ月前の大阪大空襲で筒井の家が被災したと知り、筒井と家族の消息を社員に調べさせていた。筒井が無事だと知り、信治郎は空が白むとすぐに見舞いにむかった。

信治郎は天王寺にむかって歩きながら焦土と化した阿倍野（あべの）界隈を見ていた。四天王寺の大伽藍も跡形もなく焼失している。東方にわずかに大阪城の天守閣が残っているだけであった。浪花の都の面影はどこにもなく、焼け焦げた匂いが、海からの風に乗って鼻を突くだけである。

——いったいどうなってまうんや。この大阪は、日本は……。

信治郎は焦土となった大阪の姿をどう受けとめてよいのかわからなかった。

筒井の家は焼失していた。わずかに残った家屋に生き残った人たちが暮らしていた。

筒井は親戚の人といた。信治郎の顔を見て、

「おう鳥井君、無事やったか」

と二度、三度うなずいた。

「筒井はんこそ、ようご無事で……。ご家族の方々も？」

「…………」

信治郎の言葉に筒井は顔を曇らせた。

六月十五日の阿倍野一帯への空襲で家族は亡くなっていた。筒井は社に出ていて一人生き残った。

「そらせんないことだしたな……」

信治郎は涙も拭わず筒井の手を握りしめた。

ひとしきり二人は黙って手を握っていた。

「これから社に出るとこや。明後日は皆の月命日やさかい。江戸堀の教会へ行こう思うてる」

「ほなご一緒させてもらいまっさ。これを皆さんの御霊前に……」

筒井は若い時に海外に赴任しており、家族揃って敬虔(けいけん)なキリスト教信者だった。

「鳥井君、家族は？」

「へぇ～、お蔭さんで皆無事で。けど工場がやられてもうて、どうにもならしません。筒井はん、この戦争どないなりますのんでっか？」

信治郎は筒井に尋ねた。

筒井は大きく吐息を零し、腹に力を入れて言った。

「今日、上京する。詳しいことはまだわからないが、東京にヨーロッパの或る情報筋から重要な情報が入っとるらしい」

「その情報って何のことだすか」

立ち止まった信治郎を筒井は振り返った。

「敗戦ということだろう」

「えっ、ほ、ほんまでっか。こ、この日本が、天子さんの皇国日本が……。いくら筒井さんのお言葉でも、そら何かの間違いだっしゃろ。げんに昨日の貴社(おたく)の新聞にかて、本土決戦、大勝利と載ってましたがな」

「鳥井君、日本の新聞は皆、何年も前から軍部のものになっとるんだよ」

「そ、そんな……」

信治郎は動転した。思いもしなかったことを筒井の口から聞いて、大粒の涙があふれ出した。

「わてら商人かて竹槍でも何でも持って鬼畜どもと戦いまんがな」

「鳥井君、目の前をよく見るんだ。君の工場もすでに失くなっている。どうやって戦うんだ」

「せ、せやし……」

「このことは誰にも言ってはいかんよ」

信治郎はその場に立ちつくした。

「鳥井君、見てごらん。主はいつも私たちを見守ってくれているんだよ」

前方に大阪教会の建物が無傷で残っていた。

教会の中では礼拝がはじまっていた。大勢の信者が祈っている。礼拝が終ると筒井は牧師の下に行き、赤玉を渡していた。

「もしかして鳥井さんですか？」

振りむくと牧師と同じ衣服を着た男が、信治郎の顔を覗き込んでいた。見覚えがある。

「この教会の執務をしている遠井です。いつぞや会社にお礼の挨拶に伺いました」

「ああ、あんたか。よう無事で」

信治郎は独立してほどなく外国人居留地で葡萄酒を売り捌いていた。その折、居留地の中にあったこの教会に葡萄酒を寄贈し、寿屋になってからも社の神仏課へ教会から寄附を申し込まれると布施を命じていた。

「神さんに西洋も、日本もありまっかいな」

「それにしても西洋はんの神さんの力はたいしたもんでんな。こうして無事なんやさかい」

「はい。主の御加護です。鳥井さんからもたくさん力添えを続けて頂いていますし」

上京する筒井を社まで送って、信治郎は仮設の社屋に戻った。

六月の空襲以後、社員の大半を自宅待機にさせ、家族のある者は疎開先に行かせ、道明寺工場と山崎蒸溜所に勤務できる員数を置いていた。

「大将、これが亡くなった者の名簿です」

信治郎は名簿の名前を見ていると一人一人の顔が思い浮かび、涙が零れ出した。

「この人らの残った家族は調べたあんねんな」

「はい。当座のお金を持って行かせてま」

「そうか、それでええ」

一人一人の名前を指でなぞりながら音を立てて落ちる涙が文字をにじませた。神棚に名簿を置き、手を合わせると、また涙があふれた。

「山崎の方は大丈夫なんやな」

「はい」

「今日は早う帰って家族と一緒にいるんや。ここんとこ空襲がないさかい、明日、明後日あたりを気い付けんとあかん。歩く時も建物のある所に近づかんようにせなあかんで、特に陸軍の造兵廠には近づいたらいかん」

信治郎が用心したとおり、翌午後、B29爆撃機百五十機が陸軍造兵廠を狙って集中爆撃を行なった。国鉄京橋駅付近は壊滅状態となった。敵機が去った後、硝煙立つ大阪へ信治郎は入った。何より心配だったのは山崎蒸溜所だった。

「京都方面に空襲はなかったんやな」

「そう聞いてま、造兵廠が全滅やそうです」

空を見上げると、立ち昇る煙りのむこうに夏の雲がまぶしいほどにかがやいていた。

翌日、大阪から社員がやって来て、正午にラジオで重大放送があると連絡が回って来たと言う。

身支度を整え、家族には防空壕へすぐに入れるよう準備をしておくように伝えて、大阪へ出た。

先刻から上空を戦闘機がやけに飛んでいた。

「大将、いよいよ本土決戦でっしゃろか」

「ラジ……、ラジオはちゃんと準備してんねんやろな」

ラジオから聞こえて来たのは天皇陛下の声であった。

～朕深ク世界ノ大勢ト帝國ノ現状トニ鑑ミ非常ノ措置ヲ以テ時局ヲ……堪へ難キヲ堪へ忍ヒ難キヲ忍ヒ以テ萬世ノ爲ニ……爾臣民其レ克ク朕カ意ヲ體セヨ～

――終ったんや。戦争に敗れたんや……。

信治郎は茫然自失で立ちつくした。

「大将、こらどういうことだすか？」

社員の一人が信治郎にすがるように訊いて来た。若い社員が声を荒らげて言った。

「戦争に負けたんや。日本が負けてもうたんや」

「ほ、ほんまでっか？」

顔に両手を当て泣き出す女子社員もいた。あちこちから慟哭の声が聞こえていた。戦争が終ったで。終りよったで～と叫びながら走る男がいた。日本はもう仕舞いや、日本はのうなるんや、と酔ったような叫び声がした……。

「大将、わてらどないなるんでっか」

「おたおたすな。天子はんも今言うてはったやろ。大道を誤ったり信義を失うことがあってはならんと。皆そこで待っとれ」

信治郎は大声で社員たちにそう告げると、社屋に入った。そうして神棚の隣りに掲げた天皇陛下の御影の前に正座すると、声をおさえてむせび泣いた。次から次に涙があふれ、ズボンを握りしめた信治郎の手の甲に落ちた。

泣くだけ泣いた後、信治郎は神棚を鬼のような形相で睨んだ。怒りと憤りに張り裂けそうな五体を、両の拳と噛みしめた奥歯で必死で繋ぎ止め、耐え続けた。

自問自答をくり返した。

――わては、これをすべて受け止めて生きて行けるんか？

――何もかもを失くしてもうて、どないして生きて行くんや？

充血した目からはもう涙も涸れてしまい、真っ赤な眼球が神棚を睨み続けていた。

——神さん、こないな目に遭うても、わては生きなあきまへんのだすか……。

返答は勿論あろうはずがない。

神棚に捧げた赤玉と角瓶が信治郎の目に入った。

信治郎は肩で荒い息をしていたが、一度、口を真一文字にして大きく息を吸い込み、立ち上がると社員の待つ外へ出た。

鬼のような形相であらわれた信治郎を見て、社員たちが息を飲んだ。

「大将、大将……」

「ええか、今からわての言うことをよう聞くんやで。人数の半分はすぐに山崎へ行け。そこで原酒の樽を守るんや。誰が来ても、原酒に指一本さわらしたらあかんで。命懸けで樽を守るんや。残る者の半分は、道明寺工場を守りに行け。あとの者はわてとここで店を立て直すんや。誰ぞ看板屋呼んで来い。商いをはじめんのや」

「け、けど大将、商い言うても、肝心の売るもんが……」

「じゃかあしい。つべこべ言わんで、山崎へ行った者の半分は地下壕に仕舞ったある赤玉と角瓶を大八車ですぐにここへ運んで来るんや」

「そ、そんなもんが、いつ仕舞ったんでっか」

「山崎へ行ったら倉庫の在庫の帳簿をわてに持って来るように言い」

「わ、わかりました」

「早う看板屋を呼んで来い。それと誰ぞ、自宅待機しとった者にすぐに出社するように言うて来い」

「は、はい」

駆け出した社員に信治郎が大声で言った。

「戦争は終ったんや。もう爆弾は落ちて来いへんよって、走って走りまくりなはれ。積めるだけの商品を積んで戻って来るんやで」

三方から、いて参じま〜、と声が返って来る。

七日後、仮設の社屋に〝寿屋洋酒店〟とあらたな文字が書きこまれた看板が掲げられた。

八十人余りの社員を前にして、信治郎が話をはじめた。

「皆よう無事に戻って来てくれた。こうして皆の元気な顔を見ることがでけて、わては何より嬉しい。今日からここが皆のもうひとつの家や。戦争には負けたが、わてらの、寿屋はこうして残ったある」

集まった社員の前で話をする信治郎の言葉には、これまでにない熱気があった。

「これからはわてらが戦う番や。わてらは、寿屋は負けへんで……。町ではいろんな噂が出とるが、それは皆間違いや。アメリカはんは日本人の男も、女も掠うたり、引っ張ったりはせえへん。それはもうわてがちゃんと調べた。今日からまた皆で一から出直しや。頼んまっせ」

信治郎が巷の噂に耳を傾けぬようにわざわざ口にしたのにには理由があった。ほどなく大阪へも、アメリカ兵と連合国兵が入って来るのは警察のお達しで知れ渡っていた。

～アメリカが来よったら、男は皆捕虜にされてもうて、南の島へ連れて行かれるそうやで、女は皆手籠(てご)めにされるそうやで。

～マッカーサーいう将軍は日本にえらい恨みを持っとるそうやで。皆銃殺いう話もあるで……。

大阪に限らず日本中で、上陸して来る占領軍に対する不安は尋常なものではなかった。

八月三十日、連合国軍最高司令官、ダグラス・マッカーサーが厚木飛行場に降り立った。ポツダム宣言による占領軍は連合国軍最高司令官総司令部、略称ＧＨＱと呼称され、日本では進駐軍と呼ばれた。

進駐軍の行動は迅速であった。まず東京湾に停泊中の戦艦ミズーリ号上で日本側から政府代表として重光葵(しげみつまもる)外相と軍部代表で梅津美治郎(うめづよしじろう)参謀総長が降伏文書に署名し、続いてマッカーサー以下各国代表が署名し、太平洋戦争を終結させた。同日、ＧＨＱから指令第一号として、陸海軍の解体、軍需生産の停止が発令され、続いて戦争犯罪人の逮捕、公職追放、言論統制等が矢継ぎ早に発令された。四十万人の進駐軍が日本に駐留した。

信治郎は、東京で終戦を迎えた新聞記者の筒井からの連絡で大方の状況を知っていた。それで社員に占領軍の暴挙はないと断言したのだった。

九月七日朝、アメリカ第八軍ミッチェル少佐率いる四十名が新大阪ホテルに入り、築港にあった俘虜(ふりよ)収容所、天王寺区の赤十字病院に収容されていた連合国軍将兵、抑留連合国人の保護、解放にあたった。

その様子を見に行った社員から、進駐軍が極めて統率のとれた行動をしていたと聞かされ、信治郎は黙ってうなずいた。

九月二十五日、和歌浦湾からアメリカ第六軍第一軍団が上陸し、その日のうちに京都、神戸、大阪に入った。御堂筋(みどうすじ)を整然と進むジープの列を、小高い丘の上から眺めていた信治郎は、その統率のとれた隊列を見て、

——こら当たってみる価値のある相手かもしれへんで……。

御堂筋には事前に白線が引かれ、その中に日本人が立ち入ることは、いっさい禁止すると警察から命令が出ていた。

筒井からの連絡で、軍需工場の生産停止と解体が命じられるのがわかっていた信治郎は、道明寺工場に残った軍需生産の原材料と機械をすべて放り出すよう伝えていた。筒井の連絡で一番危惧していたのは、関東では進駐軍があらゆる工場の接収と、それに関

わる物資をすべて押収しているという情報だった。

山崎蒸溜所の倉庫にあるウイスキーの原酒を進駐軍がすべて押収することは十分考えられた。いや、むしろそうならない方がおかしい。

奇声が聞こえた。見ると進軍するジープの兵隊にむかって、英語のプラカードを手にした俄づくりのキャバレーの女たちが手を振っていた。兵隊たちは彼女たちに気さくに手を振って応えていた。

「大将、見てみなはれ、やることが早うおまんな、あの連中は……。大和撫子が情け無うなりまんな。強い者に巻かれろでっか」

「そら違う。アメリカはんがただ強いいう理屈であないしますかいな。ただ強いだけと違うてアメリカはんには今の日本を動かす力がおまんのや。あんたはん、すぐに店に戻って児玉に出かける準備をしとくように伝えてくれ。それとアメリカはんの偉い大将がどこに入ったかも調べんのや」

「へぇーい」

アメリカ軍の上級将校はすでに中之島の新大阪ホテルを宿舎にしていた。大阪軍政部は四ツ橋筋の石原産業ビル。近畿軍政部は安田ビル。第二十五師団司令部は日本生命ビル。いずれも寿屋の社屋からは目と鼻の先であった。

数日、信治郎は進駐軍への足がかりを考え続けた。そこへ児玉が息を切らせて戻って来た。

「大将、第六軍の偉い人が西横堀の軍教会ではなく、江戸堀の大阪教会に来てるらしいです」

「おう、あそこはわてらにも伝手がある。よっしゃ、あそこで待ち受けよう」

日曜日の早朝、信治郎は三ツ揃いのスーツに蝶ネクタイをして、礼拝がはじまる二時間前に教会を訪れた。児玉以下三人の社員も全員ネクタイにスーツを着ていた。

昨夜、信治郎から、国民服も帽子、ゲートルもすべてを脱いでハイカラの恰好にするように命じられていた。

教会に入ると、先日、筒井と同行した折に逢った執務係の牧師が信治郎に駆け寄って来て、先日はたくさんの食料と葡萄酒をありがとうございました、と言って、主任牧師に信治郎を紹介した。

「何を言うてはりまんねん。困まった時はお互いさまでんがな。普段、神さんにえらいお世話になってんのはわてらの方でっさかい」

「長い間、寄附も頂いているそうでありがとうございます」

「そ、そんなせんといて下さい」

やがて礼拝がはじまったが、将校たちの姿はなかった。

——こらあかんかいな……。

その時、正面の扉が開いて、憲兵にガードされた将校が数人入って来た。彼等は祭壇にむかって一礼し、静かな足取りで最後尾の席で祈りをはじめた。

礼拝が終ると、将校たちは牧師の下に歩み寄って何かを差し出していた。そのやりとりを見ていた児玉たちを憲兵が睨みつけた。

見ると、信治郎は彼等に近づき、白い歯を零し、あの愛嬌のある笑顔でうなずいていた。信治郎に気付いた牧師が将校の中のやや小柄な人物にむかって、信治郎を指さし何事かを話した。その将校が信治郎に会釈した。

「ハロー、グッドモーニングや。ユーアー、グッド、グッドや」

とよく通る声で言った。牧師の紹介で、信治郎は相手に手を差し出し握手し、手にした赤玉とウイスキーを、プレゼントでっせ、と勧めた。牧師が赤玉とウイスキーを信治郎が造ったと説明した。信治郎は、ブリリアンと笑った。その言葉に将校が嬉しそうにうなずいた。

「ほな引き揚げようか」

信治郎が言うと、児玉が、交渉はしないのですか、と訊いた。

「礼儀正しい人や。神さんのいてるところでウイスキー飲むかいな。果報はむこうから来よるて。児玉、あの大将の名前だけ教えてもろうとき」

二日後に軍司令部から呼び出しがあった。

「いったいどないなってんのや。昨日まで〝鬼畜米英〟言うて、アメリカはんを鬼のように言うてたオヤジが……。まったくポリシーいうものがないのんか、あの人は……」

敬三は二階の自室で天井を見ながらゴロリと寝返りを打った。

敬三坊っちゃん、敬三坊っちゃん、と階下からお手伝いの女の声がした。

「じゃかあしい。わては天婦羅揚げるために帰って来たんとちゃうで。わてはもうすぐ人の親になんのやぞ」

雲雀丘の家の別棟で臨月を迎えた妻の好子の顔が浮かんだ。

「敬三〜、敬三は〜ん。どこへ行きよったんや、あいつは。敬三は〜ん」

信治郎の声である。敬三は耳を手で塞いだ。

「何が敬三はんや……」

「敬三ー」

父の声が甲高くなった。

「へぇ〜い。今、降りるよって」

敬三は階段を降り、ゲストであふれている応接間へ入った。チラッと暖炉の前でゲストと顔を突き合わせて打ち合わせをしている信治郎を見た。隣りに小林一三の姿があった。あとのゲストはすべて進駐軍の上級将校たちである。

坊っちゃん、これ大将の側の将校さんに頼みますわ。差し出された大皿の上に揚げたばかりの海老が山盛りになっている。敬三はその皿と大箸を手に奥へむかった。

ユー、ウエルカム。ベリー、ナイステースト、シュリンプ、と敬三は二人の将校の皿に揚がったばかりの海老を載せた。

「小林のおじさん、いらっしゃい」

「やあ元気かね。どや好子さんの方は？」

「はい、お蔭さんで順調です」

「敬三、ゲストはんのウイスキーがないで。早うしなはれ」

信治郎は敬三の顔も見ずに言った。

プリーズ、ワン、モア、ドリンク、と愛想笑いをした敬三に将校が、オー、サンキューと笑い返した。敬三は相手の胸の階級章を見た。

——何や、この人、中部方面のトップやないか。

今日のゲストは進駐軍中部方面の上級将校と聞いていた。

「よっしゃ。それ建てさせてもらいまひょ」

信治郎が、オーケーと胸を叩いた。

敬三はウイスキーをグラスに注ぎながら、トイレに立った小林一三に訊いた。

「おじさん、今日はまた何ですか？」

「名古屋に孤児院を建てたいと言って、あの少佐が来てるんだよ」

「えっ、またアメリカはんへの寄附でっか？」

「そうだよ。私も協力する。おっ、御点前だ」

見ると庭に傘を立て毛氈が敷かれ、そこに義姉の春子が和服を着て、茶を点てていた。

——おじさんは義姉さんに逢いに来たのか。

敬三はグラスを手に奥へ行った。先刻の少佐の前で番頭の児玉が名古屋の地図を開き、流暢な英語で打ち合わせをしていた。

「ヘェイ、シュミットはん、茶、ゴー」

信治郎の言葉に少佐が庭を見て立ち上がり、信治郎と庭へむかった。

「何が、茶、ゴーや。あないな英語をよう口にするわ」

「何かおっしゃいましたか、敬三さん」

児玉が敬三を見上げた。

「いや何もない。児玉さん、また慈善事業やて。そんな金をポンポン使うて大丈夫なんでっか」

「心配いりません。明日、名古屋方面に山崎からトラック三台が荷を出します」

「ふぅ〜ん、さすがオヤジやな。ただで転ばへんいうこっちゃ」

「敬三さん、慈善事業ですから」

児玉が白い歯を見せた。

児玉の笑顔の裏には、たった二ヶ月半で進駐軍に納入した大量のウイスキーの商いがあった。

三日に一度、山崎蒸溜所から出荷されるウイスキーの量は半端ではなく、売上げも最初の一ヶ月で戦前の寿屋の総売上げを楽々と超えていた。

将校用に作った〝レアオールド〟が大評判で、山崎では進駐軍の要望で兵隊たちが飲むウイスキーをあらたに製造中だった。

「ああ、それでかまん。アメリカの兵隊はんはあんなおおけな身体や。少々荒っぽい造りでも死なへん。じゃんじゃんこしらえるんや」

庭から笑い声がした。春子の御点前に接した将校の笑い声だった。まるで家族のように映る人たちを眺めながら、敬三は輪の中心にいる信治郎を見ていた。

その年の十一月、好子が元気な男児を産んだ。

敬三の喜びようはこれまでの人生にはなかったものだった。信治郎も嬉々(きき)とした様子だった。

「好子、よう頑張ったな。元気な赤児(ややこ)やで」

好子は美しい瞳に涙をため、うなずいた。

「どや？　おう、ええ顔してるやないか。さすが帝大総長の血やな」

信治郎が言った。

目が大将に似てまんな、という産婆の言葉に信治郎は、おう、わてに似てるか、そらええ商人になってもらわなな、ヨシヨシ、と相好を崩した。

この赤児が、後にサントリー創業以来の改革を推進する四代目社長、佐治信忠である。

ところが元気な赤児を産んでくれた好子が、産後すぐに高熱を出し、容態が悪くなった。

敬三は好子のそばをかたときも離れず付き添った。

「何やて、好子の具合が悪いて？」

信治郎も駆けつけ、気張らなあかんで、気張るんやで、赤児があんたはんのお乳を待ってるさかい……、好子、と語りかけた。

二週間後、看病の甲斐なく好子は逝った。

「なんで、なんで好子が……」

敬三の落胆は大きく、いつまでも嘆き続けた。

兄嫁の春子に抱かれて声を上げる赤児を見て、信治郎も大粒の涙を零していた。

年があらたまり、春の嵐が吹きはじめた夕暮れ、南地の大和屋に懐かしい面々が顔を揃えた。

江崎グリコの江崎利一、中山製鋼所の中山悦治、松下電器の松下幸之助、寿工業の常田健次郎、堀抜帽子の堀抜義太郎である。これに鳥井信治郎を加えた六人、皆関西で一から企業を創設した男たちである。一文無しからはじめた創設者ばかりだったので、〝文無会〟として月に一度講師を招いて話を聞いたりする宴を催していた。その面々がひさしぶりに逢うことになった。

「鳥井はんはまもなくお見えやようです。先にはじめといて欲しいいうことだすわ」

大和屋の女将が言うと、鳥井さんを置いてはできん、待つとしよう、となった。会の中心に信治郎がいたからである。

「ひさしぶりに〝大阪の鼻〟を拝見できるな……」

「それにしても、今の鳥井はんの、寿屋の勢いはどうや。鳥井はんは運が良かった。わてのとこは工場も焼け落ちるし、資材もすべて接収や」

皆が口々に山崎蒸溜所が無傷で残ったことの運の強さを言い、うなずいていた。

「鳥井さんの成功は運だけではないと思います」

会の中で一番若い松下幸之助が言った。

「運だけではないって、松下君、そらどういうこっちゃ？」

「山崎工場が生き残ったのは、あの人の信心の深さやと思います。聞いた話では、あの山崎の土地買収がほとんど頓挫しそうな時、奥さんのクニさんが出かけて頭を下げはったそうです。その奥さんが毎月、あそこの十数社寺に祈願へ行き、布施を納めていらしたので、皆が首を縦に振ったいうことです」

「ほう、そないなことがあったんや。鳥井はんの信心の深さはたいしたもんやものな」

「それに今ニッカを起こしている竹鶴さんの反対を押し切って、あそこなら神さんが守ってくれると言い切られたいう話ですわ」

わてらも見習わなあかんな。そやそや、と皆がまたうなずいた。

「それにしても進駐軍はんとはえらい繋がりやな。わてが感心するのは、鳥井はんはアメリカの将校でも兵隊にでも、いっさい艶気(いろけ)を使わんいう話や。どないなってんのやろう」

その頃、大半の者が進駐軍の接待に女性を並べ、艶と金でコネクションを作っていた。

「そら鳥井はんが女の人を大切にしてはるからと違いまっか」

大和屋の女将が言った。

「そらどういうこっちゃ？」

「きっと若い時に、ええ女の人と出逢(でお)うてはるからやと思います」

「おう、クニさんのことか」

「本妻はんだけと違いま」

皆が顔を見合わせ、女将の顔を見返した。

女将はかすかに口先に笑みを浮かべた。皆がその笑顔を見て、首をかしげた。

女将は同じ南地で、若い頃の信治郎を世話した女性、しののことを知っていた。信治郎はしのが亡くなってからも、彼女の月命日に、この大和屋で供養の宴を一人っきりでしていた。

襖が開いて、信治郎があらわれた。

「こら皆さん。案内したわてがこない遅うなってかんにんだす。どうか、このとおり、今夜も何でもしまっさかい……」

「ほなひさしぶりに常磐津でもやってもらいまひょか？」

中山の言葉に皆が笑い出した。

この会もそうだが、信治郎は宴席で自分から何かを話すことはほとんどなかった。皆の話にじっと耳を傾け、そらよろしいな、そら大変でんな、お気張りやして、と応援するだけだ。

ひさしぶりの宴は盛り上がり、信治郎も常磐津を披露した。宴が終ろうとする頃、信治郎が小声で幸之助に、少し残ってもらいたいと伝えた。

皆を見送り、二人は小部屋で向き合った。

「どや幸之助はん。会社の方は？」

「会社の資産が凍結された後、給料もろくに払えませんで、家族に飯(まんま)食べさせるのもやっとです。面目ない。あれだけ軍の仕事をやってましたから、これは罰を受けとんのでしょう」

「そら違う。戦争の時は、あの時や。わてもあんたはんも一生懸命お国のためにやっただけや。それを恥じることはない。今は少ししんどうても、幸之助はん、あんたならでける。わては商人(あきんど)を見る目だけはあるんや」

「私にでけますやろか？」

「でける。わての、この鳥井の目を信じなはれ。さあ一杯いこう」

帰り際に信治郎は封筒をそっと渡した。幸之助は訝(いぶか)しげに信治郎を見た。

「家族のまんま代や。それだけや、ほな」

信治郎が去った後、中を見ると十万円の金が入っていた。今の数千万円に相当する額だった。

数日後、信治郎は松下幸之助を連れて上級将校のいる中之島の新大阪ホテルを訪ねた。そこで信治郎は大袈裟な手振りで将校と談笑する姿を幸之助に見せた。

後年、幸之助は、進駐軍に逢いに行くと家族に告げた時、水盃(みずさかずき)をして家を出たが、偉い将校とも友人のように快活に話す信治郎を見て、自分にはあの明るさが必要だと思った、と語っている。

と同時に、家族への支援をして貰った後、まるで悪いことをした人のように走って消えて行った信治郎の〝陰徳ぶり〟を思い出し、苦笑した。

その年の春、佐治敬三と児玉基治、作田耕三の三人は東京にむかった。問屋への集金と挨拶のためであったが、もうひとつ目的があった。

大蔵省の役人に逢い、吉田茂と信治郎が面会する段取りをつけるためであった。

上京前夜、敬三は信治郎に呼ばれて言われた。

「明日逢う大蔵省の池田勇人はんいうのは広島の忠海(ただのうみ)の出身や。広島は寿屋(うち)が昔から世話になっとる土地や。きちんと顔をつないどき。臼杵(うすき)工場の方はきちんと進んでんのやな？」

「大丈夫です」

信治郎は三ヶ所に新しい工場を建設する計画をすべて敬三に任せた。

「こらえらいこっちゃ。わてが三つの工場を全部やんのかいな？」

「若坊(わかぼん)、何言うたはりまんねん。若坊がやらな誰がやりまんねん。大丈夫だす。大将の目には皆見えてまっさかい」

作田が言った。

すでに作田は寿屋の番頭の要にいた。豪快な気質であったが、何より作田は数字と市場のことに強かった。社内外で寿屋の〝金庫番〟と噂され、信治郎でさえ大きな金を動かす時には作田の許可が必要だと言われていた。それもすべて信治郎が皆の大反対をおして山崎蒸溜所の建設に踏み切った後の十数年、信治郎の凄まじい金策の日々を見つめ、学んでいたからである。児玉は少しずつ寿屋の本体から離れ、信治郎の秘書に専念していた。

「オヤジの面談のことで何でわてがのこのこ上京すんのや」

敬三は平然と思ったことを口にする。信治郎への対抗心もあったが、元々敬三は竹を割ったような真正直な性格で、入社して半年もしない内に社員からも慕われていた。

児玉は敬三の愚痴を笑って聞いていた。

「今の宰相は大将でええんと違いますか。けど、明日の宰相は若坊でんがな」

作田が笑って言った。

吉田茂と逢ったものの、どうも何を言いたいのか敬三にはわからなかったが、主税局にいた池田勇人が丁寧に説明してくれた。

「吉田さんは今の日本人を元気にしたいんです。それには闇市場のカストリ酒では困まるんです。日本人皆が飲める安くて美味しいウイスキーが必要なんです」

──なんや、そうならそうと言うてくれな。

敬三は帰郷するとすぐに信治郎に報告へ行った。

「どうやった？　国分はんはじめ、問屋はんは皆元気にしてはったかいな？」

「はい。皆さん、オヤジさんによろしゅう言うて、えらい宴会まで催してもろうて」

「阿呆、そら逆やないか」

すかさずかたわらの作田が、勿論、こちらで持った宴だす、と助け舟を出した。

「それでオヤジさん。ウイスキーの話だすが、どないしましょう？」

「もう準備はでけたある」

「えっ、もうでっか？　けど安うていうのが結構具体的に、あの池田はんが言うてきはりましたで」

「あれは大蔵省一のソロバン使いや、わかったる」

「赤字になりまっせ」

「わてがそないな商いすると思うてんのか」

信治郎はこの話が持ち上がった時点で、大衆向けのウイスキーの製法を考えていた。

手際よく、大衆向けウイスキーの〝トリスウイスキー〟が発売された。

堂島浜通二丁目に前年落成した本社ビルでトリスウイスキーの出荷式が行なわれた。

数日後の夜、敬三は作田と、この年の初めに新設した〝食品化学研究所〟に行った帰り道、梅田のバーに立ち寄った。

食品化学研究所は敬三の希望で、彼の大学の恩師、小竹無二雄（こたけむにお）博士を理事長に招き、敗戦日本が化学分野で立ち遅れないために研究所として設立された。敬三が所長であった。

「オヤジはたいしたもんやな。いくら大衆向けいうても、山崎の原酒は少ししか使うてへん。やはりあの原酒はアメリカはん用にしたあんのかな」

「そら違いますわ。あら大蔵省からの二級ウイスキーの指定があったからだす。それに大将があの原酒で考えてはるのは、そんなこんまいことと違いますわ」

「こんまいって何や、作田、失礼ちゃうか」

「若坊ほどの秀才がわかりまへんの？」

「何のことや？」

敬三の顔が真っ赤になった。

「山崎の原酒は、大将の血と汗ででけたもんだす。あの原酒で寿屋の本当の商いがはじまるんと違いますか。わてら金がのうてピィーピィー言うとる時も、大将に今が我慢や、いずれ〝宝の子供〟たちが助けてくれる、と励まされてきました……。あれは日本人のための原酒だす」

昭和二十二年（一九四七年）夏、仮設で蒸溜部門の生産をしていた大阪工場が完成し、ここに道明寺から赤玉の製造拠点も移した。赤玉は依然、寿屋の主力商品だった。翌年には月産一万二千ダースにまでなった。敬三は工場建設の陣頭指揮を取り、九州、臼杵に大分工場も完成させた。九州一円の商品生産、販売の足がかりを築いたのである。

その間、信治郎は赤玉、白札、角瓶、トリスの生産、販売動向を睨みながら、次の新しい商品の開発のために山崎蒸溜所から原酒を運ばせ、毎夜、ブレンドの仕事に打ち込んでいた。山崎に眠る原酒の樽はひとつひとつ個性があり、仕込みの年度によってもテーストが異なる。その上、樽材の違いでも異なった風味になる。見ようによっては何百、何千種類のウイスキーの原酒があることになる。さすがにこれをすべて信治郎一人で把握することはできない。そこで信治郎は原酒の仕込み、樽の管理、適正な出荷のためのスペシャルチームを作らせていた。その頭（かしら）が、大西為雄であった。大西を抜擢（ばってき）したのは信治郎だった。同時に信治郎は〝宝の子供〟の守役に若い人たちを選んでウイスキー造りの基礎を学ばさせた。

信治郎には、ことウイスキー、葡萄酒の製造に関しては、誰にも引けを取らぬ自負があったが、ウイスキー造りは、その実体を知れば知るほど奥が深いものがあるのを、彼は理解していた。

毎日のごとく大西はさまざまな樽から抜いた原酒とブレンドしたサンプル瓶が入った箱を本社へ、雲雀丘の自宅へと運び、信治郎のブレンディングをサポートした。それはかつて船場、道修町の小西儀助商店の二階の作業場に立っていた儀助と丁稚の信治郎の姿と同じだった。

この企業の最高機密とも言えるブレンディングの仕事に挑もうとする社員がいた。佐治敬三である。敬三は時間があれば山崎へ行き、大西をはじめとする蔵人たちと談笑し、原酒のテースティングをするようになっていた。元々大学で理系を学び、化学の方面の仕事で身を立てるつもりだった敬三だから、生きものである原酒を他の原酒、各地の水とブレンドし、さらに芳醇(ほうじゅん)なウイスキーを造る作業が嫌いであるはずがなかった。

ところが奇妙なことに、一番近くに存在する日本で屈指のブレンダーの信治郎は、敬三にいっさいウイスキーの製法技術と極意を教えなかった。

「そんなもん教わってできるもんやおまへん。やりたかったら勝手におのれの甲斐性でやんなはれ」

それが信治郎の姿勢であった。

——ヨオーシッ、ほんならオヤジのウイスキーを超えるウイスキーを造ったろうやないか。

ふたつの情熱が山崎の〝眠むれる宝〟を巡ってぶつかりはじめた。一見、非効率的にも見える、二人の放つ火花が、三十数年後、ウイスキーの単品商品で本場イギリスのスコッチ、アメリカのバーボンウイスキーなどのいかなるブランドも追随できない、年間出荷量で世界一の座をもたらすことになるのである。

「大西はん。オヤジはどないなウイスキーを造ろうとしてんのや？」

「そら私にはわかりません」

大西は表情ひとつ変えずに言った。

「それはないやろう。あんたがどの樽から抜いて、どの樽のもんと合わせとるかを知らんわけあらへんがな」

「…………」

大西は口を真一文字に結んで黙っていた。

「チェッ、そういうことでっか。そら企業秘密は口が裂けても言えんわな。ようわかったわ」

「敬三さん。あなたがご自分でテースティングし、これが必要やと言われる原酒はすべて出す準備はできてます」

敬三は大西の顔を睨み返して、わかった、と言い、倉庫の中へ入って行った。

大西が信治郎の下へ通い続ける日々は、半年、一年が経っても完了しなかった。

その間、三男の道夫が入社し、秋には敬三が専務取締役に就任した。実務の大半を敬三に任せて、信治郎はひたすら新しいウイスキー造りに専念していた。

この一年半で、ほぼ完成ではと思えたテーストがあったが、翌朝になると信治郎は、あかん、これではわてと……のウイスキーと違う、と一からやり直した。その背中を見た大西は思った。

——凄い人やな、大将は……。

すでに信治郎は七十歳を迎えていたが、その背中が放つオーラは鬼神のようだった。敬三は朝早くから、夜の宴会まで精力的に働いた。大きな体躯にようやく底力が加わり、病気をすることもなくなっていた。

新しい人材を積極的に採用した。古くからの社員も大切にし、時間があれば社員たちと談笑し、社員の家族にも逢い、寿屋の全社員がひとつ屋根の下にいる意識を忘れなかった。

「やはり大将と専務は親子や。よう似てはるわ」

それでも信治郎の隣りにデスクを並べていた敬三は信治郎と大声でやり合うこともあった。真っ赤な顔をして部屋を出て行くのは敬三で、その直後に仕事の報告へ入る社員がおそるおそる顔を覗くと、信治郎は何喰わぬ顔でいた。二人とも頑固ではあるが、あとくされはいっさい持たぬ性格だった。

或る日、作田は信治郎に呼ばれた。

「作田、いつまで敬三を独り身にさしとくねん。信忠かていつまでも春子さんに任せておけんで。第一、専務が独り身では聞こえが悪い」

「はい、そのことで私の方もご相談が……」

作田は以前から敬三の家のことを心配していた。そんな折、寿屋が一時仮住まいをしていた住友海上火災大阪支店の佐々木治郎から一人の女性との縁談をもちかけられていた。彼が秘書としてつかえていた住友銀行の元頭取で住友海上の元会長、大平賢作の三女、けい子であった。

大阪出身のけい子は帝塚山学院から東京の津田塾大学の英文科を卒業した才媛だった。その上、ＧＨＱの農業部門に勤めて通訳、翻訳に従事したほか、文学に興味を持ち、一時は文化学院へも通っていた、今で言うキャリアウーマンであった。

信治郎は作田の話を喜んだ。作田は敬三に耳打ちした。〝若坊、えらい別嬪だっせ〟

大平家の郷里、新潟から出て来たけい子を一目見て、その美貌と、けい子の口元から零れる言葉の端々に感じられる聡明さに魅せられた敬三は、すぐにけい子の父、大平賢作のもとに結婚の申し込みに行った。

まさに良縁だった。十数年後、企業躍進のために自ら海外視察に乗り込んだ敬三の現地での通訳、旅のさまざまな手配をけい子はすべて一人でこなした。

「私が広く世界を見る目が養えたのは、ベストワイフであり、プロフェッショナル通訳であり、誰より優秀であるコーディネーターを得ていたからです」

後年、敬三はそう語っている。

「専務、今日の会議は見事でしたな」

午前中の拡販会議で敬三の切り出した方針を作田が誉めた。

「作田、そら違うわ。今日の〝カクテル相談室〟も〝カクテルコンクール〟も、それは皆戦前にオヤジが考えたもんや。この頃、わてはつくづく鳥井信治郎いう男の器の大きさに呆きれとんのや。わてはオヤジが敷いたレールの上を走っててんのや。口惜しいことに、大学を出た秀才の社員が頭をひねってようやっと考え出したもんを、オヤジは一人で皆やっとったんや。今、オヤジが毎晩取り組んでいる新しいウイスキーが、とんでもないもんになったら、わての立場はどないなるんや」

「そら違います。寿屋が佐治敬三という専務を迎えることができたから、今、大将はウイスキー造りに専念でけとんのだす。専務がいてはらへんかったら、大将の夢は成就しまへん」

「成就か……。わてはあの人をいつか超えられるんやろか」

「何を言うてはるんだすか。大将を超えるのは若坊だっせ。わてらは楽しみにしてます」

「何や、見物かいな」

「はい。最高の桟敷席だすわ」

その言葉に敬三が笑い出した。

　その日の夕暮れ、敬三は秘書から、夕刻、信治郎が逢いたがっている、という伝言を受けた。

「今夜は宴会があるよって、遅うなるで……」

　敬三は南地へお得意の宴席に出たが、そこで妙な予感を覚えて、あとは作田たちにまかせて雲雀丘の家にむかった。

　信治郎は暖炉のある部屋で一人待っていた。

「酒はだいぶ飲んだか？」

「はい、少し」

「ほな口をゆすいで来てくれるか？」

　その一言で敬三は新しいウイスキーが完成したことがわかった。

「お待たせしました」

「ほな、このサンプルの瓶のウイスキーを飲んでみてくれるか」

　敬三はチューリップ型のグラスにウイスキーを注ぎ、まず鼻を近づけ、その香りを嗅いだ。

　――何や、この香りは、果実みたいやな。

　そうしてひと口、舌の上に載せ、目を見開いた。

　芳醇な香りとは真逆の、したたかなモルトの風味が口にひろがった。

――何や、この重厚さは……。

敬三は口の中でひろがりはじめた独特の重みを感じながら喉元を静かに通してみた。飲み易い。喉を通る時の感覚がやわらかいのだ。

――どないして、こうなったんや？

敬三はグラスの中のウイスキーをじっと見つめ、香りを嗅ぎ、あらたに飲んでみた。芳醇さも重みも、飲み干した後のやわらかさも同じだった。

――こ、これが、本当のブレンディングいうもんか……。

敬三も、この一年、自分なりのブレンディングをしていたが、山崎の原酒からこれほどのウイスキーができるとは想像もしなかった。

「どや？」

声がするまで、父の存在も忘れていた。夢から覚めたような目で敬三は父の顔を見直した。

「だから、どうや言うてんのや」

「は、はい」

「はいやないがな。テーストを聞いてんのや」

「え、えらいもんをこしらえはりましたな」

「そうか、行けるか？」

「は、はい。山崎の宝の子が一人前の、いや一等賞のウイスキーになったんちゃいますか」

「そうか、あんさんもそう思うか。そうか、一人前の、一等賞の子や思うか」

信治郎は敬三の手を握り、そうか、一等賞か、と自分が苦労して造り上げたことも忘れて子供のように喜んでいる。

——やっぱり変わったオヤジやで……。

信治郎もウイスキーを飲み、二度、三度とうなずいている。敬三は父の顔を見て、ハッとした。信治郎の目に涙が溜まっていた。敬三ももう一度飲んだ。

鼻先からウイスキーの香りが抜けると同時に、やはり涙がこみ上げて来た。本物をこしらえるということはこういうことか……。

「で、オヤジさん。このウイスキーの名前はどないしまんの？」

「〝オールド〟や。〝オールドウイスキー〟や」

「オールドって、あの？」

「そうや、吉太郎と二人でこしらえたあのオールドウイスキーや。これは吉太郎の情熱が生んだもんや」

そう言って信治郎は大粒の涙を零した。敬三も兄というより、父親のように自分を可愛がってくれた吉太郎を思い出し、涙を流した。

昭和二十五年（一九五〇年）四月一日、寿屋の最高級ウイスキー〝オールド〟が発売された。

オールドは発売当初から、そのボトルの形状、色の妙味に、クロ、ダルマと愛称が付けられ話題になった。一番の注目は、それまでの日本のウイスキーで一番価格が高い点だった。発売前、社内では信治郎が付けた値段が高過ぎるのではと反対の声もあったが、信治郎は言い切った。

「何を言ってはんのだす。赤玉は蜂と戦うた時、蜂より高い値段でむかって行って勝ったんだっせ。そら本物をこしらえたからや。オールドは寿屋が今までに出した商品の一等賞の本物や。じゃんじゃん売りなはれ」

全国の問屋、特約店も信治郎の値段設定に初めは驚いたが、いざ商品を陳列してみると、思わぬ動きを示して、オールドは売れ続けた。

「何や、これはえらい動きがええやないか。クロやのうて大白星やでオールドは」

「このままやとすぐに在庫がのうなってまうで、すぐに注文や。こらダルマでも足がつくダルマさまやで。ほれ、注文や」

「しかしこの値段で、たいしたもんやで……」

信治郎には自信があった。トリス、白札、角瓶とこれまでに築いてきた商品のラインナップに親しんできてくれた顧客が今までとは違う、ひとつ上のウイスキーを受け入れるはずだと確信していた。

オールド発売から二ヶ月後、朝鮮半島で戦争が勃発し、日本は韓国軍を支援するアメリカ軍、国連軍の物資の供給基地となった。膨大な量の物資が日本国内で生産され、海峡を越えて送り込まれた。戦争勃発から半年余りで、日本の国内生産は戦前の生産量を超えた。戦争による特需で、国内景気は一気に上向いて行った。国民所得も戦前の水準に回復し、仕事を終えた人々が酒場に立ち寄り、大衆バーでくつろぐようになり家庭でも廉価なウイスキーを買いはじめた。

信治郎が夢に描いていた、日本人が本物のウイスキーを飲む時代が来ようとしていた。ビール業界も動きはじめていた。前年、東京に五年振りにビアホールが再開し、大日本麦酒が、過度経済力集中排除法により、日本麦酒と朝日麦酒に分離され、統制を受けていた銘柄商標が復活した。

甘味葡萄酒の売れ行きも順調で、戦前の水準に達した。売上げナンバーワンは赤玉だった。

オールドが市場に出たことで寿屋の他の商品群も予測以上の売上げを示しはじめた。

信治郎は全国各地に出張所を設けるように命じ、日本橋の東京出張所を支店にし、福岡、札幌、名古屋、広島、仙台と相次いで営業拠点を充実させた。同時に全国の特約店との絆（きずな）を深めるために親睦会（寿会）を組織した。

洋酒市場は凄まじい活気をおびていた。東京、大阪を中心にして〝サントリーバー〟〝トリスバー〟が次々に誕生し、全国に三万五千軒を超えるバーがひしめいた。急増しはじめたサラリーマンがウイスキーストレート一杯四十円、ハイボール五十円で気勢を上げ、お座敷の宴席、銀座、北新地のクラブでもウイスキーが全盛になりつつあった。巷では〝ヒラ社員はトリス、係長は白札、課長は角瓶、部長、社長になったらダルマのオールドで乾杯〟などとユーモアたっぷりの言葉も誕生した。

寿屋の商品は、なぜか大衆に浸透する。実はそれにはきちんとした理由があった。誰もが商品の名前を覚えて、手にしてもらわな、と信治郎が商品のネーミングに覚えやすい謳い文句をつけたからである。そこに戦前からの寿屋の面白い宣伝、広告の原点があった。

今や、販売の責任者であった敬三はその精神を受け継ぎ、三和銀行宣伝部から山崎隆夫を引き抜いた。信治郎がかつて片岡敏郎を高額な給与で招いたのと同じだ。この山崎の下に逸材が揃った。後に文学者となる開高健（かいこうたけし）、山口瞳、イラストレーターの柳原良平、坂根進、酒井睦雄、杉本直也らの若手である。〝人間らしくやりたいナ（開高健）〟〝トリスを飲んでHawaiiへ行こう！（山口瞳）〟といったコピーが柳原良平の洒落（しゃれ）たイラストをつけて、新聞、雑誌に掲載された。開高が編集し、トリスバーに置いたＰＲ誌「洋酒天国」も評判になった。常務取締役に就任した三男、道夫と敬三はタッグを組んで寿屋をさらに発展させていた。

そんな或る日、日本を訪問したイギリスの通商大臣が酒店で缶入りハイボール〝トリスウイスタン〟を試飲し、帰国したヒースロー空港での「敗戦国とばかり思っていた日本に驚いたことにウイスキーソーダがすでにあった。造船、繊維のようにウイスキー産業もうかうかしておれない」という発言が新聞記事に掲載され、同時に信治郎が目指すウイスキーは将来、世界一になるかもしれないとも書かれていた。

「ワーッ、おじいちゃん。世界一やて」

雲雀丘の家族たちは皆大喜びで、信治郎にむかって手を叩いた。

「おっ、そうか、そら嬉しいこっちゃ」

信治郎の素っ気なさに皆意外な顔をした。

その日の午後、信治郎は秘書の児玉と大阪の街へ出た。夕暮れの大阪に入ると、信治郎は児玉に下調べさせておいたバーを三軒梯子(はしご)してから、ビアホールに入った。バーも活気があったが、ビアホールは初夏であるのに大変な賑わいだった。少し気取ったバーの雰囲気に比べると、こちらには大衆酒場だけが持つ真実の解放感が見えた。

「洗濯機買う金あったら何杯ビールが飲めると思うてんのや。ああ美味いナ……」

「ボーナスが出たて？　わての会社はそんなもんないで。口惜しいナ。お〜いもう一杯おくれ」

信治郎は二軒のビアホールに入って雲雀丘へむかった。

「児玉、バーとビアホールを見て、あんたどない思うた？」

「バーの方が洒落てますね。けどビアホールにはバーにない活気があるというか、あれが本当の酒場のような気がします」

「そやろ。そやしビールは儲かりよんねん」

「しかしそれならどうして山本為三郎さんはニッカウヰスキーの株を買われたんでしょうか」

「そこや。そこが山本はんの偉いとこや。わてらの、寿屋の商いの仕組みを見てはんのや」

一年前、朝日麦酒がニッカの株六十パーセントを取得し、ニッカの応援をはじめた。

「わてらもうかうかしとられへん。葡萄酒、ウイスキーがここまで来た。次の挑戦をせなあかん」

――それでは大将は……。

と言いかけて、窓の外に走る六月の月を睨んでいる信治郎の真剣な形相に児玉は言葉を発することができなくなった。

その夜、信治郎の仕事場の灯がいつまでも点っていた。信治郎は一人椅子に腰掛け、テーブルの上に置いた一本のボトルを見つめていた。

そのボトルのラベルは少し剝げかかっていたが、信治郎の目には工場から産声を上げた折の、この商品のまぶしさが浮かんでいた。

オラガビールである。

昭和九年、その醸造販売権一切を売却した時でも、この商標は渡さなかったビールだ。

昭和三十年代に入ると、〝うまい　やすい〟がキャッチフレーズのトリスウイスキーが牽引する寿屋のウイスキーの売上げは、年毎に、いや月毎に伸びて行った。白札、角瓶、オールドも順調だった。今や〝大阪の寿屋〟ではなくなっていた。

専務の敬三は、それを見越していたかのように次から次に工場の建設をはじめていた。特に首都圏、東京を中心とする市場にむけての生産体制が急務であった。藤沢工場、多摩川工場が完成した。大阪工場も拡張を重ね、オートメーション工場をいち早く実現した。かつて船場の作業場で一日三十本生産するのに徹夜で作業をしていた小店が、今や、トリス、赤玉の一日の最高生産能力が十万本となった。

昭和三十一年（一九五六年）の春、一人の若い技術者が専務室に呼ばれた。専務室はすでに実質的に社長室になっていた。呼ばれた若い社員は緊張していた。目の前に敬三専務と作田取締役がいる。

「君、すぐにドイツに行ってくれ。準備はしてある。ミュンヘン工科大学の醸造工学コースへ留学させる。モルト（麦芽）の研究だ」

「は、はい」

　ウイスキーの原料モルトを勉強できるという社命に興奮気味に返答した。作田が手招き、もっと近くに来るんだ、と言われ、前へ進み出た。すると社員の手をさらに引き寄せ、専務の話を聞きなさい、と小声で言った。敬三が身を乗り出した。

「ウイスキーの勉強は表向きや。本当の目的はビールや。ビール醸造のすべてと原材料の調査をして来てくれ。目をつむっててもビールができるぐらい技術を学んで、盗んでくんのや」

「は、はい」

　返答する社員の肩を作田が摑んで言った。

「たとえ親であっても、今の話は絶対に他言したらあかんぞ。もし話が洩れることがあったら、わしがドイツに君をぶん殴りに行くからな。何が何でも、ビール造りを持って帰るんや」

　と言って作田は社員を睨みつけた。

　敬三はすでに寿屋のごくわずかな幹部だけを集めてビールへの挑戦を命じていた。すべてが内密で、信治郎にも伝えていなかった。寿屋にビール事業再参入の動きがあると発覚すれば既存ビール会社が攻勢をかけるのは目に見えていた。

昭和三十二年、宝酒造がビールを発売した。

宝酒造が発表した〝タカラビール〟はドイツのスタイネッカー社からプラント類を導入し、成長著しいビール市場に挑んできた。

敬三もこの参戦に好意的でタカラビールの品質と新鮮な風味にエールを送った。しかし肝心なのは既存ビール会社の攻勢を打ち破れるかであった。

この動向を信治郎もまた注意深く見つめていた。宝酒造が卸会社として設立した〝阪神麦酒〟の流通をわざわざ調べに行っていた。

そんな中、専務の敬三がけい子夫人をともない初の海外視察に出発した。旅行日程の中にビールの工場見学が入っていた。

信治郎は敬三夫婦が家を空けると、孫の信忠を連れ愛車ヒルマンに乗って、比叡山、延暦寺に出かけた。赤児の時に実の母を亡くした信忠のことを信治郎はいつも気にかけていた。敬三に早い再婚をすすめたのも信忠が不憫(ふびん)に思えたからだ。

この祖父と孫は妙に仲が良かった。生まれたばかりの信忠を見て産婆から自分に似ていると言われ、信治郎も悪い気はしなかった。

「どやノブはん、勉強してるか？」

信治郎は同じ孫の中で、吉太郎の子の信一郎(しんいちろう)をシンさんと呼び、敬三の子の信忠をノブはんと呼んでいた。信一郎がアメリカ留学へ行ってからは信忠をよく連れて歩いた。

信忠はコクリとうなずいた。この孫は一人で過ごすことが多く、よく本を読んでいるのを見ていた。一度、孫たちとカード遊びをした時、信治郎は信忠の記憶力の良さに感心したことがあった。信治郎も子供の時、父の忠兵衛と兄の喜蔵から、記憶力の良さを誉められ、照れ臭かったことを覚えていた。

——あとは信心を身に付けさせなあかん。

信治郎は母のこまが自分を天神さんへ連れて行き、信心を教えてくれたことに感謝していた。そうして、それが同じように信心深いクニと巡り合わせてくれた。山崎工場が、あの戦禍から無傷で残ったのは、あの土地をクニのお蔭で手に入れることができたからだ。

「ノブはんはよう本を読んだはるが、本物を読まなあきまへんで」

「本物？」

「そうや、何でもそうや。本物はずっと店もお客はんもしあわせにしてくれっさかい」

信忠は首をかしげた。

ハッハハ、と信治郎は笑い、そのうちわかるさかい、とうなずいた。

その年の夏の終り、信治郎は船場の一角にある山本為三郎の別邸を訪ねた。

為三郎は初代、朝日麦酒の社長に就任し、激化するビール商戦に奮戦していた。

為三郎は信治郎と同じ船場の出身で、十七歳で家業を継いだ。その折の為三郎の後見人が小西儀助であったことから知己となっていた。為三郎は裸一貫から寿屋を築いた信治郎と違い、基礎のあったガラス工場を継ぎ、アメリカ視察で知った半自動製瓶機を輸入するなどして日本製壜（せいびん）を創設した大阪を代表する商人だった。製瓶の関係からビール製造にも関わり、ビール業界を代表する人物になっていた。信治郎よりひと回り年下だったが、信治郎は為三郎の手腕を高く評価していた。戦中、軍部がビールを薄めて量を水増しして生産しろと命令した折も真っ向から反対し、戦後、ＧＨＱが業界分割を図った際も、ライバル会社を救済するなど懐の大きな商いの考えに感心していた。為三郎もまた周囲の猛反対を押し切って国産ウイスキーの蒸溜所を創設した信治郎の商魂を敬愛していた。

信治郎の訪問の目的は、ビール業界に新規参入したタカラビールとの戦いに決着がついたと読んだからだった。その事情を知りたかったし、為三郎が援助を惜しまない竹鶴のニッカの現状も聞いてみたかった。

東京から休養で戻っていた為三郎はわざわざ門の前に立って信治郎を迎えた。

「鳥井さん、私の方から出向きましたのに」

「いや、今日はわてのお願いだすから」

二人は庭を望む客室で対峙した。

「暑い夏だしたな。ビールの方もえらい売れ行きで結構でんな」

「いえいえ、寿屋さんのトリスに比べたら」

「ブラックニッカはさすがに竹鶴君らしいええウイスキーだすな」

それからひとしきり二人は小西儀助の思い出などを話した。信治郎が寡黙になった。信治郎は持参したウイスキーを差し出した。

「こら、わての最後のウイスキーだす。〝ローヤル〟言います」

「最後とはどういうことですか」

信治郎はほどなく社長を敬三に譲る話を打ち明け、両手をついて言った。

「為三郎はん。どうか敬三をよろしゅう頼みます。まだ半人前やよって、お力添えを」

信治郎は山本為三郎の邸を出ると、その足で東洋製罐の高碕達之助を訪ねた。達之助は信治郎の杖をついての来訪に恐縮した。

「鳥井さん、こんな早い時間からわざわざお見えいただいて申し訳ありません」

信治郎はちいさく首を横に振り、もうすぐ社長を敬三に譲る話を伝えた。

「そうですか。それもいいでしょう。あなたはこれだけの大事業を成し就げたのですから……」

達之助は二度、三度とうなずいた。

「高碕はん」

信治郎があらたまった声で言った。

「今朝、船場で〝ヤマタメ君〟に逢(お)うてきましたわ」

「そうですか、彼は元気でしたか。今はもっぱら東京と聞きましたが」

「お盆のお参りで帰っとるというので逢うて来たんだすわ。元気も元気、やる気満々に見えましたわ。タカラビールの件もそろそろ決着がつくのかもしれまへん」

「はい、それは私も聞いています。宝酒造はかなり苦戦しているそうですね」

「このままでは母屋まで危のうなりまんな」

「そんなに大変なのですか？　ビールの戦いは」

「そらそうだす。わてが唯一、撤退させられた戦いですよって」

「そうでしたね。でもあの撤退があったから、今トリスが、オールドがあんなに売れてるんでしょう」

「それと、ビールは違いま」

「えっ、鳥井さん、あなた、まさか……」

「わてと違います。高碕さんは仕事柄、ビールの市場いうもんを知ってらっしゃいま。ビールの市場はこの先十年で五倍、いや十倍に伸びま。そういう市場だす。市場が見えんようなら商いなんぞできしまへん。わての目に狂いがなければ、敬三も同じ市場を見てるはずだす」

「では敬三君が……」

信治郎は口を真一文字にしてうなずいた。

「いや驚きました。やはり商人の血ですか？」

「血と違いま。船場で叩き込まれた商人の土性骨だす。それでひとつお願いがありま す」

「何でしょうか？」

「敬三がビールをはじめたら、どうぞお力添え下さい。勿論、高碕はんとヤマタメ君の仲はよう知ってま。それを承知でお願いにまいりました」

信治郎は高碕達之助に深々と頭を下げた。

「そんなふうにしないで下さい。しかしそうなれば大変な戦いになりますね」

「そら寿屋の身代半分は放り出さなあきまへんやろう」

「それでもやらせるんですか？」

「目の前に、ぎょうさん実のなる市場があって、それを指をくわえて見てたら商人違いま」

信治郎の真剣な目を見て高碕は、

――鳥井さんは、本当に社長を退く気があるのだろうか。

と大きく吐息をついた。

信治郎は大阪を出ると、池田にある小林一三の家にむかった。一三の月命日だった。

仏壇の前にローヤルを供えると、賑やかな声がして孫たちが入って来た。

「信忠ちゃんも来てんやで。皆でこれから山のてっぺんから海を見ようと言うてんのや。おじいちゃんも一緒に行こうな」

春子が入って来て、おじいちゃんは今日は朝早かったから疲れてはんのよ、と言った。

「海か、よしゃ、わても行ってみよ」

小林家からは背後の山の公園まで車で登れたので、信治郎は自分の車に信忠と、道夫の長男信吾（しんご）の二人の孫を同乗させた。

公園へ着くと、信治郎は脇の泉に手を合わせて、手を洗い、水をひと口飲んだ。

「おじいちゃん、なんで水にお祈りしてんの」

「そら、水があってこそ商いができてるからや。水があるから、皆生きてんのや。わてらは水に感謝して、仲良う生きなあきまへん」

「ふぅ〜ん」

夏の夕陽が海を黄金色に染めていた。

「おじいちゃんはもう何でもしてきたさかい、夢みたいなもんはまだあるの？」

信吾が訊いた。すると信治郎はかたわらの信忠と信吾の肩を抱くようにして小声でささやいた。

「まだあんのや。ほれ、あの夕陽のきらきらした琥珀色のビールをこしらえんねん」

二人の孫は信治郎の顔をじっと見ていた。

昭和三十六年(一九六一年)五月、鳥井信治郎は会長職に就き、佐治敬三が二代目、寿屋の社長となり、鳥井道夫が専務に就任した。

その年は旱梅雨(ひでり)であった。暑い日が続いた。

山からの涼しい風が吹きはじめた夕刻、作田からの連絡で、敬三が逢いたいと言って来た。

信治郎はシャツに着替えて、応接室で待った。

「オヤジはん、どっちだすか? オヤジはん――」

相変らず陽気な声の敬三に信治郎は苦笑した。

「おや、お休みと違うんでっか。それに何だっか、新品のシャツ着はって?」

「そら寿屋の社長はんの面談や、かしこまらなあきまへん」

「からかわんといて下さい」

信治郎は敬三の顔をじっと見た。精力的にお得意さんを回っている話は聞いていた。赤銅色に日焼けした顔が光っている。少し見ない間に、我が子ながらいい面構えになったものだと思った。

二人はしばらく顔を見合わせていた。

「話を聞きまひょか」

「実は……」

「実は、なんぞいらん。本題や」

「……ビールをやろう思うてま」

「……そうか」

「へぇ～」

「………」

信治郎は黙って敬三を見ていた。

「よろしゅおますか？」

「よろしいも何もないやろう。寿屋いう船の船長はあんたはんや。船の行き先はあんたはんが決めたらええ。それで皆ついて行くんや」

「おおきに」

「おおきにはビールの市場の三割摑んでから言うんや。わては今日まで一日たりともビールへの挑戦を忘れたことはない。それをあんたはんがやってくれるんや。何の文句があるかいな。但し、今度は石にかじりついてでも戦い抜いてくれ。決して撤退は許さん」

「わ、わかってます。おおきに」

そう言ってから敬三は舌先を出し、自分の額をポンと叩いた。イイ音だった。

ほな、と部屋を出ようとする敬三を信治郎は呼んで、一言だけ言った。

「やってみなはれ」

第八章　琥珀の夢

昭和三十七年（一九六二年）が明けた。毎年元旦、恒例の寿屋本社での信治郎による挨拶はなかった。

信治郎は、去年の暮れから風邪をこじらせて寝込んでいた。医師と看護婦が枕元に詰めていた。節分会に一度容体が快復し、敬三が呼ばれ人払いをして二人きりで過ごした。

二月二十日の早朝、家族が看守る中で、鳥井信治郎は永眠した。享年八十三だった。

翌二十一日密葬が行なわれ、二十四日に遺骨を捧じて、生前ゆかりの山崎工場、大阪工場、道明寺工場、大阪本社を巡回した。

翌二十五日、大阪四天王寺において社葬。葬儀委員長は国分商店社長、国分勘兵衛、喪主は鳥井信一郎、友人総代に池田勇人、高碕達之助、山本為三郎、杉道助、鈴木三郎助。弔辞は当時、総理大臣の池田勇人からはじまり、社員代表で作田耕三取締役が、大将と呼ばせて下さい、と涙ながらに述べた。社員の嗚咽がひろがった。弔電二千通、会葬者は五千人を超えた。

父の葬儀から四ヶ月後、敬三は社内にビール営業部を新設し、ビールのプロジェクトチームから半数、残りの半数は競合他社を含めてビール営業のスペシャリストを社外から引き抜いた。

去年九月、ビール事業に進出することを発表して以来、競合他社の攻勢は目に見えて厳しさを増していた。

「そんだけ寿屋の宣戦布告を怖がってるいうこっちゃ。いくらかかってもかまへん。ビールの営業のプロ中のプロをつかまえてくんのや」

府中のビール工場の建設は徹夜の工事で急ピッチに進んでいた。

発表するビールは、三度の欧州訪問で数百種のビールを試飲、検討し、デンマークのカールスバーグ社の生ビールの味に決定し、提携が完了すると、すぐに日本から三十九人の社員を送り込み、製造、販売に関するあらゆるノウハウを持ち帰った。

寿屋全体がひさしぶりに熱気にあふれた。

社内外すべてが翌年の四月の発売にむけて気勢を上げていたが大きな問題が未解決だ

った。

　ビールを市場に送り出す流通の隘路（あいろ）が打開できずにいた。五年前に新規参入したタカラビールもその壁に当たり、売上げは全体の二パーセントにとどまっていた。販売店が寿屋のビールを置かないと言うのである。

「どうにかならんのか」

　敬三は机を音が出るほど叩きつけた。

「大蔵大臣にも、通産大臣にも訴えましたがどうにもなりません。池田先生も、商いのことは政府介入せずの姿勢です」

　作田が眉間に深いシワを寄せて言った。さすがの作田も万策尽きていた。沈黙がひろがった。

　社長室のドアがノックされた。しばらく入室禁止と命じていた。作田がドアを開けると、総務の女子社員が花を手に立っていた。

「本家から、会長の月命日のお花が……」

「そ、そういうことは……」

「作田、かまんから神棚へ置かし。それで本家の人はどないしてる？」

「すぐお帰りになりました」

　本家とは、船場の鳥井商店である。信治郎の兄、喜蔵の子息がわざわざ届けに来たのだろう。

「そうか、今日はオヤジの月命日か」

敬三は神棚に手を合わせ、父の写真にむかって頭を下げた。そうして顔を上げようとした時、目を見開いた。

「そうか、そういうことやったんか」

敬三が大声を上げた。

「社長、どないしました？」

「作田、策はまだある」

敬三は父、信治郎が亡くなる二週間ほど前、ふたりだけで話をした日があった。話の終ろうとする頃に信治郎は目を閉じた。敬三は父の胸元に蒲団を上げ、その手を撫でて、ほな、と立ち上がろうとした時、信治郎が敬三の手を力を込めて握りしめた。その仕草を見て顔を近づけると、か細い声で言った。

「どうにもならん時は、ヤマ、タメの所や」

敬三は寝言と思っていた。

――ヤマ、タメ？

〝ヤマタメ〟とは朝日麦酒社長の山本為三郎のことだと今、敬三は気付いた。

すぐに支度して、東洋製罐の高碕達之助の下を訪ね、事情を話した。

「先代がそう言ったのなら、道は開くかもしれん。行ってみよう」

二人を前にしてしばらく黙り込んでいた山本為三郎が静かに言った。

「わかりました。力になりましょう」

敬三は深々と頭を下げ、礼を言った。

「船場でも、南地でも、先代にはよく世話になりましたから……」

洒脱で知られた山本為三郎にとって、信治郎は遊びの師匠でもあった。


ビール発売前、敬三は寿屋の社名を〝サントリー〟に変更した。すでにアメリカでサントリーウイスキーが日本のウイスキーとして初めてラベル登録が承認されていた。さらにメキシコに合弁会社を設立し、これからの海外進出にむけて外国人にも解り易い〝サントリー〟とした。

昭和三十八年（一九六三年）四月二十七日、サントリービール（大瓶・小瓶）が発売された。テレビ、ラジオ、新聞、雑誌、イベントと創業以来、最大の宣伝費をかけてのキャンペーンが実施された。

今やウイスキーは市場の七割を超える売上げを示し、これでビールを成功させたら、サントリーは日本の洋酒を制する会社となれる。敬三以下、社員は夏のビール商戦にむかって一丸となっていた。ところが、攻めども攻めどもビール市場の城の扉は簡単に開かなかった。既存ビール会社の寡占市場は想像を超える巨大な壁だった。

ここからサントリーのビール市場への長い戦いがはじまるのである。

初年度、二年度のビールのシェア獲得は、あれほどの宣伝、販売経費をかけたにもかかわらず二パーセントにも届かない惨憺たるものだった。それでも敬三は意気消沈することはなかった。父が赤玉で蜂印香竄葡萄酒の寡占状態であった市場を制覇した時のように、社員を叱咤激励し、自ら店頭に立って戦った。この戦いを支えたのは、ウイスキー市場が順調に拡大し続けたことだった。同時に、消費者のニーズを睨んで新しいウイスキーを発売した。東京オリンピックの年（昭和三十九年）、〝サントリーレッド〟を発表した。合わせて寡占状態の〝赤玉のサントリー〟をさらに強化するために、本格的なワインの製造、販売をはじめた。

昭和四十二年、ビール事業部から新製品の〝純生〟を発売し、これが人気を得て、ビールのシェアが初めて三パーセント、四パーセントに昇った。それでもなお既存ビール会社はその何倍もの売上げだった。

ウイスキーの需要が広がる中、スコッチウイスキーの輸入が自由化される前に、輸入ウイスキーと提携しながら、新しいウイスキー〝リザーブ〟を発売した。その間も〝カスタム〟〝セレクト〟〝ブランデーXO〟と商品の裾野を広げた。その原動力は大西為雄から技術を脈々と受け継いだチーフブレンダーたちの成長だった。佐藤乾、稲富孝一、輿水精一へと続く信治郎の〝大阪の鼻〟の弟子たちが開花したのだ。

昭和五十五年（一九八〇年）、サントリーオールドは年間出荷量が千二百万ケースを超え、世界洋酒市場でナンバーワンになった。鳥井信治郎が言っていた、

「今に見とれ、日本一、いや世界一のウイスキーを造ったるで……」

が実現したのである。

本格ウイスキー製造を目指してから実に五十六年の歳月が過ぎていた。

しかしこの驚異的な数字はウイスキーが頂点に達していると同時に、飽和状態にあることを示していた。すでに敬三は洋酒のみならず新事業の展開をはじめていた。その象徴が、翌年、売り出した缶入りのウーロン茶である。副社長の道夫が、必ず売れる商品になると敬三に提言し、率先して開発、販売に励んだ。二人は仲が良かった。兄の〝やってみなはれ〟に道夫は応え、十七年後には五千万ケースの売上げを示し、ウイスキーの凋落で悩んでいた会社の救世主のひとつとなった。昭和四十七年にすでに、開設していた食品部門から、ようやくスターが誕生し、やがてこれが炭酸飲料（C.C.レモン）、缶コーヒー（BOSS）などのスターを続々と誕生させることになる。

敬三と道夫のタッグは業界も羨むほどだったが、昭和四十二年に入社した吉太郎の長男、信一郎も海外留学で培ったマーケティングを活かし、昭和五十八年には副社長となって敬三をサポートしはじめていた。そして敬三の長男、信忠が慶應義塾大学卒業後、

カリフォルニア大学で最新の経営理論を学び、ソニー商事で修業し、昭和四十九年に入社し、ニューヨーク支店で活躍していた。こうして信治郎の夢を三代にわたって受け継ぐかたちが出来上がろうとしていた。

ビールは依然苦戦をしいられていた。巨費を投じての拡販キャンペーン、宣伝も効果がなかった。そんな中、昭和六十一年（一九八六年）、麦芽百パーセントの〝サントリー生ビール〈モルツ〉〟が発表された。このモルツの開発が、将来、ビールに多様性が求められるはずだという予測をもとに、ミニブルワリーの技術開発につながった。発売当初、好調だったモルツもやがて壁にぶち当たってしまう。それでも敬三はビールへの挑戦をやめなかった。

一方で敬三は〝サントリーホール〟に代表される文化事業に積極的に取り組んだ。それは海外視察で企業の文化貢献を見たり、けい子夫人の助言があったからだけではなかった。

大きな理由がもうひとつあった。それは父、信治郎が三十数年間、私財を投じて苦学生に奨学金を与えていたからだ。しかも自分の名前をいっさい公表してくれるな、と専門学校、大学の教授にお願いしていた。二千人以上の学生がその恩恵を受け、多くの学者、研究者を輩出していた。その中には後に世界的に有名な化学者になった人物もいて、彼が信治郎に礼を述べに行くと、信治郎は頑として援助したことを否定した。〝陰徳〟

である。母、こまに少年時代に教わった〝善を為すに、それをあからさまにするは己のための善であり、真の善にあらず〟を守り通したのである。

　信治郎の没後も恩恵を受け功をなした人たちが、礼を言いに来るのを目の当たりにして、敬三はあらためて父の人格の大きさを知り、自分がなすべきことを考え、文化事業に取り組むことにしたのだった。

　創業六十周年に〝サントリー美術館〟の開館、七十周年には〝鳥井音楽財団〟、八十周年には〝サントリー文化財団〟を設立している。

　佐治敬三を豪放磊落で陽気な経営者と評する人が多い。実際、新商品発売のキャンペーンがはじまると自らが法被を着て営業マンの先頭に立ち、大きな体軀とよく通る声で、客たちに笑顔で接する姿はどこからでもよく目立った。自社のイベントだけではなく、大勢の人が集まるパーティーで挨拶を請われれば、壇上でいつの間にか用意したスリッパをカウボーイの鞭よろしく、〝ローハイド〟の即興をして喝采を浴びた。「あれがサントリーの佐治敬三か、陽気で楽しい経営者だ」と人々が感心した。

　しかし、彼の本当の姿を知る人は、表へ出るより、書斎で一人何かに懸命に打ち込む人だと言う。実際、兄の吉太郎の不幸がなければ、敬三は化学者になる決心をしていたから、おそらくその道へ進んだだろう。弟の道夫も、兄の繊細で思いやりのある性格が本当の姿だと語っているし、長男の信忠も、子供の頃に見た父は、書斎で本を読んでいる姿が多かったと言う。敬三が積極的に表に出はじめたのはビール事業をはじめてからだと語っているように、ビール事業のために、敬三は姿まで変えねばならなかったのである。

〝寿屋洋酒店〟から〝サントリー〟への道を拓いたのは、創業者、鳥井信治郎であるが、今日の世界でも有数の企業へ発展させたのは佐治敬三である。日本の高度経済成長の波に乗ったこともあるが、敬三を扇の要として全社員が、さまざまな商品造りに挑戦し、そのひとつひとつが本物で価値ある商品であったのは、敬三の卓越した創造者、経営者としての能力であったことは間違いない。

若くして養子に出され、海軍軍人として終戦を迎え、あれほど個性の強い父の下で十二年間専務として業績を上げ、次代のサントリーを模索し、それを実現させた源泉は何であろうか。

〝エトバス　ノイエス〟。恩師、小竹無二雄教授の「常に〝何か新しいこと〟に挑戦せよ」という言葉が、敬三をあらゆる困難へも果敢にむかわせたのではなかろうか。

敬三と信治郎は一見違ったタイプの経営者に映るが、二人の企業精神の根底にあるのは〝やってみなはれ〟〝常に何か新しいことに挑戦せよ〟というチャレンジ精神であろう。

そして父と同様、敬三も社員、その家族を大切にした。どんなに大きくなっても家族のような会社こそが、本当の企業だと確信していた。

二代にわたる大番頭作田耕三は、自分の日誌で語っている。「これほどの経営者の下で働けたのは私の誇りである。まさに夢のような日々であった」

それは作田のみならず、サントリーで働いたすべての人の想いであろう。

平成二年（一九九〇年）三月、敬三は会長職に就き、吉太郎の長男、鳥井信一郎が社長に就任した。新社長、会長、副会長（道夫）、そして前年に副社長となっていた長男の信忠の下に百年企業にむかって、あらたなサントリーの挑戦が続けられた。苦戦するビール事業も懸命に開発、営業に奮戦していた。

平成十一年（一九九九年）、大阪城ホールで創業百周年のセレモニーが開催され、海外社員、OBを含む、七千人余りの人が、セレモニーの最後に、花束を手に「すみれの花咲く頃」を歌う敬三の姿にエールを送った。

同年十一月三日、佐治敬三は八十年の生涯を閉じた。サントリーホールでの社葬には、父を凌（しの）ぐ八千人の参列者が続いた。戦後、高度成長の中で見事な舵取りをし、サントリーを名実ともに築き上げた、まさに中興の祖であった。

しかしここからあらたに〝信治郎の夢〟を継承する人たちがあらわれるのである。

その年の十二月、鳥井信吾副社長のデスクの電話が鳴った。

信吾は受話器を取った。ビール事業の責任者からだった。

「副社長、先月のビール売上げの数字が出まして、十五パーセントを超えました」

「…………」

信吾は、一瞬言葉が出なかった。

「そうですか……。超えましたか。ご苦労さまでした。それで社長に報告をしましたか」

「いいえ、まず副社長へと思いまして」

「そうですか。では二人で報告に行きましょう。すぐに来て下さい」

二人は佐治信忠のいる社長室にむかって長い廊下を歩き出した。

興奮で顔が少し赤い信吾は信治郎の三男、道夫の息子である。社長室で待つ信忠は佐治敬三の長男で、ともに信治郎の孫である。

信吾は廊下を歩きながら、入社以来、ずっと続けてきたビール開発の日々を思い返した……。


……三十年前の秋、信吾は新山崎研究所でヨーロッパから空輸されて着いたばかりの各地のビールのボトルを眺めていた。醸造技師の山本隆三(りゅうぞう)が赤児でも見るように目をかがやかせて一本のボトルを撫でていた。新しい味のビールを、日本にないビールの風味を探して、技術者たちは奮戦していた。ヨーロッパ各地のビールの研究を一からやり直していた。

「おう到着しましたね」

「信吾さん、今回は何かありそうですね」

山本の言葉に信吾もうなずいた。

「この中に〝ホップフェンブルーミッヒ〟がいればいいですね」

ＨＯＰＦＥＮＢＬＵＭＩＧとは、ホップの爽やかな苦味とキレを持つビールの理想の姿の名称で「たわわに実ったホップの花園に迷い込んだような華やかな香り」と訳す。

しかし、これまで皆が深夜まで一本一本丁寧に試飲しても、ホップの花園に迷い込むことはなかった。

「これはどこのビールだ」

「ドイツのケーニッヒビールです」

「これがナルチス教授が日本に薦めたいと言ってくれたものか」

山本と信吾は温厚なナルチス教授の顔を思い浮かべた……。

ナルチス教授に学んだビール技術、百パーセント麦芽のビールがようやく見えてきたが、当時、ビール業界の奇跡と呼ばれたアサヒスーパードライの成功にサントリーの重役陣は目がむいてしまい、麦芽百パーセントは日本人には合わない、まだ早過ぎて受け入れられないという意見が大勢を占めていた。そんな中で一人だけ、強硬に麦芽百パーセントで行くべきだと主張する重役がいた。

当時、副社長の佐治信忠だった。

「麦芽百パーセントで行くべきです。売れているものに追随してはダメです」

「けど副社長、この味は日本人にはむかんで」

社長の敬三が首を振った。

「社長、いずれ日本人にわかる時が来ます。私は飲んでみてそう確信しました」

信忠は自分の意見を譲らなかった。東京帝大総長であった祖父、平賀譲の一徹の血が彼の中には流れていた。

「そないにまで言うなら、研究は続けなはれ。やってみなはれ……」

信忠の意志に応えるように、平成の時代に入ると、技術者たちはようやくホップの花園に入り込みはじめた。府中にある武蔵野工場内にミニブルワリーが竣工(しゅんこう)した。山本隆三がその責任者となった。そして〝ザ・プレミアム・モルツ〟の前身、〝モルツ・スーパープレミアム〟を完成させたのである。モンドセレクションに出品すると〝ザ・プレミアム・モルツ〟は最高金賞を獲得した。

すでに社長に就任していた信忠はモンド最高金賞の獲得を契機にして〝ザ・プレミアム・モルツ〟に絞って大攻勢をかけるように命じた。

平成十八年、〝プレモル〟は前年比の四倍の売上げを示した。平成二十年にはプレモルが牽引するサントリーのビールのシェアが十二パーセントを超えた。

……信吾の脳裡に、ナルチス教授をはじめとするビール開発に携わった一人ひとりの技術者の顔が浮かんだ。

二人が社長室に入ると、信忠は広い窓辺に立ち、東京湾の沖合いを眺めていた。

「おはよう、二人揃って何か報告かね」

二人はビールの売上げ見込みを報告した。

信忠は二度、三度とうなずいた。信吾は、売上げ、こと数字の分析に関して天才的な勘を持つ信忠が、この数字を知らぬはずはないとわかっていた。実際、信忠は社長就任以来、敬三、信一郎時代の驚異的な企業成長で起こった、企業体質の歪みを風神のごとく革新していた。弛(ゆる)んでいた企業の弓矢を削り、〝闘うサントリアン〟に見事に変身させていた。

「そうか、ご苦労さん。午後の役員会で報告しよう」

信忠は信吾の下に歩み寄り、ようやったな、と小声で言って笑った。

午後、役員会がはじまると今年度のビールのシェアが十五パーセントをほぼ超えることが報告された。オーッと感嘆の声に続いて、誰からともなく拍手が沸き起こった。寿屋の時代、鳥井信治郎が〝オラガビール〟に挑んで以来、八十年以上を経ての快挙だった。

信忠社長の声が響いた。

「役員諸君、只今、素晴らしい報告を聞いて私も感無量です。しかし戦いはこれからです。初代信治郎社長に佐治敬三社長がビールの再挑戦の報告に行かれた折、祖父さん、いや初代社長は言われたそうだ。挑戦するからにはビール市場の三十パーセントが取れるまで石にかじりついてでもやり抜かなあかん、と。今日の数字は三十パーセントへのはじまりだ。何が何でもそれを達成するために全社一丸となってやり抜きましょう。プレモルの利益はすべて拡販のために投下する。ここで一気に攻勢をかけます。このくらいのことで喜んでいてはサントリアンの名が泣くぞ、諸君」

役員の誰もが、信忠の決意と覚悟に大きくうなずいた。社長就任以来、信忠が推し進めた企業改革がようやく実を結び、初代、信治郎の「商いは常に臨戦態勢やで」の教えを実行できるまでに成長していた。彼の情熱と人柄が全社員をひとつにさせたのである。

その年の暮れも押し迫った日、デンマークから来訪中のビール開発で提携していた会社の役員と家族が関西空港から帰国するというので、大阪で宴を催すことになり、信忠以下何人かの役員が南地に出向いた。

宴も終り、客たちを送り出した信忠に、ザ・プレミアム・モルツの戦略部長をしていた鳥井信宏（のぶひろ）が礼を言いに来た。

「社長、今夜はありがとうございました」

信宏は急逝した三代目社長、鳥井信一郎の長男であった。優秀な信宏を信忠は、最大の戦略部門であるビール事業の責任者に抜擢した。

「今回のビールのシェア、おめでとうございます」

「いや、君もようやってくれた。私の方こそ礼を言う。これから東京か」

「いや、明日、オヤジと祖父（じい）さん、曽祖父（ひいじい）さんの墓参りして帰ります」

信宏は信治郎の曽孫であった。

「英子（ひでこ）おばさんはお元気ですか？」

信宏が信忠夫人の英子のことを訊いた。

「先週、ラグビーが負けよったんで、機嫌はよくはないかもしれんな。ハッハハ」

信忠が笑うと、信宏も笑った。信忠夫妻は無類のラグビー好きであった。二人が笑っていると副社長の信吾がやって来て、信忠をホテルに送ると言った。

二人を乗せた車がホテルにむかった。

十二月の月が車窓に映っていた。二人はその月を見つめていた。子供の頃から二人は、祖父、信治郎の愛車ヒルマンに乗ってよく出かけたものだった。

「信吾、プレモルようやってくれたな」

「いや、私は何も……」

ザ・プレミアム・モルツの最終段階の味を決定してくれたのも、麦芽百パーセントのビールから撤退しそうになった時にも、最後まで守り抜いてくれたのは信忠だった。

「信吾、これでええ。ようできとるよ」

ウイスキーの最後の味の決定の時も、信忠は信吾が推す味を誉めてくれた。二代にわたって社長が継いだマスターブレンダーを自分に継がせた。信吾は信忠の洋酒に対する味覚がいかにすぐれているかを一番知っていた。プレッシャーもあったが、それが信吾に技術部門の責任者としての自覚を与えた。

信吾は時折、信忠に祖父、信治郎の面影を見ることがあった。

信忠は車窓に映る大阪の街を見ていた。

「信吾、この辺りやろう。祖父さんが最初に店を出したんは」

「ああ、そうですね」

「少しぶらっと歩いてみるか」

二人は車を降りて、船場界隈を歩きはじめた。川風が心地好かった。

やがて前方にちいさな灯りが揺らめいている祠（ほこら）が見えた。

「社長、あれが初代が子供の頃、お母さんに連れられてお参りに行かれた日限地蔵です」

信治郎の母、こまが幼少の頃、大病を患って身体の弱かった息子を何とか、商人として生きていけるように足腰を鍛えるために連れ歩いた寺社のひとつであった。

「そうか、手を合わせていくか」

信忠は祈りながら、孤独であった少年時代に何かにつけて自分を連れてさまざまなところへ出かけてくれた祖父の面影を思った。信吾も手を合わせながら、プレミアムモルツの開発の最終段階で、祖父が五十七年前、夕暮れの光る海を見ながら少年の自分に教えてくれた琥珀色の色彩が暗示になったことをあらためて報告し、お礼を言った。

祈り終えると信忠が道の真ん中に立って夜空を仰ぎ見た。日限地蔵から中之島へ続く坂道の上方に十二月の月が皓々とかがやいていた。

「ええ月やな。大阪で見る月はどこか風情が違うと思わないか」

信吾も月を仰いでうなずいた。信忠は視線を目の前の坂道にむけた。

「それにしても急な坂やな……」

その坂道は、かつて信治郎が徹夜で造り上げた葡萄酒を大八車に積んで、汗を掻きながら登った道であった。

風音がした。突風が坂の上から吹き下ろし二人を抱擁した。それは冷たく、どこか温(ぬく)りのある船場の夜風だった。

風の中に誰かの声が聞こえた気がしたが、二人は黙って歩きはじめた。

解　説

池上冬樹

今年（二〇二〇年）も、四月一日に、伊集院静による新社会人へのメッセージが、サントリーの新聞広告に掲載された。伊集院静ファンのみならず多くの人が安心されたのではないだろうか。

ご存じのように、伊集院静は一月中旬にくも膜下出血で倒れ、手術した後、無事退院したことを三月中旬に発表した。奇跡的に後遺症の残らないものだったが、大事をとってしばしリハビリに励んだ。「仕事始めはゆっくりと考えてはおりますが、毎年、四月に新しく社会人となった若者へ贈るメッセージだけ執筆いたしました」とコメントするほど、伊集院静にとっては愛着のある仕事なのである。実際この仕事は、二〇〇〇年にスタートして今年で二一回目を数える。いまや年中行事といっていいだろう。二〇一二年までのぶんは『伊集院静の「贈る言葉」』（集英社）として一冊にまとめられているほど、読みたい、若い人に贈りたいという読者の願望が強いのである。

今年は、「ようこそ、令和の新社会人。」というタイトルで、今年の新成人は「令和で初めての社会人」ということで「少し得をしている」と述べている。なんだ、そんなこと偶然でしょうというかもしれないが、それは違うという。「偶然は偶然だが、〝偶然は神の采配〟」であり、「神の采配とは、私たちの持つ力以上のものが私たちに与えたものだ。恋愛という出逢(であ)いもそうだし、発見という進歩も実はそうなんだ」といって、友人が語る偶然の話を紹介する。


「『いや君、我が家では大祖父が明治の人で、祖父が大正、昭和を歩んだ。そうして私が昭和、平成を生きている。倅(せがれ)は平成、令和を生きる。ありがたいと思わないか。この国があり続け、私たちが生きてこられたことを…』友は感慨深く話した。

たしかに素晴らしい国と、人々が今日まで歩んで来た。この脈々たる流れも偶然か?

いや、私はそう思わない。それぞれの時代に皆懸命に生きてくれたに違いない。

アジアの片隅の、この国で人々は少しでも前へとゆたかにと汗を流し、向かい風に立ってきた。

そして何より、いつも新しい人が、新しい力を与えてくれた。

昨日までとは違う日本を、国を、職場を作ろうとしたことだ。」


この後も続くが、本書『琥珀の夢　小説 鳥井信治郎』を読まれた人なら、この一節に頷（うなず）くことだろう。本書はまさに、明治、大正、昭和を歩み、〝それぞれの時代に皆懸命に生きて〟〝少しでも前へとゆたかにと汗を流し、向かい風に立ってきた〟男の話であるからだ。〝昨日までとは違う日本を、国を、職場を作ろうとした〟物語である。

具体的に述べるなら、現在のサントリーの創業者、鳥井信治郎の物語である。大阪・船場の銭両替商の家に生まれ、十三歳で薬種問屋の丁稚（でっち）奉公に入り、二十歳で独立。苦労と失敗を重ねながら、赤玉ポートワイン（現在は「赤玉スイートワイン」。今年で発売から百十四年を迎える）や日本初の本格国産ウイスキー造りに命をかけた。

本書は、日本経済新聞に連載された小説である（連載時のタイトルは『琥珀の夢——小説、鳥井信治郎と末裔』）。連載開始にあたって、作者は次のように述べている。

「数年前、明治人（夏目漱石、正岡子規）の物語を小説仕立てで書いた。幸い読者に支持を受けた。次は文学者ではなく、誰か市井の人が懸命に生きる姿を描きたいと思っていた。縁あって、鳥井信治郎という、のちに日本を代表する企業の礎を築いた人物を知ることになり、この類い稀（まれ）な発想と創造力を持つ一人の商人の生涯を描くことに挑んだ。今でこそサントリーは世界でも有数な企業に成長しているが、創業者、鳥井信治郎の歩んだ道は決して平坦（へいたん）ではなかった。明治人のチャレンジ精神と、彼のハイカラなセンスを今の日本人にぜひ読んで貰（もら）いたい。」（「日本経済新聞」二〇一六年六月二十一日付）

縁あってというのは、作者とサントリーの佐治信忠会長との交流だろう。佐治信忠氏が社長になる前から付き合いがあり、年に数回、ラグビーや野球の観戦に行くことがあった。交流があるので逆に小説にすることを避けてきたが、ある一枚の写真を見て、小説として書いてみたい気持ちになったという。それは鳥井信治郎が亡くなる一カ月前に撮られた写真で、たばこを吸う信治郎の周りに孫の佐治氏と鳥井信吾副会長がいた。後のサントリー社長と技術のトップである。本書のエピローグともいうべき場面をみればわかるが、二人は従兄弟(いとこ)同士で仲がいい。信治郎が確立した社風でもある、従業員のことをいつも家族のように思い、福利厚生を充実させて、離職率が極めて低いというのも珍しく興味を抱かせた。

とはいえ、簡単に書ける話でもなく、連載を開始する前に、ウイスキーの事を知ろうと当時副社長で、技術のトップである鳥井信吾と二年かけて海外の蒸溜所を取材した。それによって会社の歴史、ウイスキーの本来の作り方においてさまざまな助言を得て、連載を開始した。

サントリーの創業者の話ということで、読者はいかにして銘酒が生まれたのか、どのようにして日本に洋酒文化を根付かせたのかに関心をもつだろう。たしかにこの作品にはいまや世界に冠たるジャパニーズ・ウイスキーの長寿商品、すなわちサントリーホワイト（発売当時はサントリー白札）、サントリーレッド（サントリー赤札）、サントリー角瓶（サントリーウイスキー12年）、サントリーオールド、トリスウイスキーの誕生がつぶさに描かれてあるし、それを効果的に売り出す斬新な宣伝広告（いまやごく普通になっている新聞広告は、信治郎が大正時代に先鞭をつけたもの）の一部始終も実に面白い。だが、作者の言葉にあるように、作者が意図したのは、鳥井信治郎の「類い稀な発想と創造力を持つ一人の商人の生涯」である。決して平坦ではなかった明治人の人生そのものだ。伊集院静の小説がみなそうであるように、生きること、生活することにおいて何が肝心なのか、人間形成において何が必要なのかをさまざまな状況で問いかけている。

　読者に強く映るのは、信治郎の、己の目標に邁進していく過程の一つひとつだろう。ときに迂遠の道をたどり、起業資金として兄からもらった大金をほとんど使い果たすこともあるが、それは決して無駄ではなかった。偶然とはいえ（冒頭に引用した言葉を借りるなら〝偶然は神の采配〟だ）、豪華客船に乗り込み、外国人と触れ合いながら、西洋文化を体験して見聞を広めていく。体験を貴重なものとして捉え、血と肉にしながら、次の段階にいく。少しずつ会社の礎を築きながらも、ときに詐欺にあい、肉親の死に打撃をうけ、多くの困難に直面する。度重なる災難に遭い、大粒の涙を幾度も流しながらも、負けずに懸命に生きていく。もう前を向いて生きていくしかないのである。

　いやはや何とドラマティックな物語だろう。後の松下幸之助と出会う冒頭から、名場面の連続で、ここには心を打つ場面、そうだそうだその通りだと心躍る場面、ひたすらうつむき涙をぬぐうしかない場面、人と人が触れ合い胸が熱くなる場面などが至るところにある。温かな感情が脈打っているのだ。

題材が題材だけに企業小説としての側面が強いけれど、企業や経済に関心がない読者ですら惹きつける魅力がいくつもある。そのひとつが家族小説としての豊かさだ。名場面の多くは家族が絡む。信治郎を生み育てた母がいて（さりげない台詞で息子を叱り、目を開かせるのがいい）、苦境に陥ると何かと救いの手を差し伸べる兄がいて（後年、弟に真意を語る場面が静かに胸にしみる）、夫の仕事（長年の夫の思い）のため山崎の人々と交わり、蒸溜所の土地の取得に奔走した妻クニがいる（はじめて信治郎と出会うときから明るく控えめ。それでいて要件を着実にこなす）。男の子が三人いて、それぞれが父と兄弟の思いに応えようと熱心に与えられた（あるいは自ら見出した）仕事に打ち込むのもいい（息子だけでなく甥や孫たちの姿も生き生きと捉えられている）。

未読の人のために詳しく触れないが、信治郎は理不尽な肉親の死を目の当たりにする。誰よりも信心深いのに、神仏を恨みたくなるような出来事に直面するのだが、それでも信治郎は神仏を恨まず、幼い時からそうだったように神社仏閣へのお参りと寄進を欠かさない。それは家族というものは血縁ばかりではなく、自分の会社の従業員一人一人もまた家族と考えて、苦楽をともにするからである（信治郎が従業員と喜びをわかちあう姿はこちらも嬉(うれ)しくなる）。ときに従業員すべてに反対されて目標を諦めることもあるが、従業員たちを路頭に迷わせるわけにはいかなかったからである。

作者は別のところで「仕事は人が生きる証(あか)しだ」と語っている。「働くことは生きることであり、働く中には喜び、哀(かな)しみ、生きている実感がたしかにある。（中略）その仕事はより多くの人をゆたかにできるか。／その仕事はともに生きるためにあるか」と醍醐味(だいごみ)にふれて問いかけている（「その仕事はともに生きるためにあるか」二〇〇九年四月一日、『伊集院静の「贈る言葉」』所収）。

この仕事についての姿勢が読ませるが、そのほかにも読み所がたくさんある。かつての経営者がみなもっていた技術力の高さ、ものづくりへの情熱、陰徳という教え、三方良しという商人の美徳、いまや薄れかけている信心深さ、さらには至るところで使われる信治郎の愛用語「やってみなはれ」という言葉の意味深さ（作者によれば「やってみなはれ」には三つの意味があり、一つは「やってみなければ何も始まらない」、二つ目は「それで失敗しても構わない」、三つ目が「失敗の中に必ず成功につながる何かがある」のだとか）。だが、個人的に、最も忘れがたいのは、関東大震災に遭ったときの信治郎の言葉だろう。つまり「この国が終ってたまるか」「この国は、日本はこれからや。これからわてらが、ええ国にするんや。滅んでたまるかい。地震がなんじゃい」である。大阪から見舞金と救援物資をもって被災地の東京にかけつけて得意先をまわり、夥(おびただ)しい数の墓がわりの土饅頭に愕然とする。自殺しようとする母子を助け、「この国は滅んだ。日本は終った」と呪文のように呟く男をどなりつけたときに、信治郎が自分に言い聞かせた言葉だ。

この言葉は、阪神・淡路大震災、東日本大震災、そして今年新型コロナウイルスでいま日本経済がどん底に陥りそうな情況のなかで、人々をあらためて鼓舞するのではないか。仕事をするということは（生きるということはといってもいい）、自分のためだけでなく、より多くの人を豊かにしなければならない。困っている人がいたら積極的に支援し、励ましていかねばならない。苦しいときこそ凛として立ち、自分のためだけではなく、社会のため、国のためになすべきことを考えなくてはいけないのである。

冒頭に引用した伊集院静の言葉を使うなら、「人々が今日まで歩んで来た」「この脈々たる流れも偶然」ではなく、「それぞれの時代に皆懸命に生きてくれたに違いない」からこそ生まれたものである。リーマンショックを超える恐慌を迎えるかもしれないいま、人々が何をなすべきなのかを、本書の鳥井信治郎の行動が教えてくれるのではないか。

いうまでもないことだが、明治人の生きた姿は決して過去のそれではない。「過去というものは、思い出すかぎりにおいて現在である」（大森荘蔵）という言葉があるように、過去は生き返り、思いがけなく新たに実を結ぶ。信治郎が、震災を乗り越え、大いなる敗戦を経験しながら、「昨日までとは違う日本を、国を、職場を作ろうとした」挑戦的な行動の数々を、僕らは現在の姿として学ばなくてはならない。そしてこの国をより良き形にして、次の世代（新たな元号を口ずさむ世代）へと繋げていかなくてはならない。

繰り返すが、本書『琥珀の夢　小説　鳥井信治郎』は、サントリー創業者の評伝小説である。しかし多くのドラマを内包して読む喜びにあふれ、思索と示唆にも富む。とくに日本人の精神を、洋酒造りを通して、根底から問いかける熱い思いが脈打っている。本書を読むとつくづく、酒は精神の火である、ということに思い至る。

（いけがみ・ふゆき　文芸評論家）

本書は、二〇一七年十月、集英社より刊行されました。

初出　日本経済新聞　二〇一六年七月一日～二〇一七年九月五日

愚者よ、お前がいなくなって淋しくてたまらない

伊集院 静

妻の死後、酒とギャンブルに溺れていたユウジ。まっとうな社会の枠組みで生きられない〝愚者〟たちが、ユウジにもたらしたものとは。不器用な男たちの切ない絆を描く「再生」の物語。

集英社文庫

集英社文庫

琥珀の夢 小説 鳥井信治郎 下

2020年6月25日 第1刷
2023年12月23日 第2刷

定価はカバーに表示してあります。

著 者 伊集院 静
発行者 樋口尚也
発行所 株式会社 集英社
東京都千代田区一ツ橋2-5-10 〒101-8050
電話 【編集部】03-3230-6095
【読者係】03-3230-6080
【販売部】03-3230-6393(書店専用)

印 刷 TOPPAN株式会社
製 本 TOPPAN株式会社

フォーマットデザイン アリヤマデザインストア　　マークデザイン 居山浩二

ISBN978-4-08-744122-2 C0193